New York Memories

Du même auteur
au cherche midi

Les Dragons en sucre (nouvelles), Ramsay/J.-J. Pauvert, 1990
Inventaire paradoxal de petits plaisirs et de grandes haines, Stock, 1995
La Mécanique du ciel (poésie), Le Castor Astral, 2019

Livres de dessins :

Roadbook from Australia, Le Bateau-Lavoir, 1992
Do not disturb : rêves d'hôtels, Plume, Marval, 1993
Jimmy's Jacket, Richard Meier éditeur, 1994
Beaux Gestes, Le Pré aux Clercs, 1999
Trans focus, Fnac, 1999
CharlElie en Australie : carnet de voyage, Presses de la Renaissance, 2004
L'Atelier New Yor-Cœur, Les Presses littéraires, 2006
New York by, Chêne, 2009
New York be, Chêne, 2011

CharlElie Couture

New York Memories

cherche midi

Directeur de collection : Éric Poindron

Vous pouvez consulter notre catalogue général
et l'annonce de nos prochaines parutions sur notre site :
www.cherche-midi.com

92, avenue de France
75013 Paris

Composition : Peter Vogelpoel
Dépôt légal : janvier 2021
ISBN 978-2-7491-6749-7

1

MANHATTAN ZOMBIES

Summer 1981

Combien de rencontres improbables, combien de nuits à n'en plus finir ?

Pourtant, ce soir, le Filip's Restaurant 34th est archiplein. Nous sommes trois à table, dans l'intention avouée de nous remplir l'estomac. Renzie, Sasha et moi, on se connaît depuis peu, mais quelle importance ? Ce qui compte, c'est qu'on soit là.

On s'est rencontrés dans les vestiaires du club de gym de la 54th. Après avoir tiré sur les élastiques, couru sur le *tapiflex* et soulevé de la fonte. Aujourd'hui, on a décidé d'aller boire un verre. Puis deux... Maintenant, langues déliées, seul compte l'instant. Conversations de routine et retransmission de fausses informations, partagées avec autant de conviction que si elles étaient vraies – quelle importance, après tout ?

Quelle importance ? Une soirée naît d'une option : miser sur un certain *groove*. Parfois, on mise juste, et on tire la bonne carte. D'autres fois, on se dit qu'on serait mieux ailleurs...

Ce soir, on est là.

Quand Renzie est sorti fumer une clope, il a croisé deux filles dans l'entrée. Elles ne trouvaient pas de place où s'asseoir, elles avaient l'air perdues. Renzie leur a suggéré de se joindre à nous. Pénombre et reflets des murs miroirs. À peine sont-elles assises que je vois, comme l'ombre d'un aigle se pose sur deux lapines, Renzie fondre sur les deux filles éberluées, qui semblent ne pas comprendre ce qui leur arrive. Elles ont accosté à notre table, tels une bouée et un canot en plastique échoués sur une plage d'Ellis Island après une méchante tempête – rien vraiment d'intentionnel.

Toujours tiré à quatre épingles comme on sait l'être ici, Sasha est un jeune éditeur. Il s'est spécialisé dans la littérature érotique. Depuis dix minutes, il évoque avec passion un livre intitulé *Pornskiev*, qu'il va publier dans sa collection « World X ». Sous couvert de « Littérature du plaisir » ou « Écrits du désir », il publie presque exclusivement des ouvrages pornos. Sasha est un intellectuel du sexe, un jeune homme brillant, qui a fait ses études en Angleterre.

« Oxford ?

– Non, Cambridge.

– *Indeed.* »

À force d'allusions, depuis un quart d'heure, je comprends que Sasha tente de me convaincre d'écrire pour lui.

Chauffeur de bus le jour depuis cinq ans, Renzie est beaucoup plus terre à terre. Disons, puisque nous sommes en ville, qu'il est « bitume à bitume », ou plus exactement, lui qui va de lit en lit, qu'il est « bite à bite ». Renzie est un baiseur invétéré, un champion qui comptabilise ses prouesses. Il n'a jamais cherché à comprendre le sens du mot « platonique ». À la théorie du sexe, il préfère la pratique. *Xstasy Girls, The College*, *Insatiable* ou *X Fever* – Renzie a joué dans plusieurs films X. Jamais rassasié, il vise une cible unique : celle qui lui permettra de tirer un coup. Grandes ou petites, quadras dans la quadrature de l'âge ou jeunes filles en fleur, Rubens en ruban ou Modigliani de la mode, languissantes anguilles, sportives de course ou familiales gourmandes en appétit de grand amour, félines sauvageonnes ou domestiquées astiquées, muettes soumises ou chouettes hululant… Pour Renzie, tous les « coups » sont permis.

Mélange de classe et de décontraction, Sasha fait des blagues pince-sans-rire, qu'il est peut-être le seul à comprendre, tandis que Renzie préfère rigoler fort de plaisanteries graveleuses, aussi lourdes que des tartes à la crème…

Gros steak du Manitoba, sauce *pepper*.

Allumé comme une lampe d'issue de secours, Renzie a les joues rouges des bons vivants, teintées de couperose dans les tableaux de Brueghel. Sauf que c'est plutôt le *Décaméron* de Boccace à lui tout seul – Renzie vient du Sud. Il est le petit-fils d'un importateur de vin de Calabre, et son père tenait un restau… On peut penser qu'il a appris à encaisser ce qui sort du tonneau.

Les filles jouent les prudes, mais Renzie n'est pas près de lâcher l'affaire. Chardonnay de Californie ou zinfandel. Une nouvelle fois, Renzie tend son bras sous mon nez, pour remplir nos verres en toquant le cul de la bouteille aux verres sur la table. Il veut saouler les filles, mais ça risque d'être plus long que prévu… Dans son dos, je vois bien qu'elles vident systématiquement leur verre dans le pot de fleurs en plastique derrière la banquette. Les fleurs en plastique seront ivres, ce soir.

Rires forts, plus forts, rires trop forts. Elles jouent à se laisser faire. Elles n'ont presque rien commandé. Elles doivent attendre que ça se termine.

L'une d'elles a commandé un *shrimps cocktail*, qu'elle mâchouille comme un chewing-gum, la bouche ouverte. La grande s'appelle Sotero, elle est infirmière. En s'asseyant, Sotero a posé sa veste sur la mienne, sur le dossier de ma chaise. Elle est assez carrée. Un tatouage de serpent dans le cou. L'autre, c'est Tania, qui bosse dans l'événementiel touristique. Tout un programme.

Une des boucles d'oreilles de Sotero est tombée dans son bustier : maintenant, elle se contorsionne pour la récupérer. Finalement, elle décide d'aller aux toilettes, et Tania la rejoint.

Quelles boucles d'oreilles ? Je ne vois pas de boucles d'oreilles sur la photo Polaroïd que je viens de prendre avec mon nouvel appareil… Trop génial, ce truc : voir l'image apparaître au bout de quelques secondes !

Elles reviennent en se frottant le nez.

« Tu l'as retrouvée ? demande Renzie.

– Retrouvé quoi ? demande Sotero.

– Ben, ce que tu cherchais…

– Hein ?

– Ta boucle d'oreilles.

– Ah oui, non… Euh, oui. Ahaha », ricane-t-elle, apparemment confuse.

C'est bon signe, se dit Renzie.

Sotero a une perruque rousse, épaisse comme de la barbe à papa, gonflée au spray. Un obus façon B-52. Je clic-clac. Dommage que le flash se déclenche automatiquement : Sotero fait la tronche.

Flash automatique : Sotero tire la langue. Flash automatique : les *shrimps cocktail*. Flash automatique : le Filip's Restaurant. Flash automatique : la silhouette de Sasha qui se lève pour aller discuter avec un type qu'il connaît…

Plus je regarde la photo qui apparaît comme par magie entre mes doigts, plus je trouve que Sotero ressemble à un travesti.

Mais c'est Tania, la blonde pulpeuse, qui m'a fait un clin d'œil. Son petit pull décolleté en V laisse entrevoir ses tétons. Je lui demande :

« Vous connaissez ce restau ?

– Non.

– C'est aussi la première fois que je viens... »

Tania ne répond pas. Ou plutôt, elle enchaîne sur une autre question.

« Et toi, tu *aimer* l'Amérique ? demande-t-elle avec un fort accent cubain.

– Comme tout le monde... Je suis de passage. »

Inutile de développer. Tania regrette déjà de m'avoir posé la question. Elle attendait juste : « Ouais, j'adore ! » Tout le reste, elle s'en fout. On n'est pas ici pour parler. La musique sort des baffles par jets de quatre-vingt-dix décibels.

Quand ça joue « *Just the way you are* », de Billy Joel, Tania bâille : « *Yes*, hummm, *yes.* »

Il faut trouver le bon contexte. Nous sommes dans un restau où l'on s'amuse, pas un lieu de réflexion propice à la parole. D'ailleurs, ils viennent d'augmenter encore le volume.

Renzie colle Sotero. Il lui a passé le bras autour des épaules en lui faisant des yeux de merlan frit. Sotero joue avec lui.

Sasha a avalé une pilule ; il plane à quinze mille.

Les deux filles ondulent, œillades et mouvements lascifs. Elles ne tiennent pas en place, elles en rajoutent des kilos – que dis-je : elles en font des tonnes, dans l'espoir que l'un de nous paie l'addition.

« *A coffee and a cognac* », dit Renzie sûr de lui en s'adressant au serveur qui vient nous voir toutes les dix minutes pour nous demander si ça va, si on n'a besoin de rien. Et paf ! Il rajoute le *coffee-cognac* sur l'addition posée sur une soucoupe.

Sotero se contorsionne en rythme sur sa chaise quand, de nouveau, Renzie s'approche d'elle. Spontanément, Sotero lui fait une bise dans le cou. Ça démarre bien, mais c'est une bise de vampire. Rouge à lèvres imprimé sur la jugulaire.

Tania propose que l'on poursuive la soirée au CBGB's.

Sasha somnole.

Renzie s'est levé pour aller discuter l'addition à l'autre bout du restau. Les filles sont debout, elles aussi. J'ai les jambes lourdes. Tania me glisse :

« On se retrouve sur le trottoir… »

Elles sortent fumer. Je les suis du coin de l'œil, tout en observant l'auto-revélation de deux autres polaroïds. Tourner la tête machinalement. Derrière le voilage de la vitrine du restau, je vois les filles monter dans un taxi. Sotero m'adresse un petit signe de la main avec un grand sourire.

Je cherche mon portefeuille dans ma veste et, soudain, je comprends le coup de la veste posée sur la mienne… Meeerde. *Dammitt.*

Renzie revient en se tâtant les poches. Lui aussi s'est fait pomper son blé. Renzie est fou de rage. Il fait des grands gestes, fonce dans la rue dans l'espoir que le taxi soit resté bloqué. Mais non. Elles ont filé.

Émergé de sa léthargie, Sasha se marre comme s'il regardait un film. Il sort sa carte de crédit et règle l'addition.

« Offert par la maison World X ! »

J'avais peu de fluide dans mon *wallet* ; c'est moins l'argent que le temps perdu qui me fâche. J'en serai quitte pour aller au consulat déclarer la perte et refaire des papiers temporaires en urgence…

Une heure et demie du matin. On est plantés sur le trottoir.

Renzie, qui prend son service à sept heures, décide de rentrer chez lui dans le Bronx, en implorant l'aide de Dieu.

« Si j'les chope, j'les tue… »

Je décide d'accompagner Sasha. À quelques blocks de là, chez le copain qu'il a croisé tout à l'heure dans le restau, on écoute jusqu'à l'aube des vinyles *collectors* sur une puissante chaîne stéréo allemande. Dans une pièce fermée par une porte blindée, le type possède une incroyable collection de LPs introuvables, rangés, étiquetés, numérotés, et même commentés sur des fiches de façon méticuleuse…

Cinq heures du mat. Les yeux vitreux, la tête en vrac, à demi conscient, je frissonne, errant parmi les fantômes dont je ressens la présence dans les rues désertes. Invisibles zombies. J'ai reniflé une mauvaise cocaïne qui m'a scié les jambes, ou bien c'est cette pilule de LSD qui n'a pas fini son effet…

Le peuple du matin n'est pas encore levé ; pourtant, certains morts vivants prennent déjà leur service. *Deodor spray,* after-shave « *Tobacco* », « *Winter Forrest* », ou « *Sport Energy* ». Croisement de genres. Comme le partage des eaux dans une ambiance d'après la bombe.

D'un côté, les vrais, les fantômes de la nuit ; de l'autre, les fantômes du jour.

D'un côté, les grappes de zombies amateurs comme moi traînent leurs membres gourds, si lourds qu'ils pourraient tomber d'eux-mêmes. De l'autre, « les soumis, les esclaves du système qui marchent hagards en traînant leurs semelles, condamnés *ad libitum*, obéissant aux diables qui dirigent vers l'outrance leur destin… ». Persuadé d'atteindre la vérité en plein cœur, j'écris ce qui me passe par la tête sur un carnet.

Il va faire chaud, aujourd'hui. Déjà, le soleil de plomb fait fondre les lueurs de l'aube.

Les corps de camés allongés en travers des trottoirs, d'autres hébétés qui manquent de tomber. Des ombres qui s'accrochent aux grillages. Ils se cognent les uns aux autres, et repartent. Où vont-ils ? Vers l'avenue A, la B ou la C. Bowery ou les bouches de métro emportant des sacs de poussière ou des cartons, des papiers, des tissus, ou des paquets vides dans des caddies à roulettes.

Quand le soleil s'est couché hier soir, ils sont sortis des galeries profondes où ils se terrent. Dans la profondeur des couloirs souterrains interdits, dans les anciennes carrières d'où l'on a extrait les pierres qui ont servi à construire les immeubles au-dessus du sol. Ils ont vingt-cinq ans, le visage fripé, ou bien ce sont des junkies *homeless*, des criminels recherchés ou des fuyardes battues et malheureuses, desperados inquiets, les poches sous les yeux, malades, fous échappés des asiles, prophètes en plastique… Parmi eux, il y a même des gens riches (des milliardaires), des héritiers qui ne le savent plus. Ils ont perdu la mémoire de notre monde.

Chacun pour soi, toujours les mêmes questions, encore debout, celui-là avec son siège et sa canne, qui revient d'un pèlerinage, celui-là la gueule brûlée, celui-là enroulé dans un tapis saturé, pantalon déchiré, sa bite qui dépasse, une godasse-oreiller. Défoncés béats sous des couvertures ou sous des toiles trouées, oracles suicidaires, ils craignent quelque chose qui arrivera bientôt : un cataclysme, une vengeance divine. Il n'y a qu'eux. Et si l'envie de tuer leur vient, ils peuvent aussi tuer pour l'Apocalypse, ou pour le cyprès vert, pour la quatrième ombre au plafond…

Lire à haute voix une moitié de feuille de journal. Tomber, se relever et tomber de nouveau.

Celui-là qui demande l'heure. Jouer de l'harmonica en sautillant sur place dans une épicerie. Celle qui se plaint de s'être fait voler son paquet de clopes. « J'en suis sûre, sûre, un paquet de Marlboro, c'était mon dernier paquet, je suis certaine qu'il en restait… » La voix éraillée, plus de dents.

Raides comme des épouvantails, ils parlent seuls ou poussent des cris à faire fuir tous les oiseaux de malheur.

Boire ou mourir demain. Zombies décomposés, zombies enfumés dans des courants d'odeurs putrides, des couloirs de vieille pisse et de sueur séchée. Dans les galeries creusées sous le *subway*, c'est là qu'ils retournent à l'aube.

La chemisette collée, le tissu en peau de serpent, habits de poussière, sortis de l'aventure américaine. Ça ressemble à la fin de quelque chose. La fin de la nuit, la fin d'un monde.

L'un d'entre eux s'est immobilisé au milieu du trafic. Combien d'heures va-t-il regarder le ciel, immobile, au croisement de la 42nd ? Ses longs cheveux blancs volent dans les courants d'air, comme les algues dans des courants d'eau. Une grosse Chevrolet passe en klaxonnant.

Cinq heures et demie du matin, en attendant le premier bus, un obèse en costard mange à grandes lampées un pot de glace italienne qui coule sur sa chemisette.

Dans un parc, un hippie altruiste a choisi de réveiller les vivants. Il déclame des psaumes que personne ne veut entendre. Apparemment, il sait des choses et veut prévenir le monde, en chantant dans un mégaphone.

Les piétons du matin passent, interdits. Inconscients. Ils se taisent, évitant les regards. AEC, *Avoid Eye Contact.*

Personne ne vient vraiment en aide à personne. Les joggers baissent la tête, les Républicains aussi. Ce n'est pas tant que les flics s'en foutent, mais ils ont d'autres chats à fouetter, d'autres urgences criminelles. S'occuper des autres, ceux qui restent accrochés au réel comme des chauves-souris, avant qu'ils ne lâchent prise et basculent à leur tour dans la démence, et/ou l'incohérence de leurs fantasmes.

Bourrasques d'air brûlant pulsé par les moteurs d'autobus. Renzie a repris son service.

Et moi, faut que j'aille faire refaire mes papiers…

2

ACE IN THE HOLE NIGHT

Juillet 1981

Un vendredi soir comme tant d'autres à Fishkill, soixante miles au nord de New York. Le groupe des frères Gale joue sur la scène du Ace in the Hole (L'As dans le trou), un saloon comme on appelait les bars et débits de boissons du temps des colts à barillet. Le producteur Michael Zilkha me les a présentés dans l'idée qu'ils m'accompagnent pour l'enregistrement de *Poèmes rock*. On s'est rencontrés à Manhattan. On a répété quelques heures et « tapé un bœuf » sur le gril d'un studio, il y a quelques jours. Ça avait l'air de coller avec ce que je veux faire. C'est un *garage band* comme il en existe des dizaines. Des musiciens peu créatifs, mais qui ont la technique dans les doigts. Ils savent jouer le rock sans manière ni fioriture. Johnny, le guitariste, ressemble à Joe Ramones, il n'a sûrement pas inventé le fil à couper le beurre, mais il a un beau son. Keith, le « petit » frère, est plus sympa, mais il est clairement sous l'influence de son aîné, il le regarde toujours avant d'ouvrir la bouche pour finalement ne rien dire. À la basse, il fait ce qu'il faut, mais pas plus que le nécessaire. Quant à Jimmy, le batteur, il est costaud. Il joue juste et droit, technique, c'est un fan de Steve Gadd. Quand les autres se pannent, c'est clairement Jimmy qui remet tout le monde en place.

Les frères Gale m'ont déconseillé de venir dans ce trou paumé, mais je suis curieux de les entendre en public, de les voir sur scène avant d'enregistrer avec eux (et pourquoi pas de les emmener sur la route dans la tournée qui suivra…).

Une fois ledit trou paumé localisé sur une carte, on a roulé une heure pour atteindre cet endroit bizarre, à l'écart de la demie, comme on dit. En dehors de tout.

Vingt-deux heures, il fait nuit noire quand on emprunte un chemin chaotique qui semble ne mener nulle part. La suspension du Dodge de loc' s'adapte aux ornières. Voilà l'enseigne allumée, néon couleur qui clignote.

Remonter la vitre. Couper le moteur. D'autres gros vans sont garés sur la terre meuble de ce parking rural aménagé à coups de pelleteuse. De part et d'autre, des carcasses de bagnoles et des engins agricoles, sculptures pour toujours, cimetière des éléphants de ferraille qui rouille…

Tampon encreur à l'entrée. Les lettres ACE en tatouage phosphorescent sur le dos de la main à l'encre invisible. Traverser le bar. Coup d'œil rapide. Santiags et Stetson. Chris, avec qui je suis venu, tire sur un gros cigare à la manière des acteurs de série B ; moi, je plie mon béret, le range dans le sac d'écolier en cuir noir que je trimbale partout avec mon appareil photo, mes carnets à dessin et un bouquin de prière qui me remet les idées en place quand je pars en vrille. Ils jouent déjà. Je reconnais leur son. La frappe solide de Jimmy Kober aux *drums*, Keith Gale derrière sa Fender basse précision blanche, et le grand Johnny taillant des solos acérés. Ils enchaînent les morceaux avec la maîtrise et la désinvolture des pros impertinents. Led Zeppelin, Ten Years After, Creedence Clearwater Revival et des morceaux de *Doo Wap* devant une vingtaine de buveurs de bière qui s'en foutent. Je les devine déjà sur ma musique, ajoutant un « je-ne-sais-quoi » d'un peu trivial en ces années de confusion punk. Associer ma musique et la maîtrise technique qu'ils ont de leurs instruments, cette énergie brute sur mes textes *urbanpoetic*, comme ils disent, tout cela pourrait donner une sorte de rock « POPulaire »... L'idée commence à me plaire.

Diables et démons tournent comme des fantômes dans les pales du grand ventilateur. Jimmy me repère. Entre deux morceaux, il me fait un clin d'œil et lâche :

« Maintenant, quelques vieux sixties pour un copain dans la salle. *One, two, three*... Roulez boulez... »

Le verre à la main, dans sa veste en cuir, Chris ne tient plus en place. Il veut croire que c'est à lui que Jimmy s'est adressé. Tout fier, il me glisse :

« Putain, les sixties, c'est ma musique préférée ! »

C'est moins mon truc, mais la musique est une fée qui me passe dans le corps. Chemise blanche et cravate noire, le sac à la main, dans mes *suede shoes* pointues, je bouge sur place, installé tranquille contre le mur au fond de la salle, quand je commence à sentir une présence à côté de moi. Quelqu'un me veut quelque chose. Quelqu'un qui s'approche, dressé comme un piquet de parc. Je cesse de danser. Parfois, son ombre sur le mur me dit qu'il hoche la tête. À vingt centimètres de moi, le mec me fixe, tel un varan qui bave en matant un poulet. Je jette un œil *discretos*, juste pour analyser à quoi ressemble mon prédateur. Oh, putain... c'est pas un piquet, c'est carrément un arbre. Non, c'est un bœuf, un taureau à petite moustache, Tom Selleck dans *Magnum* à la campagne. Arrivé bien avant nous dans son pré, pas besoin d'éthylotest pour deviner qu'il dépasse le seuil légal autorisé. Certes il ne conduit pas, mais sa démarche est floue et son attitude instable : cent trente kilos (peut-être plus), une armoire d'un mètre quatre-vingt-dix mal calée sur ses bases.

Je ne bronche pas, comme face à un ours. Je reste concentré sur le groupe. Lui, c'est pas la musique qui le branche, c'est ma gueule. Il me vise. Je respire. Penser à autre chose. Quand les facultés de discernement sont altérées, un mauvais geste est toujours à craindre. Vais-je me transformer en sac de sable pour un boxeur poids lourds ? Je tente un signe à Chris. Apparemment, il ne comprend pas mon SOS. Quand il se retourne, il lève le pouce en signe que tout va bien. La vie est belle. La sienne peut-être… Que pourrait-il faire, d'ailleurs, confronté à cette créature des marais si elle venait à réveiller le monstre qui sommeille en elle ? Instable mais immobile. Figé, braqué sur la cible que j'incarne. Je suis sa proie. Il ne bouge toujours pas. Moi non plus. Peut-être que je me fais des idées ? Je me décide à prendre l'initiative et me déplace subrepticement à petits pas, jusqu'à disparaître de son champ de vision. Je glisse vers un autre spot. Une sorte d'évolution discrète vers ailleurs. Le groupe continue son set. Je tourne la tête. Le bœuf n'est plus là – retourné à l'étable, peut-être ? Si tonique qu'il soit, le rock adoucit les mœurs, me dis-je pour croire que c'est réglé. Et soudain le bœuf se remet à meugler de l'autre côté du bar. Entouré de quatre de ses potes, même famille, même format, même troupeau. Il braille des conneries que je suis supposé entendre, mais je ne comprends pas bien ce qu'ils disent et je ne réagis pas. Au bout de cinq minutes, ils repartent dans le fond d'une autre pièce. L'orage est passé.

La musique tourne de plus belle, ça chauffe dans la petite salle, tant et si bien qu'il fait soif. J'invite Chris à me rejoindre, on se dirige vers le bar. Chris prend sa bière et retourne illico vers la scène. C'est son jour, pas le mien. Appuyé au comptoir, j'attends que la fille me serve, quand un autre type me demande ce que je fais là.

« Vous êtes artiste ou quoi ? »

Je sens quelque chose comme de l'ironie dans sa question. Néanmoins, je réponds naïvement :

« Euh, oui... On se connaît ? »

Ça chahute dans ma tête. Et meeeerde, le grand bœuf de tout à l'heure est revenu. Les muscles noués comme ceux d'une corde raide, il a dû boire encore, il est énervé. Ma présence l'indispose. Je suis un virus, il est l'anticorps. Il serre les dents. Il fulmine, en rage. Qu'est-ce que j'ai fait ? Rien, juste que je suis là et ça le fait chier. Un petit filet de voix sort de ses lèvres pincées :

« T'es qui, toi ? »

Question complexe... Je ne peux pas répondre en une phrase. Je ne réponds pas.

« Tu viens d'où ? »

Là, c'est précis. Pour faire montre de mon bon vouloir, je réponds :

« Manhattan.

– Manhattan ?

– Oui, enfin, je viens d'plus loin... »

Comme un flic qui enquête, il relance aussi sec :

« Pourquoi t'es là ? »

C'est vrai que je ne vais pas l'encombrer de toutes les réponses qui me viennent en tête chaque fois qu'un « pourquoi » surgit. Alors, je fais simple :

« Eh bien, je suis musicien, et je suis venu écouter les mecs qui jouent... »

Un peu éberlué, il lève les yeux au ciel :

« Hein ? T'es venu pour voir ce groupe de merde, tu te fous de ma gueule ? »

À mon accent, il a deviné quelque chose de mon origine européenne.

« Je vais te dire une chose, mon pote, moi, je déteste les Français, parce qu'ils sont contre la bombe à neutrons. Alors que ce soit clair entre toi et moi : t'es pour ou t'es contre la bombe à neutrons ? »

J'avoue que je ne m'attendais pas à cette question binaire, là, dans ce bar. Personne ni en France ni ailleurs ne m'a jamais demandé mon opinion sur ladite bombe. Naturellement, spontanément, je dirais que je suis contre. En un dixième de seconde, je prends conscience que je n'ai pas un argumentaire suffisamment documenté pour envisager d'entamer une discussion sérieuse ici, maintenant, dans cet endroit. Alors j'essaie de gagner du temps.

« Hein ? Comment ? »

Mais ça ne lui paît pas. Décidément, je ne trouve rien à dire qui le satisfasse.

« Qu'est-ce que tu fous ici, espèce de lopette communiste… »

Il pince ma chemisette, sort ma cravate de mon gilet et me touche le pantalon en montrant son sweat-shirt en exemple, puis il gonfle le torse et, affichant une moue prétentieuse, poursuit :

« Fringué comme ça, t'as l'air de quoi ? Si tu veux venir ici, c'est ça qu'il faut t'acheter : un jean et des bottes… ou à la limite des baskets. »

Je tente de le contredire :

« Peut-être qu'on n'a pas tous les mêmes habitudes… »

Il se tourne vers ses potes… Cherche un autre prétexte pour la bagarre.

« Allez, l'espion de Moscou, là, tu préfères les Français ou les Américains ? »

Encore une fois, la question ne se pose pas, je ne réponds pas. Il répète :

« J'te cause, connard… Moi, je déteste votre gouvernement ! »

À bout de nerfs, à vif, il se met à tousser. En fait, changement de métaphore, il est plutôt rouge comme un fer dans les braises avant de marquer un veau. Je sais bien que, si je me trompe de réponse, une moitié de phrase mal placée et je sentirai l'impact de son poing américain sur ma gueule. Je tente :

« Toute ma famille habite en France… »

Il répète :

« Qu'est-ce que tu préfères : les Français ou les Américains ?

– Partout il y a des bonnes et des mauvaises choses…

– Une dernière fois : toi, t'aimes les Français ou les Américains ?

– J'aime bien ceux qui m'aiment bien. Ce groupe-là sur scène, il est américain ? Alors, j'aime bien les Américains.

– Tu connais le country western ? David Houston, Sonny James, Charlie Christian, Merle Haggard, Charley Pride, Dave Dudley, Johnny Cash… ?

– Enfin, je ne connais pas tous ceux que t'as cités, mais Johnny Cash, oui, je connais… »

Il semble décompresser.

« C'est autre chose que ces merdes qui jouent sur scène, ces ringards avec leur rock à la con ! »

Je trouve son jugement un poil sévère, mais bon, comme on dit : « Les égouts et les enculeurs, ça ne se discute pas. »

Le gars n'en a pas fini avec sa pression :

« Et les "Outlaws", tu connais ?

– … Non.

– C'est mon groupe favori. "*Green grass and High tides*", ça, c'est magnifique, tu connais pas ça en France... Regarde mon ceinturon, tu vois la boucle, là... »

Je baisse les yeux. « *Outlaws* » est inscrit dessus...

« Faut que t'achètes ça... »

Ses copains font ouais de la tête.

Quelques secondes s'écoulent, j'avance maladroitement :

« Tu sais, moi aussi, je suis un genre de "hors-la-loi".

– Hein ?

– La preuve, je vous ressemble pas, donc je suis en dehors de votre loi !

– ... »

Il n'a pas compris ce que je voulais dire, et il n'est pas non plus d'humeur à plaisanter :

« Tu te fous de moi ? »

À nouveau, il serre les dents.

« D'un côté, tu connais pas les Outlaws et de l'autre tu te fous de ma gueule. Je te dis que la Loi, c'est la Loi. Et si t'es un hors-la-loi, on va te foutre en taule. Tu viens d'une autre planète ou quoi... Je te dis tout simplement qu'ici, on n'aime pas les étrangers, comme ta gueule, on t'aime pas, toi et tes racailles de musiciens de merde, t'as pigé... »

Je ne réagis pas.

« T'as compris ce que je t'ai dit ? Casse-toi ! »

Son troupeau de bœufs et lui m'encerclent. Je sens que ça se complique, moi pâquerette je ne vais pas tarder à me faire brouter par cette bande de bovins à la bière.

« C'est pas un endroit pour toi, ici...

– Général de Gaulle ! » dit l'un d'eux en imitant son nez avec les doigts.

Un troisième répète :

« Ici, t'es chez nous, fallait pas venir nous faire chier !

– Tapette.

– … Hahahahaha ! »

Me voyant dans l'embrouille, un grand gars avec une longue barbe et un gilet de cuir sort du bar. Il s'adresse à eux. Il a de quoi répondre, il est chez lui aussi, et il semble trouver des arguments suffisamment convaincants pour qu'ils s'écartent…

Chris arrive :

« Quelle ambiance, ils jouent tous mes morceaux favoris, et en plus j'ai fait une touche avec la manageuse du groupe ou quelque chose comme ça, elle m'a invité à sa table, viens, prends ton verre… »

Je prends mon verre. C'est vrai qu'il y a une chaude ambiance de franche camaraderie, ici, ce soir… Bravo l'orchestre !

Quand on est ressortis, notre Dodge avait un pneu crevé. Et, vu que Chris était aussi allumé que l'enseigne qui clignotait dans la nuit noire, fallait que je me démerde. Mais où était donc rangé le foutu matériel dans cette putain de bagnole de loc' ? J'ai passé une heure à changer la roue.

Chris fumait son cigare en souriant, béat face à la pleine lune, assis sur une traverse de chemin de fer, et moi qui salissais mon costard. C'est vrai que j'aurais été mieux en jean…

Les mecs nous regardaient du coin de l'œil, en rigolant sous l'enseigne du *Ace in the Hole*. Je me disais qu'ils n'avaient pas été trop méchants : ils n'en avaient crevé qu'un seul…

3

L'INSTALLATION

(Les premiers jours)
2004

Première semaine

Samedi

Ma femme et mes deux filles atterrissent aujourd'hui à JFK ; elles devraient déjà être là. Elles auraient dû débarquer de l'avion hier… Levées à cinq heures, elles sont arrivées à temps à Charles-de-Gaulle pour prendre l'avion direction New York. Il y a du monde, mais tout va bien. Elles font la queue pour l'embarquement. Imagine leurs cœurs qui battent la chamade. C'est le grand jour, elles vont changer de pays. Toute leur vie bascule. C'est aussi la première fois qu'elles partent si loin. Les yeux collés, le souffle court mais aussi l'excitation. Et puis, juste avant le comptoir d'embarquement, au moment de la pré-vérification légale, avant même qu'elles aient atteint le seuil du comptoir, un officier des douanes récalcitrant leur a fait savoir qu'il manque un formulaire aux papiers qu'elles ont déjà. Elles ont un visa, certes, mais il faut en plus un certain document « LL ». Ce n'est qu'un papier, un bout de papier léger comme une plume, mais ce papier manquant est un maillon de la chaîne qui les ancre au territoire français. Son absence interdit l'envol. Sale coup. Faux départ. Toutes les trois contraintes de faire demi-tour. *Back home.* Déjà.

Désappointées, dépitées. Retour à la case départ avec tous les bagages. La honte. Elles ont dit au revoir aux copines avec un mélange de frime et de tristesse. Comble d'humiliation, elles reviennent trois heures après avoir été coincées deux heures dans les bouchons…

Envoyer un message. Attendre avec angoisse durant toute la journée d'hier.

Heureusement, l'attestation téléfaxée par le Lycée français arrive le soir même. Vive la technique ! T'imagines comme, avant, il aurait fallu attendre des jours.

Samedi, donc, je les attends. Ça m'a donné un délai de vingt-quatre heures supplémentaires pour glaner d'autres objets, des choses de première nécessité pour commencer cette nouvelle vie, genre deux silex pour faire du feu devant la grotte. On repart de zéro, tout est à refaire. Et les meubles ne sont pas arrivés comme prévu. Quand on déménage à l'étranger, où qu'on aille, il est plus prudent d'envisager l'éventualité que le transporteur puisse avoir un certain délai de retard. L'angoisse, oui ! Mais c'est excitant de se réinventer. Oui, c'est aussi pour me sortir d'une zone de confort dans laquelle je craignais de m'assoupir, pour vivre le frisson d'insécurité que j'ai choisi l'option d'un exil volontaire. Repartir de rien. *Nichts.* Que dalle. Seul face à soi-même. Dans ce nouveau bruit new-yorkais.

Je loue une limousine pour aller les attendre à JFK.

Le premier contact avec New York relève du merveilleux. Je souhaite que mes filles vivent cette arrivée comme le rêve que j'ai moi-même vécu quand je suis venu la première fois, en

1981, pour rencontrer Michael Zilkha avant l'enregistrement de *Poèmes rock*.

J'ai retrouvé dans mes carnets, le premier texte que j'avais écrit lors de ce voyage à New York.

NYC juin 1981
Premières impressions New Yorkaises,
Fuir le compte-à-rebours des années qui comptent.
Quand la mort d'un homme ne concerne que lui-même.

NYC juin 1981.
Chinatown pue.
42e Rue : cul/kill/la nuit/lumières extra-ordinaires.
Christopher Street/gays in the village.
Rhabillez-vous à St Mark's Place.

NYC juin 1981.
Entre la 23rd et 26th Street/Lexington/Park Avenue.
Film panique/l'eau empoisonnée/dix mille faits divers.
C'est ce rock-là qui me bouleverse.

NYC juin 1981.
Dans les odeurs de caoutchouc brûlé, j'écris une chanson pour Noël, quand il gèlera : « Christmas fever ».

NYC juin 1981.
Bowery/Avenue A, Avenue B, Avenue C,
Chaussée défoncée/chaussée junky,
Craindre/craindre pour sa vie/
Dieu que ça craint, quand rien n'est plus sacré.

NYC juin 1981.
Violons et violence,
Peut-être qu'il fait trop chaud,
Pour être beau.

NYC juin 1981.
76 kg,
Je ne fais pas le poids pour te prendre à bras-le-corps,
Je ne fais pas assez de bruit avec ma voix lascive et mes histoires en demi-teintes, mes histoires humaines.

NYC juin 1981.
Je fais bâiller ceux qui marchent, ceux qui traînent.
Disco, solide et funky nothing.

NYC juin 1981.
Téléphoner outre la journée.
La communication outre-Atlantique est au-dessus de mes moyens.

Compte les secondes, aphones.
Si tu veux du fun, téléphone au faune,
Téléphone au faune qui est en moi.

NYC juin 1981.
Je t'aime déjà,
Je le sais aussi, je reviendrai.

Donc.
Elles sont bien arrivées.
Elles m'ont embrassé, mais j'ai bien senti que je n'étais aujourd'hui qu'un détail, elles regardent ailleurs. Je suis

responsable de leur mutation, mais je ne compte pas tant que l'envie qu'elles ont de découvrir le nouveau décor de leur existence.

J'ai demandé au chauffeur qu'il nous promène, avant de nous déposer devant dans la 58th Street.

Les voilà cheveux au vent, elles ont sorti la tête par le toit ouvrant de la grosse limousine noire. Elles hument Time Square, en 3D au milieu des images qu'elles ont vues comme tout le monde, notre monde occidental virtuel, celui qui connaît New York depuis toujours par fragments, à travers les écrans.

Je règle le chauffeur en même temps qu'elles sortent leurs valises du coffre.

La grille métallique de l'ascenseur à l'ancienne. Première surprise, elles ne s'attendaient pas à ça.

Apt# 6^{E}.

J'ouvre la porte, mélange de joie et de déprime soudaine. Le soufflé retombe, l'appartement est vide. Quasiment vide, hormis les quelques babioles que j'ai achetées. Je réexplique que les meubles ne nous seront pas livrés avant une semaine. Depuis que je suis arrivé, il y a déjà quelques jours, j'ai essayé de préparer l'endroit, mais je n'ai sûrement pas fait ce qu'il fallait... À peine là, déjà, ça râle... C'est vrai que j'ai acheté vite des trucs synthétiques, des chinoiseries en simili, des à-peu-près, moins parfaits, moins ceci, moins cela, des moins confortables, moins « français », moins coton, moins naturels, moins bons (mais aussi moins onéreux). À part les matelas : heureusement, là, j'ai mis le paquet, et j'ai trouvé des super-matelas. Pour les draps, par contre, je n'ai pas pris les bons, les miens sont secs comme du papier.

Ma femme a du tempérament et des scrupules, elle veut bien faire, trop bien faire, elle est d'une nature inquiète, elle voit les choses pour ce qu'elles sont en vivant dans un présent qui a plus de sens que les promesses que je lui fais. Pour le moins stressée, elle veut tout prendre en main, mais elle s'angoisse aussi du nouvel équilibre à inventer en urgence. Originaire du Sud, elle n'a jamais vraiment pensé que la pratique de l'anglais pourrait un jour lui être utile – Lyon, c'était déjà au nord sur la carte, elle a fait un blocage face à la langue anglaise qu'elle n'a jamais vraiment parlée. Maintenant, elle craint d'avoir à gérer tout ce qu'il va falloir faire dans une langue qui n'est pas la sienne, et dont elle connaît peu de mots. Électriques, les tensions apparaissent tout de suite, liées aussi à la fatigue du décalage horaire. Il y a d'autres obligations et contraintes frustrantes : pas encore Internet et pourtant beaucoup de réponses à donner à ceux qui sont restés en France, et qui s'imaginent que nous sommes partis pour seulement quelques jours…

New York ne laisse pas vraiment de marge de manœuvre. Je n'ai pas été muté par une entreprise qui prend en charge nos « frais et gestes », je suis venu avec pour tout bagage, comme dit la formule, « ma bite et mon couteau » (mais ledit couteau n'est pas passé sous le portique des douanes)… Il nous faudra faire beaucoup d'efforts. Sans être des pachas, on savait vivre sans trop d'efforts à Paris. À Manhattan, le rythme est différent, les produits sont différents, les repères sont différents, tout est différent. J'entends les reproches qui claquent comme des pétards au 14 Juillet. Elles étaient assez heureuses à Paris.

Qu'est-ce qu'on fait ici ?

Vous verrez…

Qu'est-ce qui va se passer ?

Vous verrez…

On fait quoi demain ?

Vous verrez…

Les filles se regardent, elles n'ont pas demandé à déménager… Ça casse l'ambiance. *Bad trip.* Idées sombres. Redescente. Les portes des chambres se ferment.

Aller, faire une sieste. Se reposer. *Jet-lag.* Se détendre.

Dix-neuf heures

Si le froid fait rentrer, la faim fait sortir.

J'emmène les trois nouvelles New-Yorkaises sur la 57th et Lexington, au restaurant Opia, dont mon copain Antoine est le directeur. Il n'est pas là, ce soir. Passer la soirée entre nous. Je suis content qu'on partage ensemble ce premier repas.

Je suis venu régulièrement à New York depuis 1981, quand je restais *downtown* dans l'atelier du père de Mike Rimbaud, quand je louais un appart pour venir écrire, pour dessiner, ou juste comme ça, pour être à New York. Mais j'étais seul à chacun de mes voyages. Cette nouvelle aventure, nous la vivrons ensemble. Un tournant de nos vies, un virage qui changera à jamais leur vision du monde et de leur propre existence, même s'il ne s'agit que de mots, des mots d'adultes. Mes filles ont le sentiment de n'avoir pas eu le choix. Elles ont obéi et, maintenant, elles sont là. Point. Peuvent-elles vraiment être réellement conscientes de la chance qu'elles ont de pouvoir vivre une telle expérience ?

On a attendu avant d'être servis. Yamée pique du nez en mâchant un morceau de pain trempé dans une soucoupe d'huile d'olive parfumée d'épices. Enfin… Le temps qui n'en finissait pas avant qu'arrivent les plats s'est soudain accéléré. Nous sommes ébahis de la rapidité avec laquelle on nous retire nos assiettes. Comme si elle nous épiait, à peine mon verre est-il vide que la serveuse le remplit à nouveau, à peine a-t-on a fini la dernière cuillerée de dessert que la table est débarrassée. Dès que ma carte a été aspirée par le sabot et délestée de son montant (plus taxe et pourboire), pas de perte de temps inutile, si la place peut servir à d'autres, hop, éjectés, on se sent raccompagnés par une force invisible qui nous pousse vers la sortie, en d'autres termes : « T'as payé, t'es viré. » Mais ce n'est pas plus mal, car elles sont mortes de fatigue.

Vingt-deux heures trente

Mes filles n'ont pas vraiment l'expérience des longs voyages décalés. Hâte d'aller se coucher, et tant pis si elles se réveillent à trois ou quatre heures du mat', et tant pis si elles regardent le plafond en se posant beaucoup de questions. Le bouleversement imposé est un moment difficile. Jusqu'à la dernière minute, elles n'ont pas voulu imaginer à quoi cette nouvelle vie ressemblerait, maintenant elles y sont !

Fin de la première journée d'une nouvelle vie dans le Nouveau Monde.

Dimanche

Je suggère de faire le tour du quartier.

Aller se promener. Marcher.

On marche beaucoup, à New York. Marcher vite pour réduire les distances.

Central Park/promenade.

Touristes, dessinateurs portraitistes chinois, promeneurs, familles, rameurs sur les étangs artificiels… Musicien solo. Cours de yoga. Chiens et maîtres sur les pelouses. Des mariés posent pour un photographe. Le sport. Les joueurs de baseball amateurs, les cyclistes, les coureurs de semi-marathon et les flics à cheval qui déambulent nonchalamment.

On en profite pour repérer les lieux et les distances. Marcher jusqu'au Lycée français sur la 75th et York Avenue. Je me sens bien, mais dans mon dos tout est prétexte à râler, parce que ceci, cela, ce n'est pas comme en France, en plus c'est plus loin.

Lundi

Rentrée en classe des enfants.

Test d'anglais pour les nouvelles, longue liste de fournitures à acheter.

Faire des courses.

Finir la journée dans le restaurant italien que nous a conseillé Fabrizio, le *broker* (agent immobilier) qui a trouvé l'appartement. En plus de son job de jour qui consiste à faire visiter des appartements, Fabrizio enchaîne la nuit avec un second métier de maître d'hôtel. Le voilà en costard, Fabrizio fait son show. Il est cool. Les filles le trouvent sympa.

« C'est le restaurant des amoureux, nous faisons partie de la liste des vingt meilleurs restaurants les plus renommés pour l'amour, avec notre plafond couvert de bisous… »

Suffit de lever les yeux, il y a des centaines de lèvres au rouge en guise de dédicace, accompagnées d'un nom ou une signature sur le plafond bas. J'imagine les galipettes de celles qui sont montées sur la table, sur des chaises ou des tabourets, ou ont dû se contorsionner pour imprimer ainsi leur marque sur les murs…

Mardi

Journée chaude, et humide. Une chaleur pesante que j'adore autant qu'elle me fait suer. La Convention républicaine et les élections embrouillent la ville. Nous habitons le vide. Notre duplex résonne quand je parle au téléphone. Acheter, tout et n'importe quoi. Un tire-bouchon, des coussins, une étagère, un couteau à pain, comme dans « La complainte du progrès » de Boris Vian. Acheter le nécessaire tout en sachant que nos affaires sont supposées arriver bientôt. Peut-être vendredi prochain… Les petits objets sont assez faciles à trouver ; en revanche, les décisions sont plus délicates concernant les meubles qui ne passent pas dans l'ascenseur. Nous passons nos journées dans les magasins. Tirelire cassée. Le moindre *cent* vaut de l'or.

Au fond, je n'ai pas vraiment de plaisir à acheter.

Mais il faut bien acquérir l'essentiel. Alors se pose la question de ce qui est essentiel… et question subsidiaire : soit des objets onéreux mais de qualité « longue durée », soit des drouilles qu'on balancera ? Ça me prend la tête, d'autant que j'ignore ce que devra être le loyer de mon atelier. Je ne me suis plus trouvé confronté à des problèmes d'économie serrée depuis ma vie étudiante. Bouffées de panique. C'est vrai que je vois les choses de loin. Je n'ai jamais vraiment mis le nez dans nos comptes ; alors, en attendant de pouvoir renflouer les caisses, j'opte pour la version prudente, celle des « brocailles ». L'affaire des tapis de salle de bains a fait monter la pression dans le synthétique. J'en avais acquis de bien épais dans une solderie. Coton pas coton, je m'en foutais, après tout, c'était juste du mou sous les pieds. C'est vrai aussi qu'ils n'absorbaient rien – j'ai dû reconnaître qu'ils étaient nuls, ces tapis. Pourtant, admettre mon erreur n'a pas évité la chicane autour du différend qui nous opposait : « on » m'a dit que j'aurais dû choisir « coton » – ce qui n'était pas faux –, mais, énervé, j'ai rétorqué qu'on pouvait « aussi » vivre en utilisant des objets bon marché, et que ça faisait « aussi » partie du changement, qu'il fallait s'adapter, être souple et imaginatif.

« Euh, imaginatif pour un tapis de salle de bains, papa, qu'est-ce que t'entends par là ? »

Bon, c'est vrai que je n'entendais pas grand-chose, et mes arguments étaient limites. Alors j'ai viré ces deux tapis à la con, qui étaient moches et qui n'absorbaient rien.

Mercredi

Davide est Italien, un copain de Fabrizio. Il est venu faire des études à New York et il y est resté. Il a joué au théâtre dans quelques pièces d'amateurs. Maintenant, il fabrique des chapeaux dans un immeuble du Garment District. Davide doit déménager, et il m'a fait visiter l'endroit qu'il occupe, mais c'est beaucoup trop petit : ça pourrait convenir à un graphiste, mais pour moi, impossible. Dans le même immeuble, il m'a présenté un autre espace génial, mais qui n'est pas encore à louer. Dans quelques mois, peut-être…

Je n'ai pas le temps d'attendre. Il faut que je trouve au plus vite. Alors, dans ce même immeuble où tout le monde se connaît, il m'a montré un troisième truc, au dixième étage, un truc génial, beaucoup plus grand, encore habité. Le loyer est aussi beaucoup plus élevé que ce que j'avais envisagé d'y consacrer. La lumière est changeante, si on pouvait le *splitter* tous les deux, Davide et moi, ce serait génial. J'hésite, je propose à mon ami le peintre Richard Texier d'en prendre un carré en guise de *storage*, mais ça ne l'intéresse pas. Lui, il préférerait acheter, moi je n'ai pas les moyens, *dammitt*…

Besoin d'accélérer, je perds trop de temps en me déplaçant à pied. J'opte pour le « deux-roues ». On m'indique un magasin dans lequel mon ami achète « les siens ».

« Un seul ne te suffit pas ?

– Un pour la semaine, et un autre pour le week-end… Dans Manhattan, vaut mieux un truc costaud, y a des nids-de-poule dans les chaussées, des bosses, et beaucoup de choses, des clous, des morceaux de ferraille tombés des camions, il vaut mieux des gros pneus tout terrain…

– Humm.

– Par contre, pour aller vite, faire des miles pour se défouler le week-end, les jantes fines d'un vélo de course, c'est plus adapté…

– Ah ! »

Une heure après, je roule sur mon beau vélo neuf, costaud, avec des amortisseurs.

Armstrong Rastignac, la ville est à moi. À vélo, quel pied !

Jeudi

Nous guettons avec impatience le message qui nous informera de l'arrivée des meubles.

Fabrizio m'appelle pour m'annoncer que le proprio de l'atelier situé dans l'immeuble du Garment District, qui habite à Los Angeles, ne veut pas que l'endroit soit divisé. J'hésite, cet endroit au dixième étage me tente vraiment. Je retourne le visiter. Cas de conscience : trois fois le prix que j'avais prévu… mais ça pourrait valoir le coup, l'espace est mieux que ce que j'ai visité ailleurs, c'est New York, c'est aussi pour ça que je suis venu, oui mais…

Rencontre entre parents au Lycée français.

« Et vous, les meubles ?

– Pas mieux, on vit par terre. »

À la maison, les rapports sont tendus. Ma femme pressée/inquiète. Beaucoup de démarches administratives à faire qui me rendent fou. Elle redoute de ne pas comprendre. Son anglais s'est figé à la moyenne dans un lycée de Toulon, elle avait seize ans…

Et malgré ces chamailleries oxydantes, je suis tellement heureux d'être là !

Nos deux filles attendent désormais la rentrée avec impatience. Pour elles, le Lycée français de New York, le LFNY, ressemble à un « club de rencontres ». Il y a des activités obligatoires (les cours), on gagne des lots (les notes) et on se fait des relations (les copains, copines).

Ce soir-là, direction l'Union Square Theatre pour voir un spectacle du clown russe Slava intitulé *Snowshow*.

Shaan, ma fille aînée, n'est pas emballée à l'idée d'aller voir un clown. Normal, à quinze ans, les clowns, ça ne fait plus rire…

Pourtant, quand on se retrouve à la fin du spectacle, tout le monde en a profité. Une fois mises de côté les idées reçues, portés par la poésie, on s'est laissés glisser sur une luge. Je me suis souvenu de mon enfance : mon *Rosebud* à moi, c'était quand mon père tirait la luge en bois sur la neige en Lorraine. Parfois, ça glissait tout seul, parfois, ça ne glissait pas, mais j'étais toujours content sur la luge que mon père tirait. Ma gorge se serre quand je repense à lui, disparu depuis deux ans. Mon père est encore très présent. Pas un jour qui passe sans qu'il n'apparaisse pour une raison ou une autre. L'âme de quelqu'un, c'est une présence qu'on ressent même s'il est invisible, une phosphorescence, une lumière qui vous éclaire dans la nuit.

Se réjouir de rien. Ce mec sans âge né dans un village russe, qui a sillonné le monde depuis des années, influencé par le Cirque du Soleil et le mime Marceau. Pas de manipulation d'échelle ni de fleurs qui trissent, comme celles qui jaillissent au revers des costumes de pitres évoluant dans la tradition sur la sciure des pistes sous chapiteau, mais une histoire surréaliste, entre le rêve des clowns et l'éveil des enfants, loin des émissions culturelles industrielles pour poulets de batterie. *Slava's Snowshow* donne au clown une modernité à fleur de peau au cœur de New York.

Vendredi

Toutes les nuits, le téléphone sonne vers trois heures du mat, quand ceux de France oublient le décalage horaire ou ignorent le fait que nous ne soyons plus sur le même faisceau.

Quelle que soit l'heure à laquelle je me suis couché, dring dring, je me réveille et c'est ensuite galère pour retrouver le sommeil…

*

Deuxième semaine

Samedi

Le matin, je file visiter une autre pièce à louer dans le même quartier, un building en face de celui de Davide. C'est un signe, ça doit se passer dans cette rue ! « Une occase », m'a dit Tito, un ancien copain des Beaux-Arts, graphiste à NYC depuis trente ans. Foncer. Pédaler à toute berzingue.

Et puis. Très déçu. N'importe quoi. Rien à voir, une chambre à partager entre étrangers de passage. Comment a-t-il pensé à me proposer ça ? Remarque, on ne sait jamais. C'est aussi ça, ici, on ne peut pas laisser passer une chance, tout est possible.

Du coup, je suis retourné voir Davide et j'ai décidé de louer ce studio au dixième étage meublé. Je peux y emménager tout de suite mais « pas de bail », ce qui signifie qu'on peut me virer du jour au lendemain… Peu importe, je prends le risque, j'ai besoin d'une adresse.

J'apprends que les meubles nous seront livrés aujourd'hui. Y a d'la visseuse en perspective. Je rentre *illico presto*. J'accroche mon vélo et je commence à construire ma maison, tel un castor avant l'hiver.

En fin de soirée, après avoir monté le « lit-kéa » dans la chambre de Yamée, inutile de tenter le diable en laissant un beau vélo bleu passer la nuit tout seul dehors, c'est vendredi soir, il va y avoir du monde à l'entrée de la boîte de nuit The Web, située dans les *basements* de l'immeuble.

Je redescends l'escalier en sifflotant, j'arrive sur le trottoir et là, je reste stupéfait, pantois, comme un con : où qu'il est mon vélo ?

Vélo volé.

Premier vélo volé !

Mince, putain de merde, on m'a volé mon vélo. Mon premier vélo. Envolé. J'en ai à peine profité trois jours. Mon beau vélo neuf attaché au poteau de signalisation, en bas de notre immeuble. Il est resté quoi ? Trois heures (bon, d'accord, plus de trois heures), et disparu, plus d'vélo. Fait chier. Ce câble au carbone n'a pas suffi. Et quoi, maintenant ? Ben rien, je ne me vois pas aller chez les NYPD pour ça ! Dans l'os. Donc, New York n'est pas cool pour les vélos... Je croyais qu'il n'y avait rien à craindre. Eh ben, ça craint. Personne n'aime se faire voler ou perdre des trucs. Avant-hier, un mètre à ruban est tombé de ma poche, et puis un carnet de notes noir perdu mardi dernier. Je reste là, largué. Putain, j'enrage, c'est pas possible ! Période de tumulte, quand les choses ne sont pas calées à leur place... Cet enfoiré qui me pique mon beau vélo bleu. J'en prends un coup au « ralmo ». Et pourtant, le vendeur m'avait prévenu :

« Attention, ce filin même au carbone, il se couperait facilement. Vous devriez prendre une grosse chaîne.

– C'est ça, oui, un truc en kryptonite de sa mère qui pourrait tirer un poids lourd, et ça coûte combien ?

– 140 $.

– *What ?*

– Eh… Comme vous voulez, mais les vélos, ça se vole… »

J'avais répondu :

« Pas à New York ! Pas dans la rue, en plein jour… »

On m'avait dit :

« Si ! »

Et moi, j'avais conclu en disant :

« J'vais quand même prendre celui au carbone.

– Comme vous voulez ! »

À Paris, je ne ferais pas d'infidélité à mon scoot', mais ici, j'étais trop content de faire du vélo. Les grandes distances, les larges avenues, les taxis trop chers, à moins de passer sa vie dans le *subway*, c'est si bon de se faire caresser par les courants d'air et de gagner du temps… Mais bon, j'viens de me prendre 499 $ dans les gencives. Alors, qu'est-ce que je fais ? J'en rachète un neuf ou je vais chercher une occase sur un marché ?

Dimanche

Bruce et Ida nous emmènent au *flee market* de la 24th et 5th Avenue. Je dois retrouver vite un vélo.

Il y en a plusieurs. Et j'en repère un qui m'attend, un bicloune qui semble correct.

« Combien ?

– 85 $. »

Y a pas de freins, mais tant pis. Juste changer les coussinets et faire quelques réglages. 85 dos, une bonne affaire. À qui l'a-t-on volé ?

J'achète aussi quelques livres, parmi lesquels un dictionnaire d'images symboliques, une mine. Les images sont minuscules et je me rends compte que je deviens bigleux. Inutile d'aller chez un ophtalmo, j'achète une paire de verres grossissants « 0,5 ». Peu importe le look. Les verres sur le nez, j'essaie d'apprendre ces mille pages d'images condensées.

Depuis qu'on m'a volé mon vélo, les filles ont suggéré que, toutes les nuits, on rentre la statue du « God-dog », ce dieu-chien protecteur en bronze, qui fait le guet sur la terrasse.

« Si les voisins de la terrasse venaient à le prendre ? »

Mais que craignons-nous de ces voisins, dont je n'ai jamais vu que la main de l'une d'eux qui fumait sans sortir de chez elle. Un jour, une seule fois. Suis-je devenu parano ?

Mais ça ferait trop chier qu'il disparaisse, notre bull-terrier, « mon chien cassé », alors je le rentre le soir et je le ressors chaque matin.

Lundi

Labour Day

Dans l'immeuble de mon atelier, il faut une clé pour accéder à chaque étage par l'ascenseur. Mince, me voilà niqué, car je n'ai pas encore la mienne. Du coup, je m'interroge : dois-je vraiment m'installer là ? 2 600 $ plus les charges, c'est vraiment cher pour un atelier ! Non seulement je dois les payer *cash*, mais il ne sera pas libre avant octobre. Ça sent l'embrouille.

On nous avait dit « attention, lundi est un jour férié, tout sera fermé », mais en fait c'est un jour comme les autres, et toutes les boutiques sont ouvertes, et les gens travaillent.

Je porte mon nouveau vélo d'occase à réparer. La fourche est tordue. Tous les petits travaux coûtent bonbon de chez « au poivre », ce n'est jamais le prix qu'on t'a annoncé. Les bricoleurs se sucrent avec les taxes.

« Il a fallu aussi remplacer le câble arrière et votre changement de vitesse, on a graissé la chaîne et remplacé l'ampoule arrière.

– Mais je ne vous l'avais pas demandé.

– On ne pouvait pas vous laisser repartir sans l'avoir fait. C'est notre responsabilité. Si vous aviez un accident, vous pourriez vous retourner contre nous, m'sieur…

– Bon, allez, combien j'vous dois ? »

J'en ressors après avoir lâché trois fois le prix du vélo, tu parles d'une occasion d'économie. J'aurais dû en reprendre un neuf.

Longue liste de fournitures scolaires. On en profite pour s'équiper d'un « tout-en-un », une sorte d'engin hybride qui nous permettra de rejoindre le grand vaisseau de la communication, un robot mixte, à la fois fax-copieuse-scanner-imprimante (machine à café, congélo et brosse à dents ? – LOL). Pratique tant que ça ne tombe pas en panne… Quand même surpris par le total, en arrivant à la maison, on s'aperçoit sur la facturette que ladite machine nous a été comptée deux fois. Oh, putain, ça fait lourd !

Mardi

Rentrée des classes sous des trombes d'eau.

Après s'être pomponnée pour aller au bal, ma grande fille Shaan doit se conformer au port de l'uniforme. Une nouveauté pour elle, qui s'est toujours habillée selon ses goûts. Tirée à quatre épingles, elle part pour sa première journée de collège. Manque de chance, à peine est-elle sortie attendre le bus qu'un orage se déclenche – un déluge. Et le bel uniforme est souillé avant même qu'elle n'arrive au lycée. Elle passera la journée dans ses chaussures trempées, des taches maculant sa chemise blanche parce que son sac à dos a déteint… Dur, dur.

Je suis retourné au magasin muni de mon bordereau pour élucider cette histoire de double facturation. Après avoir nié trois fois fermement par principe, et sans réfléchir, le responsable revient en me faisant des excuses.

« Désolé, désolé, je ne comprends pas ce qui s'est passé, excusez-nous. »

Remboursement et en prime un bon d'achat de 10 $. Ça va, c'est cool.

Jeudi soir

L'enfer : toujours pas d'Internet. Le gus de Verizon n'est même pas monté, il m'a fait signe depuis le trottoir d'en face tout en m'appelant sur le portable, il m'a dit qu'il ne pouvait rien faire et que la parabole ne marcherait pas. C'est tout, « salut », et puis il est reparti. Bref, il faut qu'on se démerde autrement. Passer des coups de téléphone à Time Warner, je ne comprends rien de ce que le gars m'explique. Alors mon pote Bruce a la gentillesse de me proposer de le faire pour moi. Il y passe l'après-midi, et le soir toujours pas de nouvelles.

En plus, il y a cette sortie d'album *Double Vue* que la maison de disque voudrait appuyer par un concert. Les discussions au téléphone n'en finissent pas.

Moi, je ne pense pas que l'idée d'un spectacle corresponde à ce que cet album évoque. Il a été produit en studio avec des musiciens différents, dans un contexte différent pour chaque titre. Je n'ai composé que la chanson « Estelle a disparu » pour Estelle Mouzin, tous les autres titres m'ont été envoyés par d'autres musiciens ayant chacun un style particulier. Je crains d'uniformiser ces particularités dans un spectacle qui demande aux mêmes musiciens de s'adapter et d'être polyvalents, capables de jouer tous les genres (rock, blues, ballades...).

Bref, les problèmes de Paris me rattrapent.

Réunion parents/professeurs au LFNY.

Après nous être entendu expliquer pour la énième fois les tenants et aboutissants du système scolaire et les engagements respectifs, après avoir appris qu'il y a une grosse augmentation du nombre d'élèves cette année, nous découvrons ceux qui seront les acteurs jouant leur rôle d'éducateurs. Les profs se présentent à nous un par un (ou deux par deux). Les parents écoutent, questionnent, certains prennent des notes. On sent un engagement réciproque encadrants/encadrés. Les profs nous donnent même leurs adresses email, voire leurs numéros de portable, en nous disant de ne pas hésiter si nécessaire.

Pour nous qui venons d'arriver dans cette ville, sans mentir, la différence est inouïe en matière de relation, de disponibilité, par rapport à la froideur distante vécue jusque-là en France. Il faut dire aussi que les conditions ne sont pas les mêmes, et que les parents viennent de milieux pour le moins « privilégiés »...

Vendredi

Le fils d'Antoine et Suzana va à l'école internationale des Nations unies, où la femme de mon copain Bruce enseigne le français. Antoine et Suzana, nos voisins de palier à Paris, ont eux aussi fait le choix de s'installer à New York pour une année. On se retrouve ce soir chez Bruce et Ida, qui habitent désormais sur East Broadway, au bout de Canal Street.

Bruce est originaire de Chicago – il m'avait *drivé* dans sa ville quand j'y étais allé enregistrer *Casque nu*. Venu faire des études d'architecture en France, Bruce s'y est installé pendant une trentaine d'années. Désormais, il fait régulièrement la navette entre les États-Unis et l'Hexagone, où habitent ses deux enfants. Tantôt ici, tantôt là-bas, beaucoup de voyages.

« Il faudra que tu t'habitues », me dit-il avec humour…

Le taxi qui nous ramène a l'air sympa, avec son chapeau de paille. On rigole, et puis il me dit :

« Vous venez d'où ?

– De Paris… mais on habite à New York, aujourd'hui.

– Ah, Paris, mais c'est quoi le problème que vous avez avec le foulard pour les jeunes filles musulmanes ? »

Je présente la montée de l'islam comme une alternative, celle qu'ont trouvée les pays pauvres pour faire face à l'impérialisme économique incarné par l'omniprésence américaine.

Il me dit sans le dire que, pour lui, l'origine de tout cela se trouve en Méditerranée.

« … Vu des États-Unis, cette interdiction française est vexatoire. »

Je réponds qu'avec la radicalisation des jeunes Arabes musulmans parallèlement à la montée d'un antisémitisme qui se manifeste désormais sans complexe, la tension monte. Elle s'est même instaurée entre les élèves dans les lycées et collèges. C'est le rôle de l'État de réagir pour remettre tout le monde à égalité.

« Vous croyez à l'égalité, vous ? »

Je ne réponds pas. Les États-Unis sont plutôt concentrés sur les questions de Liberté. Pour lui, c'est surtout une manifestation anti-arabe, islamophobe, et il conclut en me disant de but en blanc :

« Moi, je crois que vous me dites ça parce que vous êtes juif… Je l'ai vu tout de suite quand vous êtes monté dans le taxi. »

Il se met à rire comme s'il avait dit quelque chose de drôle. (En tout cas, je préfère ça à ceux qui te balancent ce type de questions avec un mélange de mépris et de crainte.)

Je dis qu'il faut continuer le dialogue. Il n'y a rien de plus dangereux pour la démocratie que les dirigeants qui imposent leur diktat.

« Oui, c'est bien c'que j'dis, vous avez un point de vue de juif. Ici, si je postule à un poste et que ça tombe dans les mains d'un juif, il mettra ma demande à la poubelle !

– Je ne sais pas. Je viens d'arriver, mais je peux vous assurer que vous pouvez dire ça de n'importe qui et de n'importe quoi, dans tous les pays, quel que soit le régime, et si absurde que cela soit, tout le monde sait que la préférence nationale est reine dans les administrations. Y a pas que la religion. Quand je fais une demande, si elle est rejetée, je peux inventer n'importe quelle explication. »

Nous sommes arrivés.

« Au moins, vous acceptez le dialogue, vous n'êtes pas comme certains… »

*

Troisième semaine

Samedi
11 septembre

Après une semaine d'école, ma plus jeune fille a demandé à sa sœur de lui épiler les jambes. C'était comme un devoir, l'apparence a tellement d'importance !

Le soir, on va dîner chez un couple de Français qu'on avait croisés au LFNY, lors de la rencontre parents/profs. Elle travaille dans une grande banque, son mari l'accompagne. Comédien, il se convertit dans le coaching pour cadres en entreprise. Trois autres couples sont invités, dont une *Art Consultant* canadienne qui fait du développement esthétique dans les entreprises. Une vingtaine de noms à son catalogue, dont son mari photographe. Elle est assez calée sur l'aspect commercial, et il est clair que les arguments liés à la philosophie de l'Art ne sont pas ceux qu'elle utilise en premier pour convaincre ses clients.

« C'est un bien de consommation comme un autre, qu'il faut traiter sans complexe. »

Ses propos reflètent un pragmatisme sans concession.

Elle me propose de passer voir mon travail, dès que j'aurai un atelier.

Présent ce soir-là, un couple arrivé de Lyon. Il est ingénieur pour un laboratoire français dont l'usine fabrique des vaccins. Il a fait la navette pendant six mois avant que sa famille ne le rejoigne. Une amitié se lie presque instantanément entre ma femme et la sienne.

Enfin, il y a un type qui travaille pour une compagnie italienne de fabrique d'embouteillage de parfums.

Murs en brique et plafonds hauts, c'est un grand appartement. Pourtant, nous finissons la soirée les yeux au ciel dans le petit carré de jardin, à méditer en silence en regardant les deux faisceaux de lumière projetés vers le ciel, en guise de souvenir des tours jumelles.

Dimanche

Premier déjeuner maison. Et premiers « visiteurs ». L'artiste belge Manuel Geering passe avec le photographe Martial Lorcet, qui me demande une dédicace pour un de ses copains n'ayant pas « osé » le faire lors d'une fête sur un toit. Comment peut-on ne pas « oser » ?

L'après-midi, construire un meuble d'angle adapté à la forme ronde du mur pour la chambre de Shaan, ma grande fille, et filer à Brooklyn/Williamsburg visiter l'atelier de Stephen Dean et Anne Deleporte. Ils veulent quitter cet endroit, déménager dans le Queens. On monte sur le toit, on boit des bières en regardant la splendeur de la nuit qui tombe sur Manhattan.

Williamsburg, c'est Saint-Germain-des-Prés, ce qu'était Greenwich-West Village dans les années 1950/1960, avec des marchés de trucs de rien au coin des rues, les musiciens à la station de métro. Pourtant, on devine que c'est déjà, aussi, la fin de quelque chose. Le tourisme arrive, et c'est mauvais signe. Le style est donné, les gens se ressemblent, s'imitent. Agréable à vivre, cool pas guindé, vingt-cinq/cinquante ans, *trendy artie*, un quartier idéal pour bobos.

Les nuits animées, une ambiance joyeuse, et cette lumière en demi-teinte…

Lundi

La journée commence avec la visite d'un directeur de l'agence de com' qui travaille sur le projet pour lequel j'ai peint un tableau en juillet.

Il me montre la maquette de l'invitation. Quelques rectifications, changer de papier.

« Tiens, comme celui-ci. »

Je montre le livre que m'a donné Anne Deleporte…

« Anne Deleporte et Stephen Dean, je les connais, on a travaillé ensemble… »

Le monde est petit.

Je rends les clés du grand studio. Je n'ose pas. 3 000 $ par mois, ça me semble trop lourd.

Ma carte de téléphone déconne. Le Pakistanais qui me l'a vendue règle le problème en trois minutes. Je lui parle de l'endroit que je cherche. Sans hésiter, il m'envoie à quelques rues de là. Le temps d'y aller et je rêve qu'il s'agit du super-plan magique. Mais que nenni, c'est tout sauf un studio de peintre, à peine un espace commercial.

Ici, on peut s'enthousiasmer pour un rien.

Sur mon vélo, je reçois un coup de fil de mon copain Antoine, qui m'invite à boire un verre dans son restau. Je file à Brooklyn visiter deux espaces disponibles dans un vieil immeuble entièrement remis à neuf. Je me perds. Embarrassé par mon retard, j'appelle la fille de l'agence repartie à son bureau après m'avoir attendu une demi-heure.

C'est tout juste si elle ne s'excuse pas d'être repartie. Je n'en reviens pas. Elle ne me fait aucun reproche. À son tour, elle me supplie de l'attendre.

La voilà qui revient. Je vois arriver de loin cette jolie demoiselle d'origine haïtienne, elle a le sourire.

Dieu que c'est bon de ne pas s'entendre engueuler alors qu'on se reproche déjà à soi-même d'arriver en nage après s'être égaré !

Malheureusement, les deux spots qu'elle me propose ne conviennent pas pour ce que je veux faire. Ce sont des ghettos d'artistes. De longs couloirs, portes en métal, pas de lavabo dans les studios à louer, tout refait à neuf. Trop nickel. Impossible. Plutôt des lieux de présentation que des lieux de travail. Pas ce que je cherche. Une usine de production. *Not for me.* Les alentours sont déserts. Le quartier est mort. La fille me dit que c'est Dumbo, dans quelques mois tout va changer…

C'est New York, ça change vite. J'ai du mal à la croire. En attendant, ces buildings sont occupés par des artistes, des galeries, des artistes, des encadreurs, des artistes et quelques boutiques bio super-techniques, des lieux de commerce au design moderne, conçus dans l'efficacité fonctionnelle, implantés dans l'urgence pour nourrir les artistes avec des produits de méditation.

Épuisé, dépité. Encore une journée sans atelier !

Comme un athlète dans les starting-blocks, j'ai hâte que ma course commence. Comme pour accentuer encore la pression, Xavier m'appelle : « Hâte de voir ce que tu fais. »

C'est la première fois qu'on m'appelle pour ça !

Je bous debout de savoir que mes peintures attendent toujours dans un *storage*. Alors, j'écris tout le temps, pour passer le temps.

La parano s'est envolée, le chien en bronze fait le guet dehors, désormais la nuit aussi.

Mardi

Je suis en train de construire un meuble avec des boîtes en carton quand un pote m'appelle qui a vu sur Greg List un studio disponible dans Chelsea. J'arrête ce que je fais, et je file sur mon vélo. En cours de route, je reçois un coup de fil du propriétaire, qui me propose de me le faire visiter. Je réponds que je suis déjà en route – en rue – et je me rue là-bas, à toute vitesse.

326 West 26th Street, la rue de la galerie Lelong.

La façade est belle, la cage d'escalier décrépie. Les couloirs refaits à neuf comme l'immeuble de Dumbo.

Une autre *Art clinic*, ça faire peur.

Portes en métal ouvertes, j'entrevois des gens qui poirotent en feuilletant un journal. Ils tuent le temps devant trois tableaux sur les murs blancs…

Au 710, Michael Phelan me montre les soixante mètres carrés qu'il propose de partager avec moi pour 1 850 $. Ni eau ni toilettes privatives.

Ici travaillait une céramiste qui déménage. La vue est belle, l'espace est OK, mais où est le mystère ? Je crains de me retrouver observé : pour accéder à son espace, Phelan doit traverser celui qui serait le mien… Non ! Il insiste, suggère que j'emménage seulement pour quelques mois, après, je verrai. Mais non !

Autant je pourrais imaginer m'installer sur la rue et travailler comme un boulanger fait son pain, autant je ne me vois pas coincé dans ce couloir. Je recommence ma vie et je cherche le décor de mon film idéal. Si certains lieux peuvent être stimulants, d'autres comme celui-ci ont de quoi faire froid dans le dos.

La rue déserte, les galeries qui se connaissent. Le peu de bruit, le peu des gens. Une rue dédiée à l'Art comme jadis il y avait celle des tapissiers, la rue des bouchers ou l'impasse, le quartier des tanneurs, celui des pêcheurs. Moi, vairon, je ne suis pas prêt à m'offrir au premier brochet.

Je retourne zoner dans le Hells Kitchen, Midtown.

Repérant sur mon sac à dos un signe indiquant que je viens de France, un vieil exilé politique macédonien muni d'une canne me suggère de rencontrer un Anglais qui vient d'ouvrir une galerie dans la 37th. Il boite, nous y allons à petits pas. Il me parle de sa vie. Intendant, puis gardien d'immeubles, en Grèce, il écrivait des chansons, il était collectionneur, il est venu ici car il était en conflit avec le régime, il a pris des coups sur la tête un soir, une agression. Opéré, il n'arrive plus à se souvenir de tout.

« Où est cette galerie ? »

Quand on y arrive, elle est fermée.

Chercher ma bicyclette accrochée à un arbre. Un panneau affiche des espaces à louer. J'appelle. Une demi-heure plus tard, la fille de l'agence me fait visiter, mais ça n'est pas disponible tout de suite.

Je grimpe sur ma *bike* et je fonce sur la 95th rencontrer le compositeur de musique contemporaine Thierry Lancino, qui travaille à une création pour orchestre symphonique.

Des pages et des pages de notes sur de grandes feuilles de portées. Ici les cuivres, là les violons, là les percussions. Il compose comme je peins. Une touche de ci, de là, une pointe d'intensité pour relancer. Puis-je entendre à quoi ça ressemble ? Il rame pour trouver des enregistrements. À l'évidence, il n'a pas l'habitude de partager ce qu'il fait, du moins dans son endroit. Scotché, un verre de whisky à la main dans un fauteuil profond, j'écoute quelques pièces.

Un compositeur commande un gros avion, il a la puissance d'un moteur symphonique, comme les guitares électriques à fond.

Le rock, c'est de la roupie de sansonnet, comparé à l'impact de certaines envolées lyriques de symphonies nymphomanes.

Quand la musique s'arrête, on revient sur terre.

« Allons manger une salade dans un *diner* à quelques rues. »

De fil en aiguille, on passe quatre heures à parler de musique.

Il doit sûrement y avoir quelque chose pour moi dans le Hells Kitchen. Je suis venu pour ça : découvrir. Je m'imprègne de la ville. Ses odeurs, ses couleurs.

À peine suis-je rentré à la maison, vers dix-neuf heures, que Davide m'appelle : le chapelier propriétaire sera en ville demain, on peut se voir. Ce serait trop beau qu'il accepte de me louer son studio meublé dont je rêve depuis que je suis venu. La 37th West n'est qu'à une vingtaine de rues de notre appart. Davide joue les intermédiaires, qu'est-ce qu'il y gagne ? Non, rien, juste pour rendre service.

Mercredi

Depuis que les meubles sont installés, on commence à vivre presque « normalement ». Heureusement, car les filles ont des devoirs à faire pour le lycée (même s'il me semble qu'elles en rapportent beaucoup moins que ce qui nous était demandé quand j'avais leur âge).

Rendez-vous à onze heures.

Orlando, le proprio, est un beau mec de trente-huit balais. Je le rencontre dans son show-room. Il vend des chapeaux en paille, en feutre et autres tissus. Des pièces uniques qui peuvent valoir 3 000 $.

« Quoi ? Tu veux dire trois mille boules pour un chapeau ? »

Il part en voyage, ne sait pas quand il rentrera. Il me loue son studio pour quelques mois. La durée est incertaine, mais ça me va. On peut toujours s'entendre.

« Tu me fais un chèque. »

Mince, oublié mon carnet. J'aurais dû anticiper. Son show-room est situé sur la 48th, à vingt rues de chez moi, j'y retourne chercher la plaque de feuilles.

Surexcité, pour finaliser ce *deal.* Mon premier atelier à New York. Depuis que je suis enfant, combien de fois en ai-je rêvé ? Jouer dans le grand bain. Rejoindre l'histoire de ceux qui l'ont fait avant moi. Ça engendre des frais, mais c'est aussi pour ça que je suis venu. Me retrouver face à moi-même. Comprendre qui je suis. Tellement peu de gens s'intéressaient à ma peinture en France, alors qu'ici une dizaine de personnes m'ont déjà laissé leur carte, en me suggérant de les recontacter quand j'aurai une adresse.

Ma femme est sortie. Je cherche le carnet de chèques le cœur battant. Où est donc ce maudit carnet de chèques ?

Le téléphone sonne. Je décroche, un type de la maison de disque en remet une couche pour avoir un concert. Ils ne connaissent qu'une seule manière de procéder : disque = concert = promo. Rapports et discussion tendus. Pas de concert, pas de promo ! J'explique que je tournerai avec le prochain disque (dont la plupart des chansons sont déjà prêtes). *Double Vue* n'a jamais été conçu comme un disque « de scène ».

« Pourquoi pas un clip ?

– J'habite désormais à New York. »

Rien à faire, ça ne les intéresse pas.

« Pour les médias, CharlElie, vous êtes et vous serez toujours un chanteur français, donc disponible. »

Jamais les médias n'admettront de concentrer la promotion et les interviews sur une semaine. Je dois rentrer en France et faire ce qu'ils me demandent. En serrant les dents, je suggère que mon interlocuteur rappelle le lendemain.

Ça y est, j'ai trouvé le carnet de chèques. Je retourne à toute vitesse sur la 47th Street, suite 33 N. Orlando a déjà enfilé son blouson, il s'apprête à partir… Signer un chèque. Pas de contrat, pas de bail, on marche à la confiance. Ça me va, cool.

Trois mois cash. Rien vu de mieux moins cher. Il aura juste besoin de son studio quelques jours en novembre…

« *No problemo*, mec, tu me préviens. »

Donc, c'est au feeling. Pas de relevé bancaire, pas de fiche de paye, pas d'autre garantie que ce chèque équivalant à trois de ses chapeaux de paille.

J'ai mon premier atelier à New York. Enfin ! Les œuvres qui attendent dans le *storage* du *mover* vont enfin pouvoir être dé-livrées. J'ai hâte de commencer à me remettre à travailler. C'est génial. Je n'ai pas le moindre reçu, mais j'ai les clés.

Mettre un pied dans la porte une fois que j'y serai, après, on verra.

Fou de joie. Tope là, c'est top !

J'y fonce direct.

Et ça y est, j'y suis.

Je suis dans mon atelier à New York. Dixième étage 37th Street West. T'imagines même pas ce que je ressens. Une renaissance. Il y a même un piano, un vieux piano désaccordé ; certaines plaques en ivoire ont disparu, mais il ne manque pas une touche. Honkey-tonk bastringue. J'improvise ma joie pendant une heure.

Une chaîne stéréo tourne à vide. Sur la platine, un disque plein de poussière. Depuis combien de temps est-ce qu'il tourne ? C'est aussi ça, l'Amérique… Depuis combien de temps cette platine attend-elle qu'on abaisse son bras ?

Je l'abaisse. Incroyable : *Closing Time*, le premier disque de Tom Waits que j'ai acheté. Un symbole, comme s'il m'attendait… Cet endroit était le mien !

On frappe à la porte. Un Chicano cherche celui à qui il doit remettre un pli en main propre. Je me présente. Mal placé pour le renseigner. Refermer la porte. Bizarre. Il avait l'air aussi bizarre que ces objets fixés aux murs. Masques mexicains, peintures amateur, photos Polaroïd scabreuses et pornos, des écrits poétiques passionnés dessinés au sang, objets de culte aztèques mystiques, « mystèques ». Tout me semble bizarre. Une bizarrerie pleine d'inspiration.

Pat m'appelle, il m'invite à passer le voir dans le Meat Packing District, non loin, un quartier en plein boom. Des galeries d'Art se montent dans les grands entrepôts où l'on stockait jadis la viande. Boutiques de luxe dans les anciens frigos qui ont vu la mort. Des restaurants de gourmets / gastronomes / fines gueules remplacent les bistros où se réunissaient les pontes de la mafia, ceux qui régnaient sur le monde de la bidoche arrivant par la voie ferrée aujourd'hui abandonnée, où vivent désormais des hordes de *homeless*. Pourtant, ce qui semblait immuable va changer : un grand projet d'urbanisme prévoit de transformer cette voie ferrée en « coulée verte ». J'attends de voir…

De nouveaux bars et hôtels modernes et chics apparaissent désormais entre les dernières échoppes de bouchers, ceux qui diffusaient la viande en carcasse depuis les abattoirs.

Jusqu'aux années 1950/1960, les restaus venaient se fournir ici ; aujourd'hui, les circuits de distribution sont différents. Les nouveaux abattoirs situés en dehors de la ville sont bien plus pratiques. Du coup, ces entrepôts-ci sont à l'abandon, convoités par les nouveaux investisseurs.

Quand j'y venais avec Mike Rimbaud dans les années 1990, c'était devenu un coupe-gorge squatté par des junkies. Personne n'osait s'y aventurer. Chaude ambiance, des boîtes gays, avec *backroom* et compagnie… *No comment.* Des rues entières s'achetaient pour une bouchée de pain, voire pour un steak.

Plein d'enthousiasme, candide, je raconte à Pat mon projet d'atelier-galerie sans intermédiaire, « du producteur au consommateur ». Travailler derrière une vitre teintée ; les visiteurs pourraient me voir évoluer. Deux pièces, l'une servant de lieu d'exposition, l'autre en guise d'atelier.

> *CharlElie-Workshop-Gallery, sortir l'atelier du secret. Voir le moine en cellule. Un rez-de-chaussée, deux parties séparées :*
>
> *1) Premier volume, galerie aux murs blancs.*
>
> *2) Second volume, atelier surréaliste, comme une performance, montrer les coulisses, le fonctionnement du chef en cuisine, le boulanger et son pain, l'artiste/artisan faisant Art. (Et même un piano dont je jouerais parfois. Conjonction entre l'intention et la réalisation. Art et artisanat. Un Art accessible, modifier les niveaux de perception, retrouver l'artefact.)*

Enfin voilà, je lui raconte quelque chose comme ça. Un atelier « mis en scène ». Quand j'ai fini, ledit Pat juge que le projet me correspond :

« D'autant que tu as une certaine "habitude" de la scène… Tous les artistes ne peuvent pas accepter le voyeurisme. Ma première femme était peintre, elle ne supportait même pas que je la regarde travailler. »

Il s'arrête de marcher, me regarde.

« Ton idée est excellente, très comment dire… différente… Je suis ici depuis dix-sept ans et je ne connais personne qui a choisi cette option. La tendance marketing pousse plutôt vers le culte de la personne. Ton concept est simple, si tu développes, il peut être très efficace ; quand on a une idée comme celle-là, faut pas la laisser filer… »

Naïvement, je lui propose de s'associer :

« Viens voir mon boulot… Tu connais la ville, tu connais des gens, on pourrait peut-être trouver un moyen de faire quelque chose ensemble ? *Let's do it, man…* »

Il se raidit, et je comprends que j'aurais mieux fait de me taire :

« On en reparle… »

New York est une ville de promesses, mais New York t'encourage avant tout à te démerder seul. Chacun pour sa pomme, sa *Big Apple*, et n'attendre aucune aide !

Je remonte sur ma bicyclette en me disant que je n'ai pas choisi le bon interlocuteur. Tant pis ! C'est le jeu. C'est aussi ça, New York, des idées qui fusent.

Quoi qu'il en soit, j'ai désormais une adresse, je devrais recevoir mes toiles d'ici une dizaine de jours.

Jeudi

Si seulement on me parlait d'*aujourd'hui*, je souffre d'entendre des « J'aime bien ce que tu fais » quand ça sous-entend : « J'aim*ais* ce que tu fais*ais*. »

Double Vue est différent de ce que le public a pu entendre sur la dernière tournée *109*. Pour ce disque, j'ai chanté mes textes sur les *soundtracks* composées par différents musiciens, ce qui donne à l'album une ambiance particulière. Celle-ci ne pouvait se résumer à un concert unique. Alice et Vincent étant indisponibles, il aurait été difficile de recruter de nouveaux musiciens. Déplacer tous les musiciens était inconcevable. Après trois quarts d'heure de palabres, c'est je l'espère enfin réglé avec la maison de disque, peut-être avons-nous franchi un dos-d'âne dans nos relations. Mon interlocuteur reste incrédule. Il profite de ce prétexte pour justifier le peu d'efficacité de leur service de presse. J'aurai peu de rendez-vous médias lors de ma prochaine venue à Paris, mais ça ne me turlupine guère, considérant tout ce que j'ai à faire à Manhattan.

Fabrizio est venu boire un verre à la maison. D'habitude, il oublie ses clients sitôt le deal signé. J'évoque mes problèmes d'Internet. Il appelle immédiatement « un des numéros un de Time Warner ». Je suis dubitatif : a-t-il vraiment dérangé un « boss » pour moi ?

« Au fait, Fabrizio, combien je te dois pour l'atelier ?

– Comment ça ?

– C'est grâce à toi que j'ai eu ça...

– Pas de problème, cool, *I appreciate you suggested it.* »

Orlando doit me donner une clé manquante.

Lundi, les déménageurs livreront le reste de mes affaires immobilisées en *storage*.

Les usines de fabrication qui travaillent pour satisfaire les besoins de la ville de New York ont pour la plupart migré vers les banlieues périphériques et plus récemment en Chine. Le Garment District est un des derniers quartiers industriels de Manhattan. Prêt-à-porter, imprimeries, stockage et fournitures pour le cinéma ou fabriques de meubles, des centaines d'artisans travaillent et déposent tous les soirs sur les trottoirs une mine de matières premières variées, très inspirantes.

De plus, dans la caverne d'Ali Baba du droguiste à deux pas, on peut trouver tous les outils – balais, visseuses, écrous et boulons, vis (et versa), peinture, pinceaux, vernis...

J'ai acheté un aspirateur. Je commence le nettoyage de l'endroit. On est en septembre, Orlando, qui me loue son endroit, m'a donné le mois de février comme date butoir. C'est déjà ça ! J'adore la vue depuis cette grande baie vitrée. J'y passe de longs moments. Fou de joie.

Orlando est un vieux punk, beau comme un ange balafré. Dis-moi ta cicatrice, je te dirai qui tu es. Il s'est fait charcler dans le métro, un 24 décembre, il y a dix ans. Il était bourré, il a croisé une bande de Mexicains. Le plus grand a mis un couteau dans la bouche d'Orlando et lui a ouvert la joue du menton à l'oreille. Plus tard, les mecs se sont fait prendre. Ils ont payé cher…

Ranger, nettoyer, faire le vide pour y voir plus clair, à ce moment précis : aimer la vie !

Des trombes d'eau sont tombées hier quand on sortait de chez le caviste – ironie… Et ça n'a plus cessé de toute la soirée. Vers vingt et une heures, Shaan m'a dit qu'elle avait besoin de papier à dessin.

« Pour quand ?

– Pour demain…

– T'aurais pu me le dire plus tôt ! »

Alors, vers vingt-trois heures, je profite d'une accalmie pour partir à vélo chercher un bloc de papier à dessin. Je dois bien trouver ça dans un Duane Reade ouvert. 24 h/24, c'est tellement pratique. Trois magasins plus tard, je dois me résoudre à admettre que, dans ces boutiques ouvertes, point de papier à dessin… Des médicaments, du chocolat gras, du matériel de maquillage, mais du papier à dessin, *never* !

La pluie tombe de plus belle. Je rentre trempé et bredouille, alors je taille pour elle quelques feuilles dans les papiers que j'ai apportés de France, et je les glisse sous sa porte.

Jeudi

Exalté, quasi en transe, j'ai beaucoup bossé toute la journée dans mon atelier. À mon retour à l'appartement, les enfants sont couchés. Onze heures du soir. Il fait beau. Du bruit dans la rue comme s'il était huit heures. Je m'achève sur la terrasse en buvant un pastis « à la française ». À jamais le pastis restera le symbole de là-bas. Allez, puisque c'est ça, je m'en sers un autre… Heureux.

Vendredi

Sonnette. C'est un mec pour l'Internet. Donc, ce n'était pas du bidon, Fabrizio a réellement fait avancer les choses. À moi, on avait pourtant répondu : « Impossible, nos techniciens sont *bookés*, avec la Convention républicaine, le *labour day*… On peut rien de mieux, pas avant dix jours. »

Fabrizio prend son téléphone, et le lendemain on a la télé et le câble Time Warner.

Pour les uns, c'est oui, pour d'autres, c'est non. Il suffit de savoir à qui s'adresser. Comme partout, dans le fond. Dire qu'on parle de justice, ou d'égalité…

Le dernier problème qui m'empêche de répondre aux trois mille huit cent soixante-quinze messages immobilisés dans ma boîte de réception devrait se résoudre dans la journée. Lentement mais sûrement, notre histoire se construit.

Le pote que j'appelle pour Shana Tova me dit son envie de partager un jour un verre sur ma terrasse. « T'as bien fait de partir… en France, ça se durcit. »

Je passe l'après-midi à aménager mon atelier. L'ébéniste en bas n'est pas opposé à l'idée de me construire des châssis, sauf qu'il préférerait en fabriquer… des centaines.

« Non, juste quelques-uns… »

Alors, ça ne l'intéresse pas.

Le Garment District est majoritairement occupé par le textile et l'ameublement. J'achète des chutes de transparent acrylique dans les boutiques de tissus.

Dans le fond, l'Hudson. New York en lumière, chaque fenêtre est comme une séquence d'un film… américain. Au dixième étage de l'immeuble en face, flashs et flashs d'un mariage.

Comme si le ciel me guettait, les premières gouttes se mettent à tomber à l'instant où je quitte l'immeuble, en fin de soirée. La pluie tombe de plus en plus et tombe, et tombe. Rentrer sous les trombes à peine vêtu. Je pédale sous les éclairs, le tonnerre. Ici, même l'orage est grand. Je m'arrête à un feu rouge à côté d'un bus. Flip, flap, l'essuie-glace m'en rajoute une lampée… Une fois trempé, j'en rigole. Je ris comme un démon, la bouche ouverte. « *I'm cycling in the rain.* »

Samedi

Matin, ça continue. Grosses pluies – éclairs – tempête.

Je fais des *pancakes* pour les enfants. Heureux comme jamais. Pour moi la vie va re-commencer. Heureux comme jamais depuis longtemps. Me voilà dans mon cinquième élément. Les maux de ventre qui m'ont fait souffrir chaque jour, chaque matin de l'année dernière (stress) semblent avoir disparu.

Tout m'excite, j'ai le cœur animé. Je vis à mon rythme. J'y crois. J'ai confiance.

Faire la vaisselle, ouvrir la fenêtre, écouter le bruit, tout ce bruit, ce tumulte, ce mouvement de la vie en ville au paroxysme. J'a-do-re. Sur mon vélo, les gaz d'échappement. Je m'en prends plein la gueule. Et les crises de panique avec ce vélo de merde qui freine mal. Mais je m'en moque. Je préfère cette vie forte, cette vie de plein fouet à laquelle je me heurte, cette vie qui bouge en puissance plutôt que le confort endormi d'une routine vieillie.

« Ne compte pas sur un autre pour le faire à ta place », j'ai assimilé le conseil. Chacun pour soi, c'est gérer les problèmes par soi-même. Ne rien demander et personne ne te demande rien.

Assume ta Liberté. Simple, direct. Cruel.

Pourtant, la violence agressive est plus dans le business que dans l'air. Les frustrations deviennent action. Le trop-plein d'énergie se dépense dans l'action.

Si possible innover, mais surtout : *no expectation.*

« *You can't always get what you want* », disaient les Stones. C'est tellement vrai, ici. Paradoxalement, plus on nous propose des choses extraordinaires, plus je me dis qu'il faut apprendre à se satisfaire de ce que l'on a. L'idéal n'existe pas. Quand on n'attend rien, on ne peut pas être déçu. Si ça se passe, tant mieux ; sinon, tant pis.

On est sur un ring.

L'ouvrier venu installer le câble ressemble à Forest Whitaker. Il a dessiné lui-même son tatouage. Il dit qu'il aime l'Art, la preuve : il a au moins trois livres d'Art à la maison…

« Combien ?

– Ouais, au moins trois !

– Ouah…

– Y a un mec que j'adore, c'est Van Gogh. Tu vois, sa peinture, *man*, c'est dingue comment il bossait même la nuit. À l'époque, y avait pas l'électricité, tu vois… La lumière, c'est dingue !

– Il en souffrait, d'ailleurs, et c'est pour ça qu'il travaillait vite, parce que ça lui faisait mal à la tête.

– Non, je savais pas, ça… mais sa peinture, *man*, c'est dingue.

– T'as raison, il était dingue. »

Je lui ai offert mon livre *Carnet de voyage en Australie*. Il m'a remercié dix fois. C'est aussi ça, l'Amérique. Bosser comme on conduit un chariot dans les plaines, regarder droit devant. *Straight forward.* La tête dans le guidon, comme Lance Armstrong, pédaler dans la semoule, se doper et continuer de pédaler sans se poser de questions. C'est aussi ça, la Liberté. « Tu veux te suicider ? C'est ton problème, pas le mien… » En 2003, lors de l'ascension de Luz Ardiden, un type accroche Lance Armstrong avec la lanière de son sac, Armstrong tombe, il se relève, comme si de rien n'était, une péripétie, il n'engueule même pas le type, il remonte direct sur sa bicyclette, pédale comme une mobylette, il rattrape Jan Ullrich, scié devant lui. Lance est énervé, dopé à l'adrénaline (…?), il dépasse Ullrich et gagne le Tour quelques jours plus tard. S'il avait vidé son énergie sur ce spectateur débile, il aurait perdu la course.

Sorry par-ci, *sorry* par-là ! Éviter les embrouilles. Dans la rue, s'ils te bousculent, ils s'excusent. Mini Minnie la p'tite *sorry*…

J'aime la ville.
J'adore cette ville.
Depuis que je suis gamin, j'adore New York.

Quand je suis venu pour y enregistrer *Poèmes rock* et *Dawn Town Project*, ou quand je m'installais pour quelques jours dans l'atelier du père de Mike Rimbaud, j'entendais le compte à rebours à l'instant où je posais le pied à JFK. Alors, il me faudrait retraverser l'Atlantique dans l'autre sens pour satisfaire mes obligations européennes. Et chaque minute je regrettais que le temps file si vite. Aujourd'hui, je peux me laisser aller, en profiter. C'est bon.

Séquence itinéraire quotidienne, je passe tous les jours par Time Square pour aller à mon atelier. Flashs et paillettes par tous les temps. Nuit et jour 24/24, qu'il vente ou qu'il neige, un instant irréel dans la lumière des néons.

4

DEUXIÈME ATELIER

Janvier 2005

Orlando voulait récupérer le lieu pour une copine. Pendant les vacances de Noël, il a mis mes affaires dans des cartons et ceux-ci sur le palier, et il a changé la serrure. Du coup, je l'ai eu dans l'os en arrivant. Aussi simple que ça. J'avais payé trois mois d'avance, ça aussi je l'ai dans l'os. J'ai cherché tout de suite un nouvel atelier. Heureusement, j'ai trouvé quelque chose dans un immeuble juste en face de mon premier lieu. Pour quelques semaines/mois je le crains, mais c'est déjà ça. Super-bien, tu veux dire. Je devrais pouvoir y rester jusqu'à fin avril. Ça me laisse du temps pour me retourner et éventuellement trouver mieux. Chose rare, il y a un évier avec de l'eau. Je partage l'espace avec un imprimeur qui a fait faillite dans l'immeuble où travaille mon copain, le peintre Ouattara Watts. C'est lui qui m'a refilé la combine.

On a décidé de ne pas construire un mur entre son bureau et mon atelier. Le type qui me sous-loue est sympa. Confiance mutuelle. 2200 $ cash, faudra les trouver. J'ai attaché de grandes bâches qui me séparent des pièces où il stocke ses machines et papiers inutilisés. Pratique, je suis heureux. Pendant trois semaines, j'avais zoné avec Ronen, un *broker* malsain, rabougri, à la peau sèche, un brin complexé et mauvaise haleine. Il m'a fait voir des dizaines de « faux » lieux, des pseudo-super-plans, tous foireux. Ça ne collait jamais. Il a toujours été correct, mais certaines personnes n'inspirent pas confiance, je ne le sentais pas, limite si j'aurais voulu faire affaire avec lui même s'il m'avait trouvé le plan du siècle. Parfois faut se méfier du costume…

Enfin, donc, Ronen n'y arrivait pas. J'ai changé d'intermédiaire, rencontré un nouvel agent, un beau gars sympa, qui ne m'a carrément rien fait visiter.

Y a eu des apparts de copains, et puis des « J'connais un endroit qui peut coller pour toi, viens voir si ça te branche… ». Chaque fois, quelque chose me dérangeait (le bruit, pas de lumière, trop propre, inaccessible, au milieu d'autre chose, trop cher, dangereux…), je commençais à paniquer. Je devenais irascible à la maison. Je partais en maraude dans le froid et la neige, mais je revenais chaque jour plus bredouille que la veille. J'avais peur de perdre mon flux, ce bel élan inspiré par les expos de décembre chez Michel Gagné et à Miami Art Basel. Je croisais des gens intéressés par mon travail, mais au lieu de dire « Passez me voir quand vous voulez à l'atelier », je répondais évasivement : « Je vous ferai signe. » Et quand on fait signe, ça ne réagit plus. Ici, les affaires se font vite. « *I want it and I want it now, tomorrow means never!* », autrement dit : « Ce que je veux, je le veux tout de suite, demain, c'est jamais ! »

Je ne suis pas venu pour faire du tourisme.

J'ai même failli m'installer dans un gourbi conseillé par Ronen au deuxième étage d'un immeuble sur la 38th, juste pour me remettre à travailler, quand John le petit imprimeur de Design Press a accepté de partager son local avec moi jusqu'en mai.

C'est là que je travaille, désormais, dans un building d'imprimeurs. Il y en a plusieurs autres à l'étage ; un autre au-dessus de ma tête – lui, il n'a sûrement pas fait faillite. Ses rotatives tournent sans arrêt jusqu'à quatre heures de l'après-midi, comme d'énormes lessiveuses bloquées sur le tonnerre de l'essorage. Le même bruit sourd, incessant, que celui d'un paquebot. Mon atelier, c'est la chambre des machines. Je ressens des quantités de rythmes, des vibrations, des sons nouveaux qui me pénètrent. Ça me met beaucoup d'images et d'humeurs dans la tête, en même temps que c'est oppressant. Quand enfin ça cesse, l'espace se libère et je retire mon casque anti-bruit.

Mille *square feet*, soit environ cent mètres carrés. Cinq à six mètres sous plafond, dans le quartier du Garment District que j'aime bien, situé pile-poil donc en face de l'atelier que j'occupais jusque-là. J'ai pu déménager en quelques heures, à dos d'homme. J'ai emprunté un grand chariot et hop, en huit ou dix voyages de cartons, c'était réglé. Ma peinture a déjà beaucoup évolué dans ce deuxième atelier. Une autre vie qui commence…

5

ASSASSINAT ET DÎNER DE GALA

Février 2005

Dans la famille Bien-Fringué, je voudrais le père et la mère. Ce vendredi soir est particulier, nous sommes habillés en chiffres : moi sur mon trente et un, ma femme sur ses dix (hauteur du talon de ses escarpins). Elle : coiffeur, maquillage, collier sexy et tenue de soirée ; moi : costume trois-pièces, chemise blanche et cravate noire, j'ai même acheté de nouvelles pompes en « *genuine leather* ». Elles sont grandes, mais confortables et soldées cent vingt balles. Bref, on est *smart* sur le trottoir. À notre échelle, c'est pas la routine. Y a plus souvent des taches de peinture sur mes jeans et vêtements de travail que des boutons de manchettes à mes chemises. *(Nous qui avions cru « mettre le paquet », nous étions pourtant encore en dessous du niveau « moyen » des autres invités…)*

Dans le Midtown Manhattan, le look est une glace sans tain, l'élégance, une armure. On se protège derrière l'apparence. Costumes et tailleurs gris neutre comme le soir ou clairs comme la lumière. Sombres héros en sombrero, *hombres* mexicains ou *black mic mac* tapis dans l'ombre sur *platform shoes* vernies. Et puis les drôles d'oiseaux au plumage saturé, les extravagants, les paons, les perroquets et les cacatoès, celles et ceux qui ont besoin qu'on les remarque. Ceux qui s'identifient à leur plumage, mais dont le ramage est vide de sens. Femmes satin, ou Lycra, panthères Nylon ou tuniques à fleurs, tailleurs Chanel ou robes légères, chacun se choisit une apparence comme on transmet un message. Et parfois, comme ce soir, le message est codé.

Se bien vêtir n'est pas la seule arme de beauté. Plaire peut-être, mais comment ? La beauté est effrayante. Si certains tendent à vouloir l'incarner, celle que je défends transparaît, je l'espère, dans les œuvres que je crée. Je n'ai jamais ouï dire que j'avais les atouts naturels de ceux qu'on admire. Je me place en arrière et j'observe en retrait.

Ça se passe le 4 février.

Six mois à peine qu'on est là, tout est encore nouveau. On nous a fait comprendre qu'il serait de bon ton d'acheter nos places pour le dîner de gala du Lycée français. Ça ne se refuse pas.

Dix-neuf heures quinze

Il fait froid sur la 58th Street. Un peu. Pas *trop* froid, juste frais. La neige a presque entièrement fondu. Comme dans un film, habillé en pingouin et pompes cirées, donc, j'attends en me posant des questions : à quoi ressemblera la limousine qui doit nous emmener chez Cipriani, 42nd Street ? Trafic normal sur la 58th, comme un vendredi soir, compact. Je regarde les voitures aller et venir, à la fois embarrassé et amusé de me sentir déguisé, acteur de quelque chose. On attend. Quelle sera celle qui va s'arrêter et dans laquelle on retrouvera un type qui bosse aux Nations unies – il a six gosses et il traverse une période difficile (autrement dit « en train de divorcer ») – et une avocate célibataire qui nous a proposé de l'accompagner, pour « composer une belle table » ?

Ronron bruyant de New York, klaxons et moteurs…

Tout d'un coup, au milieu du *stand-by*, j'entends un crépitement inhabituel. Instinctivement, j'identifie ce son comme étant celui de coups de feu. Ça pétarade à trente mètres. Un 14 Juillet au mois de février, c'est qu'il s'agit de coups de feu. Des sons secs qui claquent dans les tympans. Ça canarde à deux pas, à l'endroit même où l'on faisait des photos avec Gérard Rancinan, il y a trois semaines. En voyant d'où viennent les apeurés qui fuient le danger, j'en déduis l'origine du feu de forêt. Des passants accourent vers nous en rentrant la tête dans les épaules (comme si rentrer la tête dans les épaules pouvait les protéger d'une balle).

S'ils connaissent, eux, le risque d'une balle perdue, je décide pour ma part d'avancer à contre-courant. Je veux voir. C'est idiot, je sais, juste naïf, mais je n'ai pas une pratique régulière des armes à feu, les seuls 22 long rifle que j'ai un jour manipulés étaient des sortes de jouets sur les stands des fêtes foraines, voire des bazookas virtuels sur les consoles de jeu. J'oublie qu'un projectile pourrait m'atteindre. Je ne pense même pas au mal que ça pourrait me faire. La mort par arme, c'est au cinéma. Dans les films, les acteurs se relèvent. Donc, je m'approche. Je ne peux pas m'en empêcher, c'est physique, rester prudemment en retrait, c'est aussi nul que de vivre sans danger. Le risque zéro n'existe pas, l'envie de sécurité pousse les gens à devenir cons, soumis aux caprices des tenants du pouvoir.

Intrépide, je me dis chic alors, l'aventure. Oubliant qu'une balle peut traverser la rue à la vitesse de quatre cents mètres-seconde, je me rapproche de l'action.

Quand j'étais gamin, à Nancy, nous habitions dans la vieille ville. Rue de la Source, rue de la Charité, rue du Cheval-Blanc ; quand l'alcool les rendait furieuses, des familles de gitans et manouches mal intégrées se bagarraient entre elles. On s'invectivait d'abord, et après ça dégénérait. Trois familles se détestaient : les Herenboguen, les Rakoff et les Remetter. *(Ces derniers, installés en Alsace maintenant, ont d'ailleurs fait parler d'eux récemment à l'occasion d'un fait divers atroce : une gamine qu'ils avaient blessée sur son vélo, puis enlevée avant d'aller l'enterrer quelque part...)*

Bref, ils se tiraient dessus ou se charclaient à coups de serpette, le couteau des vanniers. Dès que j'entendais crier dans la nuit, je me levais et j'allais me planquer derrière la fenêtre, d'où j'observais le cœur battant ce qui allait se passer.

J'ai vu un soir celle qu'on appelait « la Cerise », parce qu'elle baignait dans l'alcool, pendue à la fenêtre du haut du cinquième étage, avant que les deux qui la tenaient par les pieds ne se décident à la hisser de retour à l'intérieur. Une autre fois, j'avais une dizaine d'années quand j'ai vu « le Pépère », un des patriarches, assis sur le bord du trottoir, se tenant l'abdomen pour retenir ses tripes dans une mare de sang, la peau du ventre fendue.

On appelait les flics qui mettaient des plombes à venir restaurer l'ordre, et, quand finalement ils se décidaient à arriver à grand renfort de sirènes, les autres s'égaillaient dans la nature ou rentraient se planquer chez eux. Les gyrophares tournaient, illuminant ma chambre. Ils en embarquaient quelques-uns, menottes aux poignets, et le calme revenait jusqu'à la fois suivante.

En général, ça restait entre eux, et l'on n'avait pas grand-chose à craindre, même si un jour l'un d'eux, m'ayant repéré derrière la vitre, m'a lancé, je ne sais pas pourquoi, une bouteille en verre vide, laquelle est venue s'éclater sur la rambarde de la fenêtre du premier étage qu'on habitait.

Ces souvenirs remontent à une période où l'imaginaire fonctionne sans fin. Des nuits d'intense émotion qui me reviennent chaque fois que je suis mêlé à la violence de près ou de loin.

Quand ça chauffe, je veux savoir. Je n'ai pas peur. Je veux pouvoir me dire que j'y étais. Où ? Peu importe, mais « j'étais là où ça s'est passé ». Je ne veux rien regretter. Je ne suis pas un trouillard ou un menteur, je regretterais trop d'avoir raté une émotion.

Donc, on est sur Madison Avenue, un 4 × 4 est garé en double file. Le trottoir d'en face, désert. Je m'avance encore comme un reporter stagiaire imprudent, aveuglé par l'envie de rapporter à sa rédaction chaque détail d'un événement. Je suis Clark Kent et je bosse pour le *Daily Planet*. Donc, une voiture en double file, une grosse bagnole. Est-ce qu'il s'agit d'un casse ? Putain, j'vois rien. Une silhouette en errance seule sur le trottoir d'en face, à quinze mètres. Toutes les détonations avaient le même son, c'est sûrement la même arme. Il n'y a pas eu de riposte. Tout cela n'a duré que quelques secondes.

Je suis un globule dans le cœur d'un fait divers. Il y a beaucoup de boutiques de luxe à cet endroit, entre la 57th et la 58th, s'agit-il d'un vol, un braquage, un hold-up en cours ? Ça, c'est New York. Je vais avoir des choses à raconter, mais il me faut plus de détails. Depuis la dernière détonation, plus rien. Trois ou quatre minutes que le dernier coup de feu a été tiré. L'atmosphère est figée. Ça s'est arrêté. On est en pause. Il ne se passe plus rien. Latence, le temps est suspendu. Haletant. Étrange silence, maintenant. Madison Avenue déserte, plus aucun véhicule ne circule, ni taxi, ni voiture, ni bus, ni camion, ni même vélo. Surréaliste, à cette heure-ci de la journée. Au coin, des grappes de gens accrochés à leur cellulaire. Personne n'a traversé la rue, personne ne s'est enfui. Donc le meurtrier, si meurtre il y a, est encore là. L'angoisse me saisit à cet instant. Ce n'est peut-être qu'une accalmie ? Le tireur est sûrement encore dans le building, ou bien il est en embuscade. Pas de cri, pourtant. Pas plus d'affolement que ça. Juste que ça tirait et les gens voulaient éviter les balles perdues.

Un mec en uniforme, genre sécurité du building, fait des gestes. Peut-être celui qui a voulu mettre en fuite un agresseur en tirant des coups de feu en l'air ?

J'avance encore, à douze mètres. Je suis à l'arrêt de bus, exactement là où j'accompagne Yamée quand elle part seule au lycée, le mercredi, parce que sa sœur aînée n'a cours qu'à neuf heures ce jour-là. Des curieux essaient de voir quelque chose, derrière un mur. Moi, seul sur le trottoir d'en face, vaguement plié derrière une voiture stationnée.

C'est alors que j'ai vu cette première forme sur le trottoir. Un vêtement, un sac ou quelque chose comme ça. En regardant mieux, je m'aperçois qu'il s'agit d'un corps.

C'est allé si vite. Une dizaine de coups de feu. D'abord un, puis deux, puis trois ou quatre autres et puis un autre coup de feu. Donc, à ce moment-là, je vois ce qui ressemble à un corps étendu. J'avance encore. Un peu plus loin, un autre corps entre deux voitures. Ah, là, deux cadavres, ça devient sérieux.

Un homme se penche sur la forme au sol. Mes yeux se sont habitués à la nuit, il y a même dans l'entrée de l'immeuble une troisième masse sombre. Je m'apprête à traverser quand surgissent de nulle part les hurlements des sirènes de police venues de loin. À fond. Soudain, c'est l'infernal ballet de la sécurité : « Cassez-vous ! »

Les flics descendent des bagnoles, en rush. Ça y est, *ils* sont là, excités comme des borders collies responsables d'un troupeau quand un loup rôde dans les parages. Ils sont là pour te faire rentrer dans le rang ! Jamais bon de se trouver entre leurs pinces quand ils prennent les choses en main. Ce sont eux qui créent la panique. Disons qu'ils savent pourquoi ils sont là : nous faire dégager. La rue barricadée avec méthode.

Coup de chance, juste avant que les flics ne bloquent tout le quartier, à cet instant précis, ma moitié restée en retrait me fait signe que la limo noire de notre chauffeur est passée entre les mailles.

J'entre dans l'espace confiné.

On se salue.

Le gars des Nations unies en smok' et nœud pap', la belle avocate en décolleté.

À peine entré, je ne peux pas m'empêcher d'évoquer la scène à laquelle je viens d'assister.

Le cœur battant, je refais en bredouillant le récit confus de ce que je viens de vivre.

« En pleine journée, au milieu de la foule, *oh my god*…

– Pas d'affolement plus que ça, j'ai trouvé les gens responsables… »

Sans se laisser impressionner, l'*UN guy* dit :

« Bah, ça doit être un crime passionnel… »

Moi, je pense « woooo eh luiii eh, crim' possiônnel à Nouillork à la sortie d'un bureau… », mais je garde pour moi mes onomatopées façon Goossens. Il est dans son trip de divorce et il a pensé à zigouiller celle dont il se sépare, tout nœud pap' qu'il soit.

Si le building en brique où j'habite ne ressemble pas à ce qu'il y a autour, si ceux qu'on côtoie dans l'ascenseur de notre immeuble n'ont pas l'air de rouler sur l'or, tout ce quartier entre

Madison et Park Avenue est celui des boutiques de grandes marques. L'argent du luxe suinte par tous les pores des cuirs des sacs à main, les boucles chromées, les montres en platine, les boutons de nacre et tout ce qui brille dans les vitrines. Donc, à mon avis, ça pourrait être une histoire d'argent. Nous n'avons pas assez d'éléments pour juger, on lira sûrement la solution de l'énigme demain dans le journal.

Le chauffeur fait quelques détours, on change de sujet.

UN guy raconte qu'il a assisté hier soir à une conférence sur la psychologie adolescente, il faut apprendre à positiver.

« Positiver, c'est facile à dire, mais, quand le père est chômeur, des problèmes dans le service, quand elle ne t'aime plus, ou que le gamin se dope, c'est pas évident de positiver.

– Oui, pourtant, il faut faire l'effort de voir ce qui marche, pas seulement ce qui cloche.

– N'empêche que ce sera difficile de faire passer le message aux deux corps qui gisaient sur le trottoir... »

Tout joyeux d'abord, le gars se tait. Cette remarque fait de la vinaigrette pour notre huile en *tuxedo* dans notre panier à salade avec chauffeur. Je n'insiste pas. Il reprend en disant qu'il faut intervenir sur son drame, que les enfants sont réceptifs aux angoisses des parents.

« En France, on se complaît dans le négatif, et le taux de suicide augmente chez les adolescents. Comme si on avait plongé dans un puits de tristesse, mais il ne faut pas faire partager nos soucis à nos enfants, il faut leur donner le sens du positif. »

En résumé : si les enfants dépriment, c'est la faute des parents ? Assister à des conférences pour entendre des évidences. Je demande s'ils distribuaient des pilules euphorisantes à la fin.

La voiture ralentit.

« Cipriani », dit le chauffeur.

C'est la première fois que je vais à un gala de charité. « Charité », je ne comprends pas vraiment le sens du mot. De l'argent, il y en a. Ce n'est pas le lycée le plus cher de la ville, mais quand même ! En 2005, l'année coûte 20 000 $ par enfant, maternelle ou terminale, c'est le même prix. Et ils manquent de place. Un trou dans notre budget. Économie de la dépense, dépense des économies. Pour la plupart des expats, les frais sont à la charge des entreprises qui emploient du personnel venu de l'étranger, mais quand t'es indépendant, c'est lourd. Pour avoir une bourse, tu peux rêver. Alors, certains empruntent. Mes copains installés ici depuis des années ont mis leurs enfants dans des lycées de quartier américains. Leur programme d'enseignement est différent de celui des lycées français. Difficile pour ceux qui voudraient revenir en France de réintégrer un cycle d'études universitaires classique. Seulement deux options : le LFNY ou le UNIS, pour les enfants de diplomates qui bossent aux Nations unies.

Après des années de reconstruction, le nouveau LFNY vient d'ouvrir. Tout beau, tout neuf. Il y a plutôt une bonne ambiance. Un bon lycée. Il s'y passe sans cesse quelque chose. Depuis le premier jour, mes filles sont heureuses d'aller y apprendre. Imagine tes gosses dire : « Vivement demain que je retourne au lycée ! » Rien que ça, c'est déjà une réussite. Les relations avec les professeurs sont différentes du rapport maîtres/élèves, dominants/dominés, domi-*no*/domi-*yes*, qu'elles ont connu jusqu'ici. L'enseignement est une transmission de connaissances, pas du gavage d'oies. Pour nous informer d'un devoir mal compris, il arrive que des profs nous envoient des emails (et même le dimanche). S'il y a vraiment un problème, on reçoit un coup de fil. Les élèves peuvent prendre la parole, intervenir, faire des suggestions. On ne ressent pas de défiance des uns envers les autres, d'accord ou pas, une sorte de complicité s'établit. Enfin, comme partout, il y a des bons et des mauvais zèbres, des drôles et des tristes, des cons et des malins, tant chez les profs que chez les élèves ou à la direction. Mais, dans l'ensemble, j'y vois plus de proximité et d'humanité, une fierté d'enseigner, comme une envie d'apprendre. Plus de plaisir que de « devoir ». Tu me diras, dix-sept par classe, ça laisse de la marge. Et puis les parents sont présents – trop parfois. Le lycée fonctionne à plein, et l'année prochaine ils vont encore augmenter le tarif d'inscription de sept pour cent.

« *What ?* Encore ? Mais c'est sans fin.

– Oui, c'est sans fin. »

Beaucoup de monde. Le grand monde de la comédie humaine en tenue de soirée. Ceux qui savent s'habiller pour se montrer. Habit *or not* habit, *that is the question.*

Chacun choisit son look avec précision. Le moindre tissu a un sens, décrypté en un clin d'œil. On voit tout de suite que je fais semblant. Croiser des CEO, P-DG influents, éminences grises, ingénieurs, chefs d'entreprise, conseillers et responsables des hautes sphères de la finance, banquiers, investisseurs. En France, je ne les ai jamais approchés. À leur bras, des épouses apprêtées, craquelines craquantes et raffinées, belles filiformes au sommet de l'élégance maquillée. Pas plus que leurs mentors obsédés par leur position sociale. Juste qu'elles sont là, belles figures de mode. Je m'aperçois qu'un certain nombre de ces femmes-vitrines n'ont juste rien à dire.

Le dîner de gala du Lycée français de New York a donc lieu cette année dans le faste luxueux de Cipriani, une ancienne banque sur la 42nd Street, reconvertie en restaurant.

Je serre des mains – le consul, l'ambassadeur de France, parents d'élèves et professeurs. Chacun cherchant une tête connue, échangeant quelques paroles avec un de ses semblables, chacun venu là pour être vu. Beaucoup de Français, bien sûr, mais aussi de nombreux Américains et des étrangers francophiles (arabes, asiatiques) dont les enfants ont pu avoir la chance (le privilège) de se voir inscrits sur les listes restreintes de ceux qui bénéficient de cet enseignement à la française.

La gestion de l'établissement est privée. L'essentiel de son financement provient des inscriptions annuelles, mais aussi de l'apport substantiel de généreux donateurs. Et comme ça ne suffit toujours pas, une fois par an, ils font la quête. C'est à cela que sert cette soirée de gala : une recherche de fonds pour travailler la forme.

Cette année, il paraît que c'est pour finir l'auditorium. 350 $ *le* repas. On sait combien c'est difficile, même ici, d'en gagner quelques-uns. On a hésité. Je me moque d'être bien ou mal vu de la communauté française, mais refuser de participer aux activités, c'est aussi se faire exclure du groupe. Ce qu'on appelle la pression sociale. Venu pour l'Art sans sponsor ni projet rentable à court terme, 700 $ à deux… Donc, cette année, on s'amuse à découvrir ce que c'est que le grand tralala.

De généreux donateurs (des grandes entreprises françaises) ont offert des lots. Une quarantaine parmi les plus prestigieux est mise aux enchères sous le marteau d'un commissaire-priseur : un voyage A/R en France en première classe avec nuits d'hôtel dans un palace de la Côte d'Azur, un repas gastronomique pour dix personnes dans un grand restau à Paris, trois caisses de Lafite Rothschild et deux de Cheval Blanc, des bijoux, bracelets, colliers, bagues ou boucles d'oreilles (LVMH, Cartier, Chanel…), mais aussi des œuvres d'Art, des vêtements, des voyages au ski ou dans les îles, etc. En même temps qu'on nous a remis nos badges à l'entrée, on nous a donné des palettes en plastique sur lesquelles sont inscrits des numéros.

Les lever lors de la mise aux enchères pourrait coûter cher. Certains lots atteignent des prix exorbitants, des dizaines, voire une centaine de milliers de dollars. Les Américains n'hésitent pas à enchérir sans essayer de faire des affaires. C'est juste un jeu. Une goutte d'eau pour eux qui possèdent un lac, d'autant qu'une partie de ces dépenses somptuaires bénéficie d'avantages fiscaux.

Il y a environ une soixantaine d'îlots nappés de douze à quatorze couverts regroupés par sociétés, par importance, par affinités, pour certains achetés dans leur entièreté par untel ou unetelle ayant choisi d'en faire profiter ses amis. Je me flatte de constater que celle à laquelle nous avons été placés est l'une des « Honneurs » face à la scène. Rien à voir, mais être vu. Imagine-t-on que j'ai les moyens de surenchérir ? La tête dans un baffle, on ne risque pas d'en rater une miette… J'échange avec un diplomate, une joaillière, un parfumeur installés à mon côté. Ambiance cordiale. Excellents plats en petites portions, on n'est là ni pour se gaver ni pour boire. De toute façon, je n'ai pas faim ; cette histoire de meurtre sur Madison ne m'a pas quitté. Je continue de m'interroger sur le fait divers auquel j'ai assisté, à quelques mètres d'un drame.

Le proviseur fait un speech, puis la présidente du conseil d'administration, l'ambassadeur Levitte, un sponsor américain remettant un *award* à Thierry Breton, homme d'affaires français ex-patron de Thomson, qui a remis sur pied France Télécom et qui fut jadis professeur dans ce même Lycée français de New York. (NB : il deviendra ministre, et est aujourd'hui commissaire européen au marché intérieur…)

Tantôt marrant, tantôt chiant, chacun défile au pupitre et parle à son tour devant le micro. Dans ces discours, le sujet est une figure imposée dont tout le monde se moque. Il y a ceux qui « disent court » et ceux qui en « disent long ». Personne n'écoute vraiment. Tout le monde sait ce qui sera dit, le thème importe peu. C'est le style qui différencie les uns des autres. Comme au patinage artistique, tout est question de style et de figure de style. Salto arrière et pirouette, je les imagine en collants et tutus.

On se lève pour une *Marseillaise*. Déjà peu habitué à l'entendre jouée en France dans des cérémonies privées, je m'amuse de l'arrangement caribéen, antillais. Quelques danseuses en plumes et paillettes, popotin à l'air façon Folies Bergère. Burlesque saugrenu. Nu. Colonial. Flashback XIXe siècle. Je suis gêné pour les danseurs prêts à tout – même à ça – pour quelques dollars. Ici, on ne crache pas sur un cachet en cash.

Ça siffle, ça applaudit, les esprits américains puritains s'échauffent, la vente aux enchères proprement dite peut commencer.

« Un voyage au Liban.

– Un autre à Rome.

– Une super-bicyclette en carbone, dédicacée par Lance Armstrong.

– Un repas à quatre chez Daniel… »

Les enchères ont commencé. Certains misent grave en tendant haut leur palette, grosse comme une raquette de ping-pong. La mienne reste à plat sur la table. Près de moi, un avocat qui s'occupe de contrats d'aviation et produit des *musical shows* sur Broadway fait un geste en direction du commissaire-priseur. Il est compté. Il frémit. Il s'amuse. Ça l'excite qu'on le regarde la main haute. Je suis ébahi. L'argent n'a pas le même sens ici et dans la rue. Siphonner le blé dans des silos pleins pour le refiler à d'autres céréaliers. Un impôt volontaire défiscalisé. Ces dons seront donc déduits du chiffre d'affaires des entreprises.

Michael s'amuse beaucoup. Parfois, il devient tout rouge. Sa femme vend des accessoires de mode. C'est elle qui détient le cordon de ses bourses, elle lui fait signe qu'il peut ou non continuer à enchérir, mon chéri. En général, il mise jusqu'à 6000, 7000 $, après il laisse la main à d'autres, et ça grimpe jusqu'à 20000 pour la bicyclette. Plus tard, pourtant, il acquiert quand même la caisse de château Haut-Brion pour 8500 $.

On arrive à la fin du repas. De l'autre côté de la table, c'est une ambiance assez froide. L'un des convives, le coiffeur Frédéric Fekkai, a décroché son téléphone portable. Il porte le masque sombre des gens à qui il vient d'arriver quelque chose de grave.

« Oh, mon Dieu ! »

Il fait un signe de tête. Il va interrompre le repas. Il se lève. Tourne sur place. Sa femme le regarde, terrifiée. Je l'entends dire qu'il vient tout de suite. Il se lève.

« Je m'excuse, je dois vous laisser, il vient d'arriver quelque chose de grave à l'une de mes employées. »

Il salue brièvement les convives. Quand il arrive à moi, je l'interroge :

« Que se passe-t-il ?

– Je ne peux pas vous dire… Quelque chose de grave vient d'arriver à l'une de mes employées… »

Il veut partir, je le retiens.

« C'est-à-dire… qu'entendez-vous par grave, un accident ?

– Non, elle vient de se faire tuer. »

Friand de détails, mais n'imaginant pas un instant qu'il puisse y avoir la moindre corrélation avec ce que je viens de vivre, je demande :

« Ça s'est passé où, dans le Queens, à Harlem, à Brooklyn ?

– Non, sur Madison Avenue, je l'ai quittée pour venir ici et c'est à ce moment que… »

Il s'interrompt, embarrassé. L'ambiance ici n'est pas aux confessions, le commissaire-priseur abaisse son marteau :

« 47 000 $ pour ce voyage à Hawaï. »

La salle applaudit. Frédéric Fekkai finit de saluer les convives. Il s'apprête à partir. Je me lève à mon tour et me dirige vers lui.

« Je dois vous dire, avant d'arriver ici, j'ai assisté à quelque chose qui pourrait bien être ce dont vous parlez… J'attendais la voiture qui nous a conduits ici, quand j'ai entendu les coups de feu… entre la 57th et la 58th. C'est là que j'habite. »

Interloqué, il se tourne vers moi et me prend par l'épaule alors que le commissaire-priseur lance une nouvelle enchère.

« D'après ce que je viens d'apprendre et sous réserve, cette femme d'origine russe, ma meilleure coloriste, était attendue à la sortie de notre salon par son ex-mari, dont elle avait divorcé. Elle s'apprêtait à monter dans la voiture de son nouveau fiancé quand son mari lui a tiré une balle dans la nuque, il a ensuite tourné le revolver en direction du fiancé… Trois ou quatre balles, à la suite de quoi il a retourné l'arme contre lui et s'est fait péter la cervelle. »

Là-dessus, le coiffeur se tait.

« Il faut qu'on y aille… Excusez-nous. »

Lui et sa femme disparaissent dans la foule des invités qui applaudissait une autre enchère record.

Je reste là, abasourdi. Quel incroyable concours de circonstances ! Quel hasard ! Quelle improbabilité ! Comment imaginer ce qui vient de se passer, la réponse à cette énigme urbaine aussi vite ! Plus de huit millions d'habitants à New York, quarante mille buildings, des centaines de kilomètres de rues goudronnées, ce drame conjugal en bas de chez moi, à l'instant même où je suis dans la rue, moi qui n'ai de facto jamais assisté à un crime – il n'y en a pas tant que ça non plus à New York, plus sûre que Paris –, soixante tables dans ce hall gigantesque, et je suis à celle-ci, en présence de la seule personne qui, ce soir, ici, peut avoir un rapport avec cette affaire et qui m'en donne même la clé. Le seul à pouvoir expliquer ce que je viens de vivre. Quel hasard ! Une puissance divine a-t-elle voulu que je sache ?

Le repas s'est achevé sur un nuage. Je n'écoutais plus rien ni personne. Je faisais des signes de tête, je disais des mots qui ne voulaient rien dire. Je n'avais qu'une envie, c'était de retourner sur place.

Récupérer mon manteau au vestiaire et repartir à pied. Ma femme s'est fait raccompagner par des amis. Elle avait fait des connaissances, moi, j'avais juste besoin d'air.

Asphyxié, trop de trop.

Respirer.

Faire le bilan.

Il faisait froid maintenant dans la nuit new-yorkaise, mais ce froid me remettait les idées en place. Mes chaussures neuves me faisaient mal aux pieds, mais quelle importance ? C'est quoi l'importance ?

Madison Avenue.

La circulation avait repris. Ne restaient sur les lieux du crime que quelques inspecteurs et flics en uniforme qui continuaient de faire des constats. Un véhicule de la police en train de remorquer le 4 × 4 du fiancé s'en allait au loin.

Planté au même endroit que tout à l'heure, j'ai regardé les piétons qui marchaient sur le trottoir d'en face, ignorants de l'histoire. J'ai traversé l'avenue entre les voitures qui filaient à toute vitesse. Je me suis immobilisé sur le trottoir, réinventant virtuellement la scène du crime. Voilà, j'étais là où une vie, une autre et encore une autre s'étaient éteintes. Il n'y avait plus rien, plus de signe qui rappelle ce qui venait de se passer. Quoique, en regardant plus attentivement, si : des traces noires apparaissaient sur le macadam du trottoir, des traces de sang, et autour des formes vaguement humaines suggérées à la craie. En m'avançant encore, à ma grande surprise, une dizaine, même une quinzaine de gants en latex, ceux des *paramedics*, des inspecteurs et peut-être des ambulanciers qui les avaient jetés là, par terre. Ils traînaient sans autre forme de salubrité, avec la sciure versée où le sang avait coulé.

Je ne ressentais rien. C'était allé si vite…

De façon morbide, j'ai ramassé un de ces gants en latex, que j'ai mis dans un sac en papier, et je suis rentré chez moi.

Au même moment, un pote m'invitait à le rejoindre de l'autre côté de la ville à l'anniversaire d'une amie. Envie de me changer les idées, changer de groove ? Je suis remonté enfiler d'autres vêtements vite fait et je suis redescendu.

La vie continuait.

Le lendemain, en lisant la presse et regardant les TVnews, j'ai eu la confirmation de ce qui m'avait été raconté au gala.

En résumé. Pot pourri d'infos aux odeurs de fleurs séchées :

Il était 19 h 24 hier soir quand, après avoir passé la journée à traquer sa femme, Vadim Ivanov, jaloux obsessionnel, a abattu celle-ci devant le 598 Madison Avenue, près de East 58th Street. Il a ensuite grièvement blessé John Turco, le fiancé d'Inessa Ivanov, après quoi il a retourné le Beretta semi-automatique 380 sur lui-même et s'est fait exploser la cervelle. La rue était bondée, heureusement aucune autre victime n'est à déplorer.

Un peu excité par la présence des caméras, un photographe qui faisait un shooting sur le toit d'un immeuble adjacent a déclaré :

« J'ai vu l'gars dans mon téléobjectif; la femme a pas pu se débattre, c'est allé vite. Comme ça, beng, il a tiré sur elle, après quoi,

beng beng, il a déchargé vers l'autre mec, qui s'barrait. Après... il a marché environ dix mètres et là, beng, il s'est tiré une balle et il est tombé. »

Les amis d'Inessa l'appelaient « Inna ». Elle envisageait d'épouser Turco, 56 ans, patron d'une petite boîte d'entretien électrique. Il était venu la chercher avec son gros Jeep 4 × 4 argenté parce qu'elle se savait poursuivie. Dans la poche de la veste de Turco, les policiers ont trouvé une bague de fiançailles « de bonne taille ».

Fougueux et brutal, Vadim Ivanov, 43 ans, n'avait pas supporté l'idée que sa femme s'installe avec Turco.

Inessa rêvait de la vie en Occident. Pour donner « une autre chance » à leur fils, Vadim et Inessa étaient venus d'Ukraine, une dizaine d'années avant cette journée dramatique. Médecin radiologue à Kiev, Vadim était « quelqu'un » en Ukraine, mais comme il n'existe pas d'équivalence de diplôme, Vadim aurait dû emprunter 300 000 $ pour recommencer ses études et repasser ses examens de médecine. Mais il n'avait pas accepté de redevenir « mister nobody », *étudiant « John Doe ». Il s'est mis à boire, à l'ukrainienne. Boire jusqu'à plus soif. Petits boulots, livraisons, taxi sans licence, déménagements et gardiennage d'entrepôts à Jamaica dans la zone périphérique de Brooklyn. Blessé par balle lors d'une tentative de cambriolage, il a fini concierge d'immeubles, boiteux et alcoolique !*

D'abord engagée comme shampooineuse dans un premier salon, qui appréciait son travail, puis un second salon, etc., opiniâtre, Inna avait petit à petit gravi les échelons. Elle s'était fait une réputation pour la qualité de ses mises en couleur, et finalement Inna Ivanov était devenue la spécialiste des teintures dans le salon haut de gamme du grand Frederic Fekkai... Le rêve américain en quelque sorte... Même si le soir, à l'appartement, c'était dur,

dur. Le violent Vadim s'enfonçait dans son délire éthylique, plein d'amertume, reprochant à sa femme de l'avoir incité à faire ce voyage. À Gravesend, Brooklyn, où ils habitaient, la police avait été appelée à plusieurs reprises à leur domicile pour violences conjugales. Un jour, à une de ses collègues qui avait remarqué ses ecchymoses, elle avait expliqué qu'elle était « tombée dans l'escalier ». Jusqu'à ce qu'elle rencontre Turco et décide de virer l'ivrogne.

De quinze ans son aîné, Turco était un ancien marine, certes divorcé, avec deux enfants, mais il avait une bonne situation.

Quand la séparation entre les époux fut prononcée, leur fils est parti faire une école militaire en Virginie.

Pourtant, Vadim continuait de la harceler en dépit d'une ordonnance d'éloignement. Une nuit, même, le boiteux avait été arrêté après s'être introduit par effraction dans l'appartement de son ex-femme.

« [...] Un gars effrayant, il se battait avec elle », dit un témoin.

Arrive l'épouse du témoin qui dit face caméra :

« Arrête, Mickey, tu peux pas dire ça... il se battait pas avec *sa femme, c'est juste lui qui battait sa femme, nuance ! »*

Le témoin baisse la tête et reprend, toujours face caméra :

« J'ai jamais pu le saquer. »

Et son épouse d'ajouter :

« [...] Même sa façon de me reluquer, tout ça, j'aimais pas. »

TÉMOIGNAGES

Dans le quartier Midwood, Brooklyn, où Inna habitait encore hier, le gérant de l'immeuble a déclaré que Vadim était venu jeudi soir.

« Il avait insisté pour qu'on le laisse entrer dans l'appartement. Mais je l'ai viré. C'était pas la première fois qu'il venait foutre son bordel... Il était p't-être armé... J'aurais aussi pu m'prendre un' balle », a déclaré le concierge qui l'avait mis à la porte.

D'une voix grave et très concernée, le sourcil froncé et la moustache claire, le porte-parole du NYPD dit comme une révélation que « les jumelles qu'il avait au cou pouvaient laisser penser que l'assassin avait surveillé ses victimes ». (Trop fort !) « Ensuite, le mari s'est rapproché de l'endroit où son ex-femme travaillait. Il s'est planqué et il lui a bondi dessus quand elle est apparue. Il l'a retenue, lui a tiré une balle dans la nuque et presque immédiatement une seconde dans le thorax, en même temps qu'elle s'écroulait. Ensuite, il a tiré sur Turco qui se précipitait vers sa Jeep. Une balle a traversé l'œil droit, une autre le bras gauche, et il s'est écroulé dans le caniveau. Turco n'était pas encore mort quand les secours sont arrivés, mais emmené à l'hôpital dans un état critique, le visage détruit, les médecins ne lui donnaient pas beaucoup de chances de s'en sortir. »

« Il avait l'air de bouger mais ça saignait de la tête », a expliqué Suzon Basinet, 26 ans, qui s'est approchée des corps sans retirer ni son casque ni ses lunettes de bike messenger.

« Le monsieur essayait de lever la tête, mais il est retombé. Jamais rien vu de pareil. Pouark ! », a précisé Suzon à la journaliste qui voulait des détails croustillants.

« Treize coups de feu ont été tirés », « décédée sur le coup », « gisant dans une mare de sang dans son manteau de vison », précisait l'article.

« Nous étions en train de marcher tranquillement, quand soudain on a entendu ce bruit, a déclaré Sandra Domingez. C'est dingue, je ne peux même pas croire que ça se soit produit là, à quelques mètres de moi. Je vais faire des cauchemars… La ville de New York ne doit plus jamais nous faire des peurs pareilles ! » Comme si « la ville » y était pour quelque chose…

La foule des clients, des touristes badauds et des curieux qui se photographient devant les corps dans le décor de cette scène de crime. Les flics qui condamnent deux pâtés de maisons pendant trois heures.

Arrive un autre témoin qui n'a rien vu mais qui a assisté l'an dernier sur 48th West et 6th Avenue à l'embuscade du bijoutier sur Diamond District. Il veut se faire mousser, il en rajoute, il a « flippé ». « Toute cette violence, c'est vraiment effrayant. »

Et voilà, Eddy, tout est dit. Une affaire résolue sans trop de suspense, classée en une minute. *No comment*. Un drame de la jalousie.

Si je « positivise », je conviens que le dénouement correspond à ce que suggérait l'ambassadeur au nez creux dans la grande limo : « Un médecin passionnément amoureux de sa femme n'avait pas supporté l'idée qu'elle puisse être heureuse sans lui. »

Une histoire d'intégration manquée. Les Ivanov étaient venus chercher la richesse, ils ont trouvé la mort.

Aujourd'hui, le gamin de dix-sept ans n'a plus de parents.

Épilogue artistique

À la suite de cette nuit, j'ai étrangement commencé à voir des gants partout, des tas de gants, des gants qui traînaient. Un gant sur la chaussée, des gants sur les trottoirs, un gant écrasé dans le bitume, un gant trempé dans la neige, un autre dans une flaque. Gants en laine ou gants en cuir, gants de travailleur ou gants de plastique… Est-ce que je devenais dingue, obsédé par cette histoire ?

Alors, pour me prouver à moi-même qu'il ne s'agissait pas d'un fantasme, je les ai photographiés. Puis je les ai ramassés. Mis dans des sacs.

Assez vite, j'en ai eu plus qu'un cageot de fruits. Je me suis donc fixé un objectif : poursuivre cette récolte pendant un an exactement. Jour pour jour. Sur le seul trajet menant de ma maison au studio et retour.

Au bout d'un an, j'en avais rempli trois sacs. J'ai tenté de les classer, nombre de mains droites, de mains gauches, par matière, laine, cuir, ou par couleur… J'en ai intégré dans mes tableaux. Je les ai peints, dessinés. Et puis j'ai réfléchi à ce qu'ils signifiaient : le sens de la main, cette main qui fut aussi la première peinture pariétale, celle de l'homme préhistorique trempée dans une flaque d'argile. Ou bien devais-je considérer le gant comme une mue ? Le gant qui se dit *glove* (g.*love*).

J'y ai vu aussi la négligence, le peu d'importance accordée aux objets dans notre société de consommation, ces choses éphémères, jetables, remplaçables…

Ou la main du destin, main de Fatma ?

Et le sens de l'oubli désinvolte, celui de la trop grande vitesse à laquelle on agit…

La perte ou l'abandon comme un geste manqué qui traduit le désir inconscient… d'être retrouvé.

Bref, cette histoire me donnait pas mal à réfléchir.

Mais, en visitant des foires d'Art contemporain, j'ai constaté que d'autres artistes étaient eux aussi concentrés sur ce sujet du gant – en aucun cas cela ne pouvait être l'unique champ de mon inspiration. Et surtout, chaque fois que je présentais ces œuvres, on me demandait d'en raconter l'histoire. Alors je relatais ce fait divers, qui parle de la mort. Moi qui étais venu à New York pour me reconstruire après le décès de mon père.

Au bout de deux ans, j'ai abandonné cette collecte monomaniaque et j'ai même fini par ne plus les voir.

Enfin, ultime conclusion à cette sanglante soirée de gala, en 2014, à l'occasion de l'exposition rétrospective *NCY/NYC*, j'ai créé une couverture faite de tous ces gants cousus, assemblés entre eux. Au milieu des œuvres présentées, celle-ci intriguait les visiteurs : « Qu'est-ce que c'est que ça ? » « Pourquoi ? » « Qu'est-ce que ça fait là ? »

En fait, c'était pour moi une manière de tourner la page, mais au-delà de cet aspect personnel, je crois que l'Art et les questions qu'il pose sont toujours irrémédiablement liés à celles de la précarité de notre existence.

6

MURMURES

(Et souvenirs de vie au quotidien connecté, collectés comme des insectes épinglés dans une boîte à mémoire. Écriture entomologique.)

Printemps 2005

Après la chanson « Ballade en ruine », c'est l'heure de la reconstruction. Petit à petit, morceau par morceau. Bout de bois sur bout de bois. J'ai recommencé mes sculptures réalisées par assemblage de morceaux récupérés dans la rue. Bois cassés, sciés, bois brûlés ou poncés, teints d'un mélange brou de noix, chêne foncé et ébène, vis et clous rouillés. J'ai plus de place et plus confiance. Je pourrais en faire de plus grandes encore, si seulement j'en avais la commande. J'imagine ce que ça pourrait devenir.

Même si ce n'est pas encore ça, je me sens mieux. Plus honnête. J'ai parcouru du chemin, en un an. Si j'en étais resté au confort de mes habitudes, je n'en aurais pas fait la moitié. Je parle du souffle, de ce besoin de respirer. Retrouver de l'air. Fenêtre ouverte, aérer mon endroit.

Je peins des tableaux en relation avec ces sculptures de ma « reconstruction ». Je peins ce que je vois à l'intérieur de moi.

J'ai refermé les fenêtres. C'est mon enfance qui défile, quand j'allais dans les ateliers d'ébénisterie derrière la boutique de mes parents pour récupérer des chutes de bois et fabriquer des masques, quand les ouvriers me montraient ce qu'ils faisaient et comment ils utilisaient leurs outils, ces odeurs de colle à l'os, de vernis, de cire et d'huile…

J'ai payé mon dernier loyer. Mon ventre se serre de nouveau. Je vais bientôt devoir quitter cet endroit, on m'a dit que c'était sans appel, ce devrait être à la fin du mois. Ça m'oppresse.

Où vais-je aller ? Où donc serai-je dans quelques semaines ? Quand je vois tout ce barda de trucs et de machins qui se sont accumulés en quelques mois…

Je dois rentrer en France pour faire quelques concerts cet été, et je ne peux sûrement pas me passer de la tournée d'une vingtaine de dates en septembre/octobre. Alors je m'interroge : pourquoi louer un nouvel atelier si je n'y travaille pas pendant quatre mois ?

L'immeuble où je suis actuellement a été vendu, m'a-t-on dit, les propriétaires envisagent au plus vite de transformer les anciens ateliers en copropriété. Avec la construction d'un grand stade dans le Meat Packing District, tous les immeubles de ce quartier prennent de la valeur. Des appartements privés rapporteraient plus que ces ateliers de travail.

Alors, je cherche plutôt un *storage* où entreposer mon stock.

Je pense de plus en plus souvent aux spectacles qui s'en viennent cet été. J'essaie de les imaginer. Alice Botté, mon guitariste « historique », celui avec qui j'ai commencé les concerts en groupe dans les années 80, ne pourra pas être présent cette fois. Il devait choisir, il a choisi : Daniel Darc (ou bien est-ce

Christophe ?) lui propose plus de dates que moi en juillet/août. Qu'à cela ne tienne, ce sera l'occasion pour moi de refondre le groupe. Changer de son, changer de paradigme, changer de métal, un nouvel alliage. Une mutation fondamentale. J'ai évolué, j'ai d'autres envies. Une nouvelle *setlist,* de nouveaux partenaires. Un challenge excitant mais complexe à organiser depuis New York.

J'ai passé des heures sur Internet l'autre nuit, pour finalement retrouver les coordonnées d'un jeune guitariste qui m'a beaucoup impressionné l'année dernière, lors des demi-finales d'un tremplin rock dont j'étais l'un des membres du jury. Il s'appelle Karim Attoumane. Je lui ai laissé un message. J'espère qu'il va me rappeler. Aujourd'hui, sur le web, tous ceux qui ont un jour fait quelque chose existent quelque part. C'est merveilleux et inquiétant à la fois, parce que les erreurs ne peuvent s'effacer. Le concernant, j'ai entrepris une « traque internautique ». Le souvenir de ce tremplin rock était au départ le seul et unique élément dont je disposais pour démarrer mon enquête. Pourtant, de fil en aiguille, j'ai retrouvé son nom, sa trace. Sur le répondeur d'un numéro qui pourrait bien être le sien, j'ai finalement laissé un message, qui a dû lui paraître pour le moins inattendu : « Allô, c'est CharlElic, je t'avais vu sur un tremplin rock il y a deux ans à peu près. Écoute, je t'appelle depuis New York, j'ai plusieurs dates à faire cet été dans des festivals, si par hasard tu es disponible, j'aurais besoin de tes services. » Et puis j'ai raccroché. Maintenant la balle est dans son camp.

Reprendre mon souffle.

C'est le printemps.
Il a fait beau toute la semaine.

Au ras du sol, sur le macadam chaud entre les buildings, les odeurs commencent à redevenir plus fortes. Émanations de gaz, relents de décompositions ou fragrances florales.

Bouffées de vapeur d'eau ou bouquets acides.

Renifler des fumets épicés, humer les carbones qui montent à la tête des amoureux des villes.

Au cul des bus, à vélo ou à pied, traverser des effluves puants ou suivre à la trace le parfum sucré d'une élégante sur l'avenue…

J'aime les odeurs de la ville, ce mélange de hot dog, de kebab, de viande grillée, de pisse et de parfums, les exhalaisons des gaz chauds et le caoutchouc fondu, les durits, les courroies qui patinent sur l'axe du ventilo, les carbones forts et sucrés, et puis les vents brûlants sous les camions pour qui mon vélo n'est qu'un insecte.

J'aime cet excès de tout qui laisse des miettes pour les oiseaux, et même cet immonde gaspillage polluant, ces ultra-déchets qui ne refilent de complexes à personne. On pourrait croire que tout est *for ever*.

L'absurdité des extrêmes. Ces limousines extra-longues pour les mariages, les cérémonies de fin d'études, les stars en goguette. C'est indécent, pas vraiment « éco-logique », et pourtant.

C'est ainsi que va notre monde consommé. Ce monde ultime, celui d'aujourd'hui.

Celui du trop !

Parce que les surconsommateurs en veulent toujours plus.

Il y a quelques jours, je suis allé à Harlem avec mon copain Michel Granger, venu passer quelques jours à Manhattan avec son fils. Le lendemain, j'ai visité des ateliers d'artistes qui faisaient portes ouvertes à Tribeca.

Aussi découvert les dessins d'Amara Berio, fille du célèbre compositeur italien, et les superbes photos de Jean-Christian Bourcart. Elle, de grands *charcoals* sur papier ; lui, ces beaux clichés de visages pris à la sauvette derrière la fenêtre de bus Greyhound sur Canal Street.

Mais quelquefois, sans attendre le week-end, je sors me promener en regardant le ciel. Simplement respirer la lumière autour de mon block.

Deux fois, au même endroit, devant la boutique du Pakistanais qui recharge les crédits de mon téléphone cellulaire, j'ai été abordé par des Français en vacances :

« *Dou iou spik french ?*

– Comme vous, je pense…

– C'est vous ?

– Oui. »

On a parlé.

La première fois, c'était un couple de graphistes venus de Paris ; la seconde, un informaticien venu de Marseille, avec sa jeune fille…

« Qu'est-ce que vous faites là ?

– Et vous, en vacances… ? »

Et ils m'ont ensuite accompagné jusqu'à mon atelier, ébahis de pénétrer quelques minutes dans l'antre de l'ours.

D'autres jours, des noceurs que j'ai croisés dans des soirées ou des amis qui ont pris rendez-vous découvrent la profondeur de mon gouffre. Ceux qui habitent à New York sont visités par leur famille, leur proches ou amis, pour moi, ça se passe à l'atelier.

Hier, un Suisse a débarqué dans le studio avec trois autres personnes.

Il m'avait laissé un mail la veille. On est convenus de l'heure. Je ne pensais pas qu'il serait accompagné d'un artiste grenoblois, d'une Irlandaise et d'un homme d'affaires italien installé ici depuis vingt ans. Ces rencontres font partie des heureux imprévus. D'une personne à l'autre, l'attitude change. Certains se mettent à l'aise, d'autres ne bougent pas, tétanisés.

Ça me fait du bien de montrer mon travail en expliquant les tenants et aboutissants, les ressorts de mon mécanisme de pensée. J'ai compris pas mal de choses sur moi-même en répondant du tac au tac à des questions incongrues. Dans le cadre des expos, on n'a guère que quelques minutes à consacrer à chacun, le temps des politesses ; là, dans mon labo, je peux observer à la loupe les réactions de ces spectateurs de hasard. Les artistes vivent souvent à l'écart du monde, cette distance les protège des réactions violentes, ils sont comme des moines reclus dans un ermitage. Moi, j'ai l'habitude de voir du public, et je n'éprouve pas de stress à être confronté aux gens, même quand les questions sont pour le moins simplistes – par ignorance. Je pense que les miennes face à des scientifiques sont tout aussi primaires. Mais, parfois, je tombe sur des esprits éclairés qui m'aident à me comprendre. Mon ami Albert « Delalove » Delamour est passé l'autre jour. Je lui ai montré ce que je faisais et confié mon embarras vis-à-vis des exigences des galeries, qui veulent que tu leur montres une seule chose. Si l'on se place d'un point de vue strictement formel, on pourrait croire que je zappe, passant d'une expression à une autre, alors que je poursuis un cheminement logique, j'agis par élimination.

Il m'a dit : « Ce n'est pas toi qui choisis ton public, c'est ton public qui te choisit. »

Cette phrase est libératoire. Elle m'a soulagé. Je la cite souvent, désormais.

Je recommence aussi à sortir le soir. La température de ce printemps est juste délicieuse, quand on ne fait pas la différence entre l'intérieur et l'extérieur.
Je me transforme en spectateur.
J'assimile ce qui se passe.

Je me rends à des fêtes, des anniversaires, des célébrations de départ, ou toutes sortes de soirées. J'y vais pour rien, juste pour y être, m'imprégner de l'ambiance, m'y sentir en vie au milieu des autres, ces autres-là si différents de ceux que je côtoyais en France. Quelquefois, c'est beau, c'est sexy, c'est bon. D'autres fois, c'est juste nul. Triste, épuisant quand on attend que quelque chose se passe et qu'il ne se passe rien. Pourtant, comme tous les sentiments, « l'ennui » est un ressenti qui dépend de l'objectif que l'on s'est fixé. « L'ennui » est un point de vue, une couleur, une perspective. Je croise des gens nouveaux, on échange nos cartes, on se refile des contacts. On promet de se revoir, et même si on ne le fait jamais, on se suffit de le croire.
Réinitialiser le disque dur. Dans le brouhaha de ces ambiances boostées, chacun se raconte, s'avoue, se branche ou se débranche à l'open bar…
Histoires de survie dans le tumulte de cette ville-qui-ne-s'arrête-jamais.

Il y a quelques jours, le Club des 600 m'a invité à faire une conférence sur mon itinéraire d'artiste multiste. Pour la plupart, ces « 600 » évoluent dans des milieux éloignés des choses de l'Art : directeurs d'une compagnie de transports ou d'une chaîne de lavomatiques, CIO dans le luxe, patrons d'une boîte de fournitures de pièces détachées pour engins de chantier, entrepreneurs français installés aux États-Unis depuis des années, comptable ou avocat militaire en retraite. J'ai pris un vrai plaisir à répondre à leurs questions pertinentes, beaucoup plus pragmatiques que celles, un peu abstraites, que me posent habituellement les journalistes.

Je suis retourné voir des spectacles. Au Tribeca Film Festival de Bob De Niro, j'ai vu *Laura smiles*, premier film de Michael Ruscio. Film d'auteur réalisé en vingt jours sans gros budget. Comme quoi, ici aussi il n'y a pas que de grosses productions !

Il y a eu aussi le seder du premier soir de Pessah Passover, qu'on est allés fêter chez un couple de parents d'élèves américains, heureusement flexibles sur la question des pratiques rituelles.

J'ai également croisé Youri Djorkaeff, venu s'installer ici avec sa famille. Il a signé chez les Jersey Metrostars. Ouvert, sympathique, je dois admettre que, mes connaissances footballistiques étant limitées, je n'ai malheureusement pas vraiment su profiter de son expertise de champion, et nos échanges sont restés courtois. Convenons aussi qu'il n'a pas lui non plus cherché à approfondir les questions/réponses dans mon domaine de prédilection. Résultat Art contre foot : match nul, égalité *fifty-fifty*.

Et puis voir des concerts. Comme ce groupe, Phoenix, que mon pote Antoine m'avait fait découvrir un soir, en bagnole. On revenait de je ne sais plus où, quand il branche son podcast spécial voiture. J'adorais le son, les harmonies. À la maison, je fonce sur iTunes : « *One song/one dollar.* » J'achète le fameux « *Run Run Run* » et j'apprends qu'ils sont français, bientôt en concert à l'Irving Plazza. J'en parle au DA de ma maison de disque venu zoner à New York, il connaît leur manager. Et je me retrouve dans leur loge à la fin de leur excellent concert.

J'aime leur musique autant que le dernier Beck, celui des Strokes ou de Citizen Cope. Les Phoenix canalisent leur énergie et leurs malaises à travers une musique dansante plutôt subtile.

Franchir le cap de l'océan a toujours été une aventure, un défi sacré, mais aujourd'hui les Français ne font plus de complexes face aux rockers US. Phoenix était au milieu d'une tournée d'un mois et demi sur le territoire US, il faut préciser qu'ils ne chantent qu'en anglais, cependant ils le font bien, sans manières ni forfanterie.

Saqués en France par des critiques se moquant « gentiment » de leurs origines versaillaises *(NB : tout comme Air, Étienne de Crécy ou Alex Gopher)*, ils ont assuré avec maturité. La salle était pleine. Gros son. Pas de violence dans la salle. Le rock n'est plus si tendu qu'il fut. Le fait qu'ils soient français ne suscitait pas d'animosité particulière à leur égard.

Au fait, ça veut dire quoi, se moquer « gentiment » ? Le nom de quelques médias acerbes sonne comme le glas d'un certain enthousiasme. Conventionnels du bien-penser, *politically* incorrect. Va voir ailleurs si j'y suis. Il faut être costaud pour résister à la méchanceté des aigris. Entendre ou lire des crasses vinaigrées sur les média sociaux incontrôlables, se faire casser, souiller par de maudits mots écrits à l'encre de fiel. Les chanteurs de la finesse ont ravalé leur salive, tourné sept cents fois leur langue dans leur bouche, du coup, quand on leur donne la parole, ils n'ont plus envie de parler.

Mon âme décide toujours à ma place : moi, si je n'aime pas, j'oublie. L'oubli est la pire injure pour une œuvre.

Nos décisions sont prises en un dixième de seconde, le temps d'un clin d'œil. Histoire d'hormones, de couleurs ou de vibrations. On appelle ça « coup de foudre », « instinct » ou « intuition », c'est le sujet de *The Blink* de Malcolm Gladwell, qui évoque l'immédiateté déterminante de certains choix audacieux, quand les gestes sont induits par une volonté et non pas une réflexion.

Un autre soir, dans le club de jazz Au Bar, je suis allé écouter Deedee Bridgewater qui passait là pendant deux semaines. Installée en France, Deedee était venue roder un nouveau tour de chant construit à partir de classiques franco-internationaux genre « J'ai deux amours », « La mer », « Les feuilles mortes », « La belle vie »... De loin, je redoutais l'argument nostalgique du « rétro, c'est trop », mais j'y ai quand même emmené Yamée, la plus jeune de mes filles. C'était délicieux de partager ce moment avec elle, d'autant plus réjouie qu'on avait croisé ladite Deedee dans un aéroport l'été dernier. Je sentais que Yamée était émue de revoir cette grande dame sur scène. Des musiciens venus de France, arrangements variés, sans effets, juste la « bonne » manière d'utiliser leurs instruments, et Deedee, prouesses vocales, total contrôle. Une pure chanteuse qui aime chanter.

Celui de France n'ayant jamais rien fait pour m'aider, ma dernière exposition a été parrainée par le consulat général du Québec, qui m'a invité à une soirée en compagnie de créateurs québécois. Si on dit que « parler nourrit l'esprit », je suis pourtant ressorti malade des nourritures terrestres que j'ai avalées dans le restaurant marocain. Malaaaade, à poison. Cassé en deux, plié en quatre, à plat, liquide. Le temps que le monstre entré par ma bouche trouve une issue de sortie, je me suis retrouvé cadavre. Ai-je gobé un caillou d'arsenic, un sac de ciment, une résine pourrie, un rat mort, un fruit de mer moisi, une sauce toxique, une merguez au venin, une salade de ciguë ? En fait, un mauvais poivron déguisé en alien. Longtemps que je n'avais pas vécu un tel calvaire !

Certaines plantes comme le poivron peuvent devenir nocives quand elles ne sont pas consommées rapidement, un poivron macéré qui n'est pas mangé vite peut devenir toxique.

Le lendemain, à peine remis de cette indigestion, j'étais invité chez Éric Delalande, un chef qui avait mis les petits plats dans les grands pour nous recevoir chez lui. Toute la journée aux fourneaux de main de maître. Le teint encore vert, je portais négligemment à mes lèvres trois malheureuses bouchées. Moi, le gourmet. Ces plats exquis, et mon corps qui refusait de l'admettre. Un comble. J'enrageais. Éric m'observait du coin de l'œil, fort déçu de ma réaction… Sans espérer de compassion pour autant mais avant que nos relations amicales ne se retrouvent à jamais brisées là, il m'a fallu confesser publiquement que je n'étais pas dans mon état normal, en promettant de remettre le couvert une autre fois.

Et puis mon corps s'est remis de son désordre interne.

Un dimanche soir, j'ai reçu ce mail d'un copain mélomane qui m'invitait à le rejoindre à dix-neuf heures à la Knitting Factory pour écouter Walter Kuhr, le « pape » new-yorkais de l'accordéon, qui dirigeait son « *all-female accordeon orchestra* », onze femmes accordéonistes portant des couettes. Au programme, entre autres, un arrangement spécial pour ce concert de « *Bohemian Rhapsody* » de Queen. Leur répertoire va de Brahms à Madonna. Super-kitsch. Les fausses notes mêlées aux belles harmonies d'orgue, on était ailleurs, dans un autre monde, un mix de bon vouloir et d'Art naïf, d'érotisme et de plaisir pur, de joie et d'humour. Voir ça et mourir. Ici et nulle part ailleurs. Venues de Russie, de Chine, du Bronx et d'Autriche, onze filles à couettes debout sur scène, un accordéon entre les bras. Méga-concentrées, elles jouaient des musiques difficiles, hypnotisées par Walter Kuhr, leur professeur d'accordéon. Walter possède la seule boutique d'accordéons à New York. Un Allemand allumé comme peuvent l'être les intellectuels allemands.

Il raconte qu'une nuit, il a fait un rêve : « Un jour, tu monteras un orchestre avec onze femmes à couettes. » Il l'a fait. C'est aussi ça, la Liberté : faire ce que l'on a décidé de faire.

On peut penser que la Liberté, c'est le fait d'*avoir* le choix. On peut aussi considérer un autre point de vue, comme ici, que la Liberté, c'est le fait d'*assumer* un choix ! Ça prend le temps qu'il faut, mais un jour on est là et on peut se dire : je voulais le faire, je l'ai fait ! Walter Kuhr l'a fait.

Voilà. Mur, mur, mur, mur. Après la mort de mon père, qui continue de me hanter, je me reconstruis pierre par pierre, morceau de bois après morceau de bois, entre quatre murs.

Trop de stress et de gourmandise compensatoire.

Manger, manger. Je mange pourtant moins qu'avant, mais j'ai honte de mon apparence dans le miroir des photos. Je ne reconnais pas cette abominable masse abdominale. Chaque fois que je sais qu'il me faudra remonter sur scène, j'imagine les regards cruels qui cerneront mon bide et les commentaires du genre : « Il faut que t'assumes ton âge. » C'est vrai, je ne fais plus assez de sport. Mes fibres musculaires deviennent raides et cassantes.

Masque de camouflage, je voudrais être un autre. Même si j'étais heureux au moment du déclic, on dirait que je fais la gueule sur les photos. J'imaginais que je serais un autre homme… Vu que je préfère conserver certaines données dans mon disque interne – des infos secrètes que je n'oserais jamais partager –, si seulement on pouvait greffer ma tête sur un autre corps…

Mardi dernier, dîner à Mamaroneck, petite ville à une demi-heure de Manhattan, pour montrer à mon copain Antoine certains « trucs » concernant l'usage de Protools (programme de composition musicale). On en a profité le matin pour jouer au tennis. Il a été moniteur de ski et il fait du squash. Pendant les dix premières minutes, je ne savais plus où j'étais. Essoufflé comme un pneu crevé, j'ai cru m'écrouler, trébucher à chaque pas. Aucune sensation. Le corps en carton. Même quand je n'ai pas joué pendant quelque temps, quand je repose les doigts sur un clavier ou que je reprends une guitare, si mon cerveau s'interroge sur ce qu'il doit jouer, mes doigts, eux, retrouvent vite ce qu'ils ont à faire.

J'avais trente-trois ans quand j'ai commencé à jouer au tennis. Mes gestes ne sont pas instinctifs, comme si je devais faire une check-list avant de jouer chaque balle, c'est laborieux. Mais j'aime tellement ce sport ! Heureusement, petit à petit, la confiance est revenue en même temps que l'insouciance, j'ai retrouvé mon coup droit et j'ai lâché quelques beaux revers pervers le long de la ligne. Après deux heures, en sueur, j'étais mort, mais tellement heureux d'être mort.

Les courbatures m'ont ralenti pendant deux jours, à ne plus pouvoir poser le pied par terre, mais j'ai retrouvé les sensations de bien-être que seul l'effort physique procure.

Je dors peu, et parfois je me fais emporter par des ondes, des vagues de fatigue, qui m'étaient inconnues. Besoin d'air pour me regonfler. Ressusciter.

Mais je ne le dis pas trop fort… Ces intimités murmurées n'intéressent peut-être même pas mes proches.

Pas plus que mes amis.

Alors je les confie à cette page en toute pudeur, sans autre intention que de les faire nager comme des mormyres électriques entre les murs en verre de l'aquarium de ma mémoire.

7

MICKETTE

Mai 2006

J'ai une nouvelle copine.

Une nouvelle petite copine.

Une petite copine qui loge à l'atelier.

Elle s'appelle Mickette.

C'est une souris.

Une souris de la taille de mon téléphone portable. Une merveille de la nature en matière de miniaturisation. Une créature vivante au féminin, car j'avoue ne pas faire la différence entre souris mâle et femelle, alors vu qu'on dit « une » souris, je considère qu'elle est « une » et je la pense féminine.

C'est une boule de poils qui se déplace toute seule. Je ne peux pas dire qu'elle marche, je ne vois pas ses pattes. Elle file sur mon sol en ciment. Elle s'insinue dans les fentes et fait son petit boulot de rongeur dans un sac de polystyrène, ou je ne sais où ailleurs.

« Ah ! »

Quelqu'un a poussé un cri…

« Là… là, j'ai vu quelque chose qui bouge…

– Oui, ça devait être ma souris.

– Mais comment ? Vous pouvez vivre avec ça ? Moi, ça me terrifie. »

Je ne vais pas me moquer de celle qui a dit ça, la première fois que je l'ai vue, j'ai eu un super-stress.

« *What the hell is that ?* »

Le cœur battant et les poils dressés. Savoir cette présence quelque part ici, si riquiqui soit-elle…

« Où elle est ? Qu'est-ce qu'elle fait ? »

Je l'oublie. Je pense à elle. Je l'oublie. Etc.

Ses plannings à l'inverse des miens. Elle dort, elle bosse dans sa chambre et, la nuit, elle sort faire ses courses. C'est à ce moment que je la repère, en fin de journée, quand elle réapparaît. Enfin, plus précisément, disons plutôt que je la vois disparaître. Et à nouveau les mêmes questions me reviennent :

« Elle est là, mais où ? »

Sauf que, l'autre jour, elle est venue faire une java en plein jour, et là :

« Aah ! j'ai vu bouger quelque chose… »

Mickette m'a fait rater une vente. J'étais en train de parler des « irraisons » déraisonnables de l'Art et de la paranoïa du monde (dans le sens de mauvaise interprétation de la réalité) quand, soudain, celle qui me faisait face a donc poussé ce cri.

« Hiiii ! j'ai vu quelque chose ! »

J'imagine que Mickette est passée dans mon dos.

« Oui, ça doit être ma souris, ne vous inquiétez pas.

– Hein, quoi, une souris… Je déteste les souris. Les serpents, encore, ça va, mais les souris, je déteste ça.

– Quand même, avant qu'elle ne vous attaque, y a de la marge… Et puis c'est grand, ici, vous pouvez la voir venir… Je disais que l'Art est un voyage dans le subconscient, les œuvres sont des formalisations d'un invisible…

– Attendez… Elle va si vite… Ça me met des frissons sur tout le corps. »

Ma visiteuse ne m'écouterait plus, c'était fini. À reculons, elle s'est dirigée vers la porte et elle a dit, comme s'il y avait eu un dragon :

« Oui, oui, intéressant, oui, oui… Viens, mon chéri, partons ! »

C'était râpé, comme le gruyère dont Mickette se régalerait si j'en avais.

J'avoue, énervé, j'ai pris l'ascenseur à mon tour, et je suis descendu chez le droguiste sur la 8th Avenue pour acheter des graines. Un truc puissant qui élimine les intrus. « Des graines de la MORT pour tuer TOUS les rongeurs », comme c'est marqué sur la boîte.

J'ai disposé ces graines de poison le long des murs. Et le simple fait de poser ces graines m'a soulagé. Comme si je l'avais déjà eue. Effacée. Et la conscience tranquille en plus – c'est bien connu, les empoisonneurs n'avouent jamais leurs crimes, ce ne sont pas eux qui tuent : c'est le poison.

« Eh oui, ma vieille, c'est la dure loi de la nature. C'est comme ça, ta peau ou la mienne. »

D'ailleurs, vu son tempérament de colon, je suis persuadé que, si elle avait été à ma place, elle aurait fait pareil. Attention ! Les plus petits ne sont pas les moins dangereux, y a qu'à voir le mal que peuvent faire les microbes et les virus, ces aliens parasites encore plus petits que petits.

Cette souris n'était pas une tendre. Une égoïste, ouais. D'ailleurs, elle m'avait carrément bouffé mes Skor, ces délicieuses barres de chocolat croquant que j'avais laissées là, posées à côté de mes crayons. Eh bien, elle s'est servie le week-end dernier. Et vas-y que j'te grignote… À son échelle, elle a dû en avoir une crise de foie, parce que les Skor ne sont pas vraiment des confiseries légères.

Éradiquée, la clandestine. Tant pis pour elle. Elle ne payait pas sa part de colocation. Hop, à dégager, tes affaires dans le couloir.

Comme mon copain David qui s'est fait pour la énième fois virer de Brooklyn avec son bull-terrier. Il m'appelle régulièrement pour me donner de ses « mauvaises » nouvelles. Comment fait-il ? Je ne sais pas. En ce moment, il dort au jour le jour dans le magasin où il travaille. Cette nuit, par contre, il pense qu'il dormira dehors, parce qu'il a repéré un détective qui l'observe depuis le début de la journée.

« Mais ça va ?

– Oui, ça va bien, je suis à fond dans mes projets…

– C'est-à-dire ?

– J'ai rencontré Harvey Keitel et, tu sais, il produit des jeunes réalisateurs, je me disais qu'il pourrait peut-être quelque chose pour moi… Alors je réécris le scénario de mon film, au lieu d'en faire un court-métrage, j'en fais un long, et j'ai changé le rôle en pensant à lui, tu vois. Il ne s'en doute pas, mais je sais que je peux lui faire lire, tu vois. Ouais, ça va bien, j'y crois à mort.

– Oui, t'as raison, faut y croire. »

David fait des petits boulots, mais je ne suis même pas certain qu'il soit payé. Il est courageux ou inconscient ? Il s'est acheté un sac de couchage de l'armée, et il est prêt à se trouver un coin tranquille, même dehors. Avec son bull-terrier, il n'a plus peur.

« En plus, il commence à faire beau. Alors, tu vois, ce n'est pas un problème. Ce qui compte, c'est d'être en vie.

– Moi, je trouve que ça compte aussi de vouloir le rester. »

Il me raconte qu'il a fait une expo de ses travaux et que ça a bien marché le troisième jour.

« Comment ça ? »

Il m'explique qu'il avait éteint la lumière. Du coup, y avait un meilleur feeling avec les gens, un meilleur contact. Le problème, c'est que le proprio voulait qu'il paye 20 $ de l'heure.

« T'as vendu ?

– Heu, non, je ne sais même pas combien je pourrais vendre ce que je fais… Mais j'ai rencontré un mec qui bosse pour la reconstruction des tours, un type important, et il pourrait peut-être me caser. En tout cas, c'est ce qu'il a dit.

– Ouais, je devine… »

Quand je vois « David » s'afficher sur mon téléphone, je sais que ça veut dire « embrouilles ». En même temps, il ne me demande rien.

« T'as besoin de quelque chose ?

– Non, non, surtout pas. Tout va bien. »

À l'aise, Blaise, hâlé, allez, j'te laisse dessaler…

Je n'ai plus entendu parler de Mickette depuis que j'ai disposé ces molécules tueuses. Et j'ai retrouvé ma vraie solitude.

Enfin, pas tout à fait infinie solitude, parce que j'ai vu une méga mite dans les toilettes, et un énorme cafard de la taille d'une Dinky Toys marchant sur une toile. On n'a pas discuté, tous les deux, il n'a fait que passer comme un *hovercraft* avec son look de guerrier profilé et sa carapace brillante comme un samouraï noir. Je ne suis pas fan des cafards, mais je reconnais volontiers que les insectes me fascinent.

Construits de chair et d'os, les mammifères sont comme nous, si ouistitis soient-ils. Ils grandissent comme nous. À la limite, on peut comprendre tous les mammifères (y a qu'à voir ceux qui parlent à l'oreille des chiens, ou des chevaux), bon, mais les insectes sont le résultat d'un nano-biosystème qu'aucun homme, aucun ordinateur ne saurait concevoir. Comment fabriquer un robot autonome qui se faufilerait entre les murs, qui agirait en fonction de ses besoins, qui se reproduirait et se nourrirait seul, quand aujourd'hui on arrive à peine à commander un robot de deux mètres qui tape n'importe comment dans un ballon ?

Incroyable merveille de la nature que les insectes !

On m'avait dit « New York = cafards », mais, après deux ans, c'est le premier mastoc que je repère. Je n'en ai pas vu depuis que nous sommes arrivés.

Et lui, je ne peux pas l'empoisonner en lui mettant des graines assassines.

La mite s'est envolée.

Le cafard est parti.

Et...

Mickette est revenue !!!

« Enfoirée, dis donc, c'est toi ? Salut, Mickette. Qu'est-ce que tu fais là, toi ? »

Oh, on n'a pas discuté longtemps. Zoup, elle est repartie se planquer quelque part. Je ne l'ai plus revue...

Juste venue frimer, du genre :

« Ouais, mon pote, t'es pas près de me niquer. On nique pas Mickette comme ça ! »

Bah, après tout, tant qu'elle reste célibataire, ça me va. Ça me dérangerait plus qu'elle monte une boîte de nuit avec des gros rats du métro, des hamsters repus évadés et des ragondins venus d'ailleurs qui foutraient la merde dans mes affaires dès que j'ai le dos tourné. Mais à part ça...

Je me demande à quoi elle pense quand elle me regarde avec ses grands yeux ronds tout noirs.

À quoi ça pense, une souris au ras du sol ?

La nuit était belle.

Samedi heureux.

C'est un samedi de printemps merveilleux,

Enfin, pas génial pour tout le monde, car le printemps éprouve les défenses immunitaires des allergiques.

Atchoum, atchii. Les yeux qui piquent et la gorge qui gratte.

Atchoum, atchiii, et le nez qui coule.

Ma seule allergie fut camerounaise. Portés par les vents de la jungle, des pollens équatoriaux m'ont fait subir l'oppression des allergiques pendant tout mon séjour en Afrique. Je suffoquais sans avoir froid, les poumons me brûlaient, les paupières me démangeaient, la gorge en feu, tout mon organisme luttait contre d'invisibles particules qui me rendaient dingue. Alors, je peux comprendre les allergiques en souffrance en ce moment. Atchoum, atchii. À quelques rues de Central Park, dans la jungle urbaine.

Atchoum, atchii. Je plains ma compagne que le printemps « allergise » à mes côtés.

Atchoum, atchii, ça la fatigue depuis un mois.

Quelles merdes, ces allergies.

Atchoum, atchii.

Et pourtant, défiant l'adversité, on va rejoindre des amis pour pique-niquer à Central Park. Salades préparées la veille, nous voilà tous les quatre « fin frais », dans le bus M4. Annie et les filles couleurs pastel et moi tout propre blanc-blanc, les raquettes de tennis dans un grand sac de sport. (Je ne sais pas pourquoi je préfère prendre le métro. Quelque chose de psychanalytique à trouver dans ce voyage intérieur, en dehors du temps, dans cette lumière électrique qui trompe les sens et la perception ?) Toujours est-il que, même si j'ai l'habitude de me déplacer en dessous, nous voilà tous aujourd'hui au-dessus du sol.

Joyeux, on est assis dans le fond du bus, direction la 93th. Famille claire du club des « amis de la Javel ». C'est la première fois que je rejoue ici. Des mois que je n'ai plus tenu une raquette. Je m'amuse à imaginer depuis ce matin la partie qu'on va jouer, mais à peine installés, on est saisis par une odeur nauséabonde, une odeur de squame pourri.

Pas besoin d'un flair de limier, l'origine des émanations est aisément identifiable : c'est un crado, on est tombés sur un crado. Mince. On est face à un homme qui a choisi la crasse comme enveloppe. Pas un clodo, non. Un crade. Un vrai moribond, du clan des « Puants », ceux qui ne font plus d'efforts pour paraître, ceux qui se veulent spécial affreux, dégueu, pire que les gueux.

Habillé de salissures et de poussière, il ne s'entretient plus depuis longtemps. Il a choisi de ne plus être un homme, il a refusé le principe de la dignité. Un de ces hommes repoussants repoussés par le monde, ceux qui se veulent fruit pourri dans la corbeille. Déchargé de ses responsabilités sociales, il se subit vieux, mais « vieux » ne veut rien dire. Dans le même bus, il y a d'autres vieux pomponnés, apprêtés, qui jouent encore avec la vie. Lui, à soixante et quelques, c'est fini. Une gomme sèche. Depuis des mois, des années, il n'a pas changé de vêtements. Un mort vivant, un homme qui s'est renié.

Un crado.

Le bus stoppe, redémarre. Il ne bronche pas. Il sait où il va. Donc, il pense. Dire que là-dessous il y a des réflexions, des histoires, des intentions, et des raisons qui l'ont amené à être ce qu'il est aujourd'hui. Il a la lenteur de l'aï, peut-être qu'il s'inspire de ce mammifère arboricole autrement nommé « paresseux » ? En fait, il lui ressemble.

Un Black bien soigné s'est assis à côté de lui.

Deux respirations plus tard, humant les humeurs fétides de l'autre, le Black tourne la tête et fait une grimace écœurée. Il se serre contre la barre en inox, il a surtout peur que l'autre le frôle. Mais, les mains sur les genoux, l'homme-chose ne bouge pas. La tête dans les épaules sous sa casquette, la lèvre pendante, il bave et se laisse secouer par le bus, comme il se laisse secouer par la vie.

Pourquoi ? Comment peut-on arriver à un tel degré de haine et d'abandon ? Haine de soi et des autres.

Fermé. Totalement clos entre lui et lui. Inaccessible.

Trop incommodé, le Black se lève comme s'il allait descendre, mais en fait il va s'asseoir à l'avant du bus, mine de rien.

Comme de l'écorce, il y a de la mousse sur la joue mal rasée de l'homme au teint de plâtre. La crasse a rendu son imper beige aussi lisse que les toiles huilées des marins. Son pantalon gris en Tergal trop long est encore plus sale que celui que je porte à l'atelier et sur lequel je m'essuie les mains depuis un an et demi.

Enfin, il bouge, il agrippe sa main aux ongles longs et noirs à la barre et se lève lentement. Il se dirige, sans expression, vers l'avant du bus. Le Black le voit venir, il l'observe du coin de l'œil. Il croit que l'autre l'a suivi pour lui faire sentir sa merde. Il attend avec impatience que cet épouvantail sorte du bus comme une écharde dans la conscience du monde.

Il descend.

Il est sur le trottoir.

Le bus s'en va.
L'homme disparaît à petits pas.
Vers où ?
Chez qui mangera-t-il ?

Une grande pluie va tomber, chantait Dylan, qui nettoiera toute cette crasse…

Toute la semaine, on avait craint la pluie.
« Il paraît qu'il pleut tout le weekend. »
« Il paraît que… » « La météo dit que… »

C'est nase, ces histoires de météo prévisionnelle. On vit à une époque déphasée, irréelle. On vit dans un faux monde : celui de la prévision. Ce besoin de vivre tout à l'avance, cette envie de contrôle, et de tout prévoir, cette obsession nous rend chagrins. Les prévisions sont aléatoires, des illusions de maîtrise. Nous nous prenons pour des dieux capables d'anticiper. Nous voulons êtres les Maîtres du Futur…

Maîtriser le temps, faire reculer les échéances, sourire aux lendemains, récolter avant la pluie.

« Putain, j'vous l'avais dit, putain, c'était prévu ! »

Quand les ordinateurs servent de boule de cristal, nous les auspices et aruspices modernes, sorciers et diseuses de bonne aventure, on lit notre devenir dans un marc de café dont le goût torréfié est celui de chiffres et de nombres accumulés.

Et pourtant, malgré les détecteurs, les radars et palpeurs, malgré les sismographes et autres tourniquets, on ne voit pas venir toutes les catastrophes.

Personne, non, pas plus les techniciens des mathématiques que les observateurs en vigie ou les bonimenteurs d'horoscope, personne n'avait prévu la tornade de l'an 2000, ni Katrina sur la Louisiane. Personne, archi-personne ! En revanche, après coup, il se trouve toujours des suiveurs insupportables qui te menacent demain de ce qui s'est passé hier. Et ils en rajoutent, et ils en font des tonnes, et ils sont prêts à tout pour nous menacer au quotidien. Une fois que t'as pris une bombe sur la tronche, ces conseillers-là te mettent en garde, confondant une hirondelle avec un B52.

Je viens de recevoir un mail débile des « Frères croyants », qui, au nom de « l'Amour universel », me suggèrent de quitter New York en urgence avec ma famille parce qu'il risque d'y avoir une nouvelle vague plus forte que tous les raz-de-marée, etc. N'importe quoi !

Contrairement à l'avis des pronostiqueurs, statisticiens et autres actuaires, ce qui est excitant, c'est l'imprévu.

Si l'on avait tenu compte des menaces météo et prévisions de ce week end, on aurait annulé notre pique-nique-tennis, on serait restés prudemment à la maison. Or il fait beau !

On n'a pas bravé les intempéries, on a bravé les prévisions ! Comme on a bien fait de les ignorer !

Beau ciel bleu.

« Pique-nique (ta mère) à Central Park. » Un titre de film, une comédie familiale, un Degas en XXL.

On a posé les couvertures, sorti les thermos, et l'on s'en est payé une bonne tranche de dinde entre nous. Quatre ou cinq familles françaises pour la plupart expats déjeunant sur l'herbe. Presque fallu trois ans pour en arriver là…

Les épouses cuisinières et maîtresses d'intérieur, les maris ingénieurs revenus de périples hebdomadaires aux quatre coins du pays ou du monde.

L'un d'entre eux avait fait l'aller-retour NYC-Paris pour assister à une réunion en France. Parti le jeudi soir, il venait à peine d'atterrir. Un autre rentrait de l'usine qu'il gère à Cleveland, dans l'Ohio. Un autre revenait du Brésil, un autre de Pennsylvanie. Ils étaient là, et leurs enfants contents de les voir.

Je découvre la vie de ces ingénieurs, économistes ou chimistes ayant fait des hautes études et qu'on a nommés directeurs ou responsables d'un secteur particulier de développement par et pour ces grandes entreprises industrielles installées à l'étranger.

Ce sont des soldats, plus ou moins gradés, ils se livrent des batailles à coups de dossiers entre adversaires internationaux opérant dans le même secteur d'activité. Tout le temps sur la route ou dans les airs, allant d'une usine à une autre, ils volent certes en classe affaires, mais ils doivent aussi être capables de prendre des décisions redoutables ou prendre des initiatives plus ou moins risquées qui les mettent en péril s'ils se sont trompés dans leurs choix. Ils sont sur le fil, parfois en équilibre précaire quand ils ne s'entendent pas avec un supérieur hiérarchique. Tels des funambules quand le fil craque, ils craquent.

Ils ont des contrats de un à trois ans, renouvelables (ou non), ignorant quelques semaines avant de partir où ils seront mutés ensuite.

Oui, ils ont des vies faciles dans la mesure où leur entreprise prend en charge leurs frais (hébergement, assurance, école et transport), ils ont de gros salaires qui tombent tous les mois, mais ils ne s'enrichissent pas vraiment. Mais au moins font-ils partager à leur famille des expériences particulières. À l'aise dans un confort auquel ils sont habitués, défendant souvent les valeurs chrétiennes de la droite française, ils font partie des « riches » sans l'être tous pour autant. Moi, je suis le gérant de ma propre existence, eux, ils ne choisissent que jusqu'à un certain point. Quand leurs visas à durée déterminée arrivent à terme, ils doivent obéir à ceux qui leur demandent parfois de tout quitter et de rentrer. Et hop, on les remplace.

Il y a des jours en biais où rien ne fonctionne. Hier ne fut qu'une journée d'actes manqués, en dehors du tempo. Ça a commencé par une engueulade-chagrin avec l'une de mes filles pour une histoire de DVD non rangé dans sa boîte. Et puis j'ouvre mes mails et j'apprends qu'un concert de juillet a été avancé, et la soirée qu'on me propose ne me plaît pas ; et puis un acheteur de tableau m'appelle pour une embrouille du genre ce n'est pas lui qui paie le tableau que je croyais lui avoir vendu, mais ça doit être un autre marchand qui lui doit de l'argent, l'autre mec devrait me contacter :

« Vous voulez dire que cette personne me paierait un tableau qui n'est pas pour lui ?

– Oui, moi, je pars à Moscou.

– Et la facture doit être adressée à quel nom ? »

Le genre de trucs qui me cassent les bonbons. C'est déjà compliqué quand c'est réglo. Certains vivent dans une sorte de mélasse, tu sens que ça colle aux mains. Je raccroche quand un journaliste du *Monde* avec qui j'avais rendez-vous le lendemain me dit qu'en fait il m'attend avec son photographe devant la porte de mon atelier :

« OK, je suis là dans vingt minutes… »

Foncer à vélo. Je manque de me prendre un taxi qui m'engueule. On manque d'en venir aux mains. Finalement, j'arrive en sueur. Je gare mon vélo, pneu arrière crevé.

« Mille xxkuz, j'avais noté notre rendez-vous demain mercredi… »

L'interview se passe bien. (Enfin, je crois, on ne sait jamais, avec la presse…)

Bref, en cette même journée, deux autres rendez-vous ont demandé à être reportés. Pour conclure, je me suis enlisé dans une série de dessins sur lesquels j'ai passé beaucoup de temps. Et, pour couronner le tout, j'apprends que l'un de mes ingés-son, Mitch, ne pourra pas venir pour le concert unique in NYC qu'on organise le 20, parce qu'il s'y est pris trop tard pour obtenir son visa et que son passeport est bientôt périmé. *Damned.*

Je ne sais pas si on va vraiment enregistrer le concert.

À quelques jours du spectacle, on n'a toujours pas trouvé d'entente contractuelle avec le type qui proposait de faire le DVD. Lâché par la maison de disque, il s'est retrouvé seul. Les ventes de tickets n'ont pas beaucoup bougé. Il paraît que les gens s'y prennent à la dernière minute, on verra ça. Ça se rapproche, c'est dans onze jours maintenant. Premier show à New York. J'ai les chocottes, je fouette, j'ai les foies, je stresse, aussi excité/impatient qu'un cycliste potentiel maillot à pois rouges avant une épreuve de montagne.

Pierre, qui coproduit le show avec nous, voulait que je me montre plus, que je parle du show, au cours de la soirée *Roof Party at Bed* qu'il organisait. J'y suis allé, mais l'intérêt des noceurs présents se situe sous leurs jupes ou dans leurs pantalons. Ils sont là pour le fun, pour danser, pour ébranler leur tension, un verre de champagne Laurent-Perrier à 12 $ entre les doigts. Journées de boulot concentrées, ils cherchent juste un contact physique. Ils n'entendent pas ce qu'on leur dit. Ils se regardent, se frôlent. Serrés comme des haricots dans un sac, les uns bougent tels des poissons en ban, sur les pistes de ce club situé au neuvième étage, les autres les observent en cherchant la relation d'affaires.

Il y a du vent sur les terrasses. Pendant qu'un type me parle de Real Estate et analyse de manière schématique la situation internationale, mon regard se perd au loin sur la *skyline* des buildings qui se découpent à l'infini.

Seul. Très seul. Personne ne peut rien pour moi.

Peut-être que j'ai peur pour ce concert exceptionnel. Je suis ici pour me montrer, mais je n'ai pas une tronche à faire fantasmer les employés de banque trentenaires qui viennent s'éclater en boîte. Venu pour rien. Un rien de plus. Je finis en tête à tête avec mon copain Antoine dans son restau, à boire un verre puis un autre…

Je rentre en zigzaguant lentement, lisant le grand poème de mes doutes sur le prompteur de mes lunettes noires dans la nuit effervescente.

Autre jour, autre lumière.

Le ciel est toujours couvert, mais la nouvelle aube a effacé la veille.

J'ai mis mes dessins de côté et je suis reparti sur mes grandes bâches. La conservatrice de la Morgan Library est passée. Elle a beaucoup apprécié le travail sur les « *constructs* ». Ces regards d'experts et conservateurs professionnels aguerris posés sur mon boulot me rassurent. Ils justifient ma présence ici. J'ai toujours espéré pouvoir montrer mon travail à des pros, ça commence à se faire. Leur analyse me donne raison.

Dans l'après-midi, je reçois un coup de fil de Robert Singerman, croisé il y a quelques semaines. Il m'invite à un show que donne ce soir Jehro au Hiro Ballroom, dans le *basement* du Maritime Hotel, 363W, 16th Street.

Dans la salle, c'est duraille pour le type avec sa voix cassée et ses mélodies sensibles. Malgré un bon set, je doute que ça lui apporte quoi que ce soit de jouer ici. Après coup, ceux qui l'accompagnent espèrent que les autres concerts au Nublu, au Living Room ou à Joe's Pub se passeront mieux. Si c'est pas à fond le doumdoum grosse caisse, les Américains n'écoutent pas. Sans beat, rien à battre. Venus pour le DJ qui suit, habitués à des rythmes plus percutants, les gens parlent fort.

Tous les jours, comme un patineur impatient qui attend son tour sur le bord de la glace, je refais des gammes sur ma guitare. Mon set sera plus court que ceux de deux heures qu'on fait en France. Une heure et quart, et pour les rappels…

Je suis allé aussi à l'inauguration de la Galerie Mourlot. En rentrant, je me suis arrêté manger au Bilboquet, dont mon copain Éric fait la cuisine. On s'est régalés. Le restau tourne depuis des années. L'ambiance évolue au fur et à mesure de la soirée. Vers vingt-deux heures, ils montent le son. C'est tellement fort, comme si on se faisait virer, ceux qui viennent au restau ne font plus vraiment attention à ce qu'ils ont dans leur assiette, ils viennent juste pour se chauffer avant d'aller en boîte. Parole, impossible.

« Quoi ?

– Je dis, on ne peut pas parler.

– Hein ?

– Non, rien, laisse tomber.

– Quoi ? Qu'est-ce que tu dis ?

– … »

Juste avant de partir, cependant, mon voisin de table se présente et me donne sa carte. Un galeriste suisse, qui m'invite au 7th Regiment Armory, sur Park Avenue, où il a un stand pendant la Fine Art Fair.

Dimanche.

Tranquille, ambiance feutrée/moquette épaisse. Art moderne (pas vraiment contemporain)… Le galeriste présente un grand tableau de Dufy, six dessins de Guardi, un grand Picabia, deux Albert Marquet peints comme toujours depuis sa fenêtre sur les quais de Seine et d'autres œuvres de grande notoriété. Ce qui est accroché est à l'échelle du meilleur *Fine Art*. Tous les tableaux présentés ont une histoire. Picasso, Matisse, Pissarro, Chagall, Pascin, Renoir, Dubuffet, Vuillard, Bouguereau, de grands Américains, Lamb Picknell, Moore, Green, ou des Italiens comme Tiepolo, et même un tableau d'Arcimboldo… Les prix sont à l'échelle de cette histoire, qui se comptent en centaines de milliers, voire en millions de dollars. Un musée à vendre. Ah, si je pouvais… Mais je ne pourrai jamais.

On vit tous dans des cercles fermés. Je ne fais pas partie de celui-là.

Soit un cercle vous absorbe, soit il vous exclut comme un organisme qui rejette un corps étranger.

Je vis dans un autre luxe. Celui de ma Liberté.

Remonté sur mon vélo, je vais célébrer le quatorzième anniversaire de Yamée, à qui il reste encore une dent de lait…

C'est peut-être pour cela que Mickette la petite souris avait pointé son nez…

8

UNIQUE À NYC

Mai 2006

J'ai appelé Mors, mais Mors ne pouvait pas. Il m'a dit qu'il s'en occupait, il allait appeler David… David pourrait.

David a pu.

À midi, David m'a téléphoné pour me dire qu'il était en bas avec sa limousine blanche toute neuve.

« On peut t'avoir des prix sur les limousines parce qu'aujourd'hui les groupes de rap ont du cash, tu vois. Eux, ce qu'ils veulent, c'est plutôt le style Hummer extra-longues.

– Ah ?

– Alors, les grandes limos noires, tu vois, c'est *has been*…

– Pourtant, avant-hier jusqu'à la 5th Avenue, y avait un train de limousines venues déposer des clients devant chez Tao, juste en bas de chez moi, j'te dis pas.

– J'sais pas… Moi, j'te dis c'que j'sais. Au fait, t'as eu Mors ? Je le croyais mort. Chaque fois que j'ai essayé de le joindre, je suis tombé sur son répondeur, j'avais peur pour lui…

– Comment ça ?

– Ben, je ne sais pas si c'est vraiment *sa* limousine… *See what I mean* ?

– Tu veux dire qu'il… l'emprunte ?
– Peut-être. Bref, donc il est en vie… »

Je suis monté derrière David. Maâalheureux, tu le crois pas… Banquette en cuir, plafond lumineux, des Coca dans le bac à glace…

« Et ssssi vous voulez du chchchchampagne ou du vin, j'ai ççça à l'avant, y a juste un p'tit bbbonus. »

Grand jeu, limo, je refais aux autres ce qu'on m'a fait à moi, mais discuter avec David, ddddifficile : comme Moïse, David est bègue. J'ai senti que c'était ce qui lui faisait aimer sa place à l'avant de ce grand véhicule. On est partis à JFK chercher ceux de mon équipe qui avaient pu venir.

Arrivés à quatre. Ils étaient contents d'avoir atterri. Contents d'être à New York. On est toujours content d'arriver à New York. Après avoir passé les douanes, qui sont un stress pour tout le monde.

New York, c'est une étape dans la vie de tous ceux qui ne font qu'y passer (c'est aussi un palier dans la vie de ceux qui y restent).

À propos d'y rester, je suis soulagé depuis que j'ai appris que le propriétaire de notre logement acceptait de prolonger notre bail pour deux ans. Ouf. Allez, roulez, c'est reparti pour un tour.

Quand un bail se termine, le « *landlord* » peut décider ce qu'il veut. Il n'est pas rare que des commerces soient obligés de fermer pour cette raison. Si le proprio voulait nous flinguer, il pouvait le faire, légalement. Le loyer qu'on doit payer chaque mois est cher pour ma bourse, pourtant, il est moins élevé que celui d'autres apparts moins bien situés et moins bien tout simplement. Néanmoins, on craignait de devoir déménager cet été si on nous l'avait trop augmenté. J'ai longtemps hésité, certains me conseillaient de laisser courir, pourtant je me suis décidé et j'ai écrit une lettre. Il faut croire qu'ils ont apprécié le style, ou bien ils souhaitaient tout simplement nous garder et ils nous ont fait une proposition acceptable. La signature de ce bail m'avait rendu malade (j'avais fini à l'hôpital avec une crise de coliques néphrétiques), mais la prolongation m'a semblé assez simple.

J'ai été éduqué dans l'idée volontariste motivée du : « Quand on veut, on peut. »

Mes parents mais aussi l'époque voulaient nous faire croire cela.

Les choses peuvent être simples... Elles peuvent être compliquées aussi.

L'autre soir, je suis allé dîner chez des gens du monde de l'Art, ceux qu'on pourrait estampiller du « Grand Art Contemporain » ; des sérieux. Ceux qui sont dedans depuis des années, il y avait parmi les convives le sculpteur Alain Kirili, un homme charmant que je connaissais par ailleurs. Autour de ce menu vegan bio naturel, j'ai pris conscience de la distance qui nous séparait, eux et moi. Flatté d'être là, j'avais cependant encore du chemin à parcourir. Je n'identifiais même plus, dans leurs propos, les œuvres qui m'étaient pourtant familières. Complètement largué. Extraterrestre, dans un autre espace. Ça planait à un niveau stratosphérique et, moi, j'étais à des années-lumière de leurs visions illuminées, je n'avais pas le même éclairage face aux mêmes situations.

Les écoutant parler, leurs codes de langage, leurs références, leur manière d'aborder l'histoire de l'Art, tout me semblait incroyablement confus.

Je ne suis pas un as dans le *name dropping*, eux, ils ne faisaient que ça, évoquant comme des évidences des peintres dont je n'avais jamais entendu parler, et des musées que je n'avais pas visités et telle œuvre sur tel mur du fond, la lumière du sud dans telle galerie…

« Oui, je vois… Enfin, je préférais quand la couleur du sol était différente…

– Qu'en pensez-vous ?

– Euh…

– Vous avez des œuvres dans quel musée ?

– Je n'en ai pas.

– Et quelle galerie vous représente ?

– Michel Gagné a quelques pièces…

– Non, je veux dire, quelle galerie américaine ?

– Euh, je n'en ai pas… Pas encore…

– Ça fait combien de temps que vous êtes à New York ?

– Deux ans.

– Ah… C'est zéro ! »

Je me sentais honteux. Ils me prenaient vraiment pour un rigolo. Mal à l'aise, je me taisais, n'intervenant que par phrases courtes. J'aurais espéré une complicité avec Didier Ottinger, le conservateur de Beaubourg, de passage au MoMA, il s'était déplacé jusqu'à mon atelier, où il avait vu mon travail, mais c'était très difficile, me sondaient-ils ?

Je n'avais qu'une hâte, c'est que ça se termine, partir, retrouver l'air saturé des gaz de ville. Quand on est adulte, on doit traverser des épreuves relationnelles aussi difficiles à franchir que des ponts de singe au-dessus de rivières en crue.

J'étais sur le balcon de mon restau favori, Opia, discutant avec un fabricant de parfum. Il me dit :

« Couture, vous avez un nom qui m'intéresse. J'apprends que vous êtes artiste.

– Oui.

– Peut-on se rencontrer ? Le problème, c'est que je repars demain.

– À quelle heure ?

– Mon avion pour Miami part à midi.

– J'ai une répétition à onze heures, voyons-nous donc avant. Rendez-vous à neuf heures à mon atelier.

– Parfait, à demain. »

À Manhattan, les contacts se nouent en quelques secondes, on appelle ça le sens de l'opportunité.

Un musicien et un technicien hébergés à l'hôtel Hudson dessiné par Starck, deux autres logés chez moi. J'ai fini de peindre ce qui sera présenté en guise de décor, dans cet Art-concert, contrecollé sur des bandes de tissu, ça a de la gueule.

Rendez-vous donc de bonne heure à l'atelier. Le type que j'ai rencontré hier est arrivé avec son partenaire. Je leur montre mon travail. Expliquer pourquoi et comment. Quand j'ai fini, l'un des deux se dit enthousiaste. Et si on lançait un parfum intitulé *Couture by CharlElie* ?

« On a tout à disposition. La chaîne en horizontale depuis la conception du produit jusqu'à sa diffusion. Avec toi, on a un nom connu dans le monde entier, pourquoi ne pas en profiter ? En plus, comme t'es artiste… Top là, on fait quelque chose ensemble.

– Oui, mais si un parfum porte mon nom, il faut quand même qu'il me ressemble… »

Les deux mecs se regardent, ils n'ont pas l'air de comprendre ce que je veux dire.

« Oui mais bon, pour nous, je ne te cache pas que c'est ton nom notre plus-value…

– Écoutez, étape par étape, revoyons-nous quand vous reviendrez à New York. »

(NB : le mec n'est pas revenu… Peut-être qu'après une étude de marché, il s'est aperçu que je n'étais pas mondialement connu, ou bien ils ont fait faillite pour s'être enflammés trop vite, ou je ne sais pas, mais bon, ça m'a fait rêver quelque temps.)

Le ciel s'est couvert. Colère de Dieu. Gros nuages noirs à l'horizon. J'enfile un ciré et je pars sous un déluge jusqu'au studio de répète où mes musiciens viennent d'arriver.

Onze heures quinze

Ultrasound, sixième étage, studio E.

Je montre les quelques changements de structure que j'ai effectués. On se met en route. La répétition est filmée. Bon matériel, plutôt bien réglé. Ça sonne tout de suite. On est à fond.

On entend une autre musique derrière la cloison. Parfois, on a envie de péter le mur pour voir ce qui se passe de l'autre côté. Je comprends comment est née « *Walk This Way* », la chanson de Run DMC et d'Aerosmith.

Après quatre heures sans débander, je suis rassuré. L'absence de Vincent ne se fait pas sentir. On fait une pause. Il fait beau sur le trottoir.

On remonte.

Cinq minutes avant la fin du temps réglementaire, un type ouvre la porte et nous fait signe qu'il faut finir. C'est comme ça, ici. La loi est stricte. On obéit sans discuter. *No comment.* D'ailleurs, dans le couloir, ceux qui nous remplacent sont déjà là pour venir coucher dans nos draps.

Dans la rue à nouveau, il pleut à verse.

Je vais acheter un câble de rechange et un transfo pour les pédales de Karim. J'emmène l'équipe à mon atelier. Ils visitent rapidement mon endroit, mais les ceusses de la musique et les ceusses des arts visuels évoluent en parallèle sans vraiment se toucher. Mon travail ne les inspire pas des masses. On va manger une salade au Village, ma cantine. Ils découvrent l'immense temple romain de la grande Poste en réparation, Penn Station et le Madison Square Garden, l'hôtel New Yorker…

Aujourd'hui, je suis un écureuil. Je remonte à mon atelier pour une interview avec un journaliste du *Journal du dimanche*, longue interview à paraître dans quelques semaines. Je monologue tel un alité sur le canapé d'un psy. Il pose peu de questions, prend quelques notes, il me conduit de façon à me faire dire ce qu'il veut.

Le ciel s'est dégagé.

Je rejoins l'équipe à l'Opia et le caméraman qui tourne un portrait pour le journal de vingt heures de France 2. La journaliste voudrait me voir à l'atelier. On décide de s'y retrouver le lendemain.

« Ça ne vous dérange pas ? Avant le concert ?

– Est-ce que j'ai le choix ? »

Demain, la journée sera longue…

On passe la soirée avec les musiciens. Je les abandonne à table. Ils ont les clés. À NYC pour trois nuits, ils veulent en profiter. Pas besoin de chercher à rattraper le décalage horaire…

Lendemain

Ouf, ils sont là. Je n'ai pas entendu rentrer les deux qui dorment chez moi. Ils en ont profité, sont restés éveillés comme ceux qui veulent voir venir l'aube, ceux qui refusent de fermer les yeux, regarder la nuit, rester en elle, comme des lucioles… Ils ont vu le soleil se lever et ils sont rentrés tard, comme des musiciens – sauf qu'à la différence des années rock'n'roll, ils sont bien rentrés !

Ils dorment.

Neuf heures trente

Je file à vélo à l'atelier.

Devant la caméra, je réexplique mon histoire. Il faut recommencer. Problème de son à cause des néons. Ça énerve la journaliste Martine de Laroche-Joubert.

Puis j'emballe les toiles et les grandes bâches, qu'ils emportent dans leur voiture jusqu'à la salle où je joue ce soir. Je les rejoins à vélo, c'est ça, la vraie vie d'artiste !

Si la responsable locale de France 2/3 n'avait pas insisté, je ne serais pas devant cette journaliste qui préférait le Moyen-Orient, où les sujets venaient à elle.

« Vous comprenez, à Bagdad, dans une voiture blindée, y a toujours quelque chose qui se passe, c'est génial. Les hôpitaux, les attentats, une bavure américaine… Ici, il faut chercher l'actu, c'est plat, m'explique-t-elle sur la grande terrasse qui jouxte la salle où l'on va jouer ce soir.

– Je m'excuse d'être la nourriture dans votre plat…

– Euh… Non, non, je ne dis pas ça pour vous… Euh… »

Sous-entendu : « Qu'est-ce que je fais là ? Y a pas de sang. »

Eh ouais, y a pas de sexe non plus, et l'argent est planqué dans les caisses. Désolé.

Je sens bien qu'elle se force pour m'interroger. Sujet imposé. Plus tard dans la soirée, elle s'étonnera de ce que je n'aie pas de salle de maquillage, et puis elle demandera une bio, ne sachant pas qui elle interviewait.

À mon tour, je l'interroge :

« Vous logez où ?

– J'ai un petit endroit sympa, sous les toits près du musée d'Orsay… »

Attends, elle est envoyée spéciale aux US, je croyais qu'elle allait me donner une adresse à New York.

« Non, je veux dire ici… »

Elle reste à l'hôtel.

Journaliste, c'est aussi un métier de commande.

La 10th Avenue est bloquée par une foire de rue, mais les flics ont aussi cadenassé le quartier, un meurtrier est recherché.

Treize heures

La scène est montée. L'espace est magnifique. Les techniciens s'affairent. Ils branchent les câbles. Arrive l'éclairagiste venu remplacer au pied levé celui qui était prévu, mais qui est parti hier soir à l'hôpital. Mon copain Tim Wong m'a donné trois noms de remplaçants depuis l'Inde, où il est en déplacement. Une seule fille, *light designer*, concepteur de lumières, est dispo. Ça signifie qu'elle ne touche pas les boutons. Il y a un problème technique qu'elle ne sait pas résoudre. Ça inquiète le régisseur général. Elle appelle quelqu'un qui vient l'aider. Chacun gère ses problèmes, chacun son stress.

Les amplis arrivent. Je monte sur l'échelle, je descends. J'accroche mes œuvres. *Do it yourself.* C'est ça, la vie d'artiste.

Je sais qu'elles ne seront pas vues pour ce qu'elles sont, mais ça fait un super-décor, on n'est pas loin de mon atelier, à New York, à part pour les vélos, il n'y a pas de voleurs… Je prends le risque et on zappe les assurances.

Ce grand studio photo tout blanc se transforme, se met à vivre, ça devient « *Rock in the studio* ».

Pierre, l'épine dorsale des French Tuesdays qui assure l'organisation, est ravi :

« C'est vraiment super, on aurait dû appeler ça Rock Art Concert, insister sur l'aspect artistique. »

C'est la première fois que sa société produit autre chose que des soirées festives en boîte.

À la différence de certains super-glandeurs qui font semblant mais qui n'en branlent pas une, le régisseur général a la même compétence que celle des techniciens auxquels je suis habitué.

Gérard, qui assure la captation vidéo, met ses cinq caméras en place. Réglage des monitors, *briefing* sur la terrasse, ça devient pro. Après une période d'hésitation, on a finalement décidé de filmer, coûte que coûte, ce concert *One & only*. Unique *in* NYC.

Tout le monde a fait des efforts. Gabriel, qui a réalisé le clip de « Même à Spielberg », est venu donner la main, il tiendra aussi une des caméras. Les mecs sont contents d'être là. Y a une belle énergie dans l'air.

Les nuages ont été transportés par le gros vent. Le ciel est bleu. Plus de menace d'orage. Quand je pense à ces gugusses qui m'ont envoyé des mails désespérés du genre « Pars, pars vite, il y a un risque de tsunami », à qui j'ai répondu « Ça va pas, non ? » et qui m'ont renvoyé des trucs du genre « Fais-le pour les autres… Nous, on va prier pour toi… ». Rien que d'y penser, ça tue ma confiance en l'homme. Dire que ces zigotos pourraient même croire que leurs prières ont évité la cata… L'idée me fait mal pour eux.

Tout est cadré, enfin. On a la trouille, mais on n'en rajoute pas, et ça se passe avec le sourire. Quand je demande si je peux enfoncer des punaises dans ces grands murs blancs, on me dit : « Pas de problème, de toute façon, on repeindra les murs après le concert ! »

Je monte sur le grand *dolly*. J'accroche encore une banderole. La structure est en place. On commence les balances. Plafond en tôle ondulée, sol en béton, ça résonne grave. Phiphi, mon preneur de son, dit que ça va être hardos.

« T'auras pas besoin de réverb', faudrait plutôt en enlever… »

Mais quoi, c'est New York, on fait avec… Et puis, quand les gens seront là, ça va changer… On tape quelques morceaux à fond. Déjà là, à vide, ça le fait.

Dix-huit heures trente

On passe le relais.

Julian Velard, qui assure la première partie, vient d'arriver.

Pendant qu'il fait sa balance au piano, je médite un instant dans l'espace qui nous est imparti sur le côté de la scène, gardé par deux molosses.

« Tu crois qu'ils suivent une formation ? me demande ma fille.

– Une formation de quoi ?

– Une formation de garde du corps…

– Je ne crois pas, tu sais, y a quoi comme école d'armoire à glace ? Il suffit de savoir écarter les jambes et de faire une gueule impassible, d'être un colosse, un molosse ou de faire du sport sans avoir été embauché aux Giants. »

J'essaie de discuter avec l'un d'eux, mais on n'a pas grand-chose à se dire, en fait. Un frigo avec une oreillette, ça parle pas des masses.

Comme par miracle, tout est fini à l'heure.
Un rêve où tout s'enchaîne.

Dix-neuf heures quinze
Les portes s'ouvrent.

Vingt heures
Julian Velard démarre son set.
Il met une bonne ambiance. J'aime ses harmonies. Courageux, faut le faire. Seul devant un public venu pour autre chose. Il le fait bien.

Je suis en forme.
J'entends le bruit de la foule qui monte. On me dit de ne pas m'inquiéter, que la salle sera pleine.
J'enfile mon pantalon de scène, en fait mon pantalon d'atelier. « On dirait qu'il y a du concept dans l'air », lance Karim, goguenard.

Vingt heures quarante-cinq
Le régisseur ouvre la porte.
« Ça va être à vous ! »
On fait le *shake hands* en bord de scène. (Pour une fois, d'ailleurs, tout le monde compte d'une même voix.)

Karim attaque. Fiable, sans panique, bon tempo. Les autres s'additionnent. C'est parti. La salle est chaude. Super-ambiance dès le début. La sauce monte, j'entre en scène… Bien dans mes pompes. J'ai mes repères. À cause de la température, le son a changé depuis la balance. Phiphi réajuste ses réglages. Le son est puissant, comme prévu… J'ai l'impression de ne pas avoir joué aussi fort depuis 1983, un rock sans concession. Ça siffle, ça cogne. Des décibels, mais pas de larsen. Une fois au niveau, on est bien, comme un avion de chasse qui a atteint son palier. 3G dans les dents.

Le son de retour est assuré par un ingé son de Brooklyn qui a bossé avec Lenny Kravitz. J'avais envisagé de faire les mix de *New Yor-Cœur* avec lui, mais il y avait une histoire de carte verte. Il se débrouille plutôt pas mal. Une balance différente de celle que je connais, mais ça va. Ma cervelle doit gérer la mayonnaise.

Les titres défilent.

Serge Salibur à la basse est un pilier flegmatique sur lequel on peut s'appuyer, tandis que Florent Savigny assure nos arrières aux *drums*, nous remettant en place sans faux pas. Karim joue extraordinairement bien, ses doigts courent sur le manche de sa guitare, je suis fan.

« Même à Spielberg » monte encore l'intensité, une version punk. Les gens qui ne m'ont jamais entendu sont surpris de ce flux de décibels. Après le « fauteuil en cuir », les quelques rares qui s'étaient assis par terre en devant de scène se sont levés. Les Américains découvrent une musique qu'ils ne soupçonnaient pas. Pour des raisons budgétaires, peu de groupes rock français jouent à New York. Je ne fais que quelques liaisons en anglais. On enchaîne assez vite.

Le concert doit être court !

Je reconnais un ami venu accompagner Bruno Peyron s'apprêtant à tenter de battre le record de traversée de l'Atlantique avec une équipe de marins sur le bateau *Orange 2*.

Avant le concert, on m'a dit qu'ils étaient dans la salle.

Il y a aussi une petite vieille dame qui prend des notes en bord de scène, quelques enfants qui se bouchent les oreilles ou battent des mains suivant les morceaux. (L'un d'entre eux viendra me voir à la fin du spectacle en me montrant la paume de ses mains toute rouge en me disant : « Tu vois, la preuve… »)

De même, il y a le consul de Suisse et sa famille (qui ont payé leur place), le délégué général du Québec (qui a invité des amis et qui a payé leurs places) et des fonctionnaires de l'ambassade de France, plus le délégué aux affaires culturelles, plus le sous-secrétaire de ceci et l'attaché de cela, plus l'adjoint à la direction pour le développement de la culture française, plus Untel et Untel venus pour être invités comme si c'était normal, vu qu'ils me font l'honneur de s'être déplacés.

Invités par principe, comme un dû à leur fonction. Les mêmes à qui on avait demandé trois billets d'avion et qui n'ont « malheureusement » rien pu faire pour nous aider… « Une autre fois… » Il y a toujours une excuse : « Pas de budget », « Il fallait faire votre demande il y a un an », etc. À l'arrivée, ils demandent à se faire rincer à l'œil – et à l'oreille. J'en suis fort aise…

Mélange de titres connus – « Le loup dans la bergerie », « La ballade du mois d'août 75 », « Aime-moi encore au moins », « Jacobi », « L'avion sans aile » – et des chansons du prochain album – « Je suis miné », « Juste un instant », « Tous les hommes » « Ma Marseillaise » ou « Jamais assez/*Never enough* ».

Les titres de *New Yor-Cœur* sont autant appréciés que les anciens, qui réveillent les souvenirs des nostalgiques. Les gens dansent, chantent, applaudissent. Belle ambiance tonique et réjouie en pleine face. Moi, le nez dans le volant, je suis à fond et ça tourne comme un moteur bien réglé sous le capot d'une bagnole de rallye. À fond de gorge, à fond d'esprit, à fond dans les doigts.

À fond tout le temps, en dérapage contrôlé dans les virages.

Si les mécanos ne font pas le boulot ou si le copilote ne donne pas les bonnes infos, on peut se retrouver dans le fossé en une seconde. Suffit de presque rien : une pédale qui lâche, un pied de micro qui bouge, un mauvais réglage sur le piano, une erreur de mémo et hop, ce sont trois mots qui filent de ma bouche ou un mini-retard à rattraper avec un triolet et quelques triples croches.

Ma mémoire est volatile. Je lis dans ma tête les textes qui descendent de ma cervelle jusqu'à ma gorge comme un prompteur qui défile, mais parfois ça saute… Mais bon, tant que la bobine ne casse pas, l'histoire continue.

Je n'ai pas bu une goutte d'alcool, et je contrôle. Je ne bois plus avant les spectacles.

Avant, j'ai beaucoup bu. C'était normal de boire, anormal de ne pas boire. On nous offrait des coups, alors on buvait ces coups. Beaucoup de coups.

Un alcool littéraire, qui accompagnait la nuit, les gens, la vie dans le noir. On était noirs, on se mettait noirs. Ça aidait l'adrénaline. Je me couchais longtemps après m'être levé.

J'ai éprouvé sur moi les effets de beaucoup d'alcools. Les cognacs qui montent doucement, les vodkas qui mettent le feu au ventre, ceux qui désinhibent comme la cachaça, les alcools de fruits qui rendent amnésique, les liquoreux qui font mal à la tête, etc. J'ai bu jusqu'à vingt-cinq alcools différents par date de concert. Et plus je buvais, plus je pouvais boire, l'alcool ne me faisait plus beaucoup d'effet. Même quand je ne tenais plus debout, je tenais le coup. Tenir *les* coups. C'était les années

1985 à 1990. Je sais pourquoi je suis bouffi sur les photos de *Solo Boys & Girls*. Heureusement que le tennis a vidé mes verres, il a rebouché les bouteilles d'alcool et j'ai redécouvert la joie de l'eau.

Et puis il y a eu aussi la naissance de Shaan, ma première fille.

Changer de vie, passer de la nuit au jour. Redécouvrir la force et le plaisir de la lumière.

Il y avait beaucoup de pression autour de ce concert unique.

J'aimerais que ça se passe sans anicroche, même si les petits pépins n'enlèvent pas le goût de l'orange. *First time in New York*. Unique à NYC. J'ai eu peur, avant ce concert. Trois semaines de stress. Mais je m'y suis préparé : recommencé à bouger, rejoué au tennis, j'affronte ce soir en confiance. Et c'est filmé.

(NB : à l'arrivée, on ne trouvera pas la chaîne de diffusion, donc pas le budget pour finaliser cette captation qui restera telle quelle dans des cartons.)

Trois rappels. « Ma Marseillaise à moi » a un sens particulier, ici. On arrive à la fin. En nage, la tête dans le bocal.

« Ils en veulent encore, dit le régisseur…

– Rallume, je te dis. »

Les applaudissements s'arrêtent, decrescendo.

Le silence revient.

Ça y est. Je suis seul quelques instants, comme quand on descend d'un carrousel, la tête en manège.

Déjà, les gens arrivent.

On vient tous de partager un grand moment. Sur scène, le meilleur de ce qu'on sait faire. Non pas que la musique ait été vraiment différente des autres shows, mais les conditions spéciales d'organisation à l'arrache, la réaction particulière, mes œuvres autour de moi, et ce public différent de celui que je connais en France, c'est peut-être un des shows les plus importants de ma déjà longue carrière.

Beaucoup de journalistes présents aussi : *Le Point*, *Le Monde*, *Le Figaro*, *L'Express*, France 2, Arte, des agences de photos, des journalistes indépendants, etc. Je veux croire qu'il en restera une trace.

Dans le couloir qui nous sert de loges, le grand Black entrouvre le rideau qui nous isole, il me demande s'il peut laisser passer les personnes massées dans l'entrée. Keziah Jones et le peintre Outtara Watts. Et puis Bruno Peyron, et ses marins, et les jeunes de Strawberry Lane, un groupe du Lycée français, ainsi que de nombreux amis fidèles et toujours solidaires. Témoin de ces effusions, la journaliste qui m'avait interviewé le matin pour le journal du vingt heures de France 2 s'est radoucie, elle m'adresse enfin un sourire en même temps que je range des affaires dans mon sac.

Pierre, l'organisateur, est aux anges. Il n'imaginait même pas « un truc si pro » avec si peu de soutien. Une vraie réussite. Total succès.

« À quand le prochain, je suis sûr qu'on ferait le double de monde…

– Combien y avait ?

– Je ne sais pas, faudra recompter. Disons qu'en termes économiques, on n'a pas gagné le jackpot, mais on doit équilibrer, et il est rare qu'un premier concert soit vraiment rentable, on aurait eu besoin de soutiens dans les médias US, mais zéro appui, on était solo, ni la maison de disque, ni les instances culturelles françaises, ni sponsor… sonneper. Chacun pour sa pomme. Impossible d'imaginer un développement à l'étranger.

Sans mes amitiés solidaires et fidèles avec Pierre Battu des French Tuesdays, ou Benoît, directeur de Splashlight, jamais ce concert n'aurait pu se monter. »

Même Aznavour a joué à l'hôtel Marriott devant une salle de touristes à moitié pleine, Lavilliers s'est produit dans les structures encadrées, même Jane Birkin, deux cents personnes à l'Alliance française… Arno ou les groupes qui viennent ici font des concerts dans des petits clubs ou se mêlent à d'autres programmes. Et même les DJ viennent performer ici, s'incrustent comme des bernard-l'ermite dans des cabines-coquillages où ils font tourner des platines qui fonctionnent aussi sans eux. Mais leur défi n'est pas le même, nous avons construit un concert à partir de rien.

En revanche, en matière de souvenir pur et simple, c'est top ! Les journalistes et photographes présents pourront dire ce qu'ils ont vu.

On replie le matériel. Déjà, les équipes démontent les éclairages et enroulent les câbles.

Je détache mes peintures, replie les bâches qui ont servi de décor.

On a du mal à se quitter. On se donne rendez-vous à la maison. Mon équipe part en taxi, je remonte sur mon vélo, seul à nouveau dans la fraîcheur de cette nuit new-yorkaise où la vie continue comme si de rien n'était.

Après avoir couché Yamée, ma plus jeune fille, terrassée par la fatigue, on débouche le champagne en se remémorant les bons moments.

On est au septième ciel au sixième étage sur mon balcon de la 58th Street.

L'équipe a faim, on a juste avalé quelques sandwiches pour tenir, on irait bien faire durer la nuit quelque part. Nicole

Devilaine, responsable de France Télévision à New York, nous propose d'aller au PJ Clarke's, un pub irlandais sur la 3rd Avenue et 55th Street. C'est à deux pas. On y va à pied.

On se marre d'un rien, comme si on avait fumé.

On passe les buveurs de bière de la première salle et l'on se retrouve dans le coin restaurant de la seconde.

Par la fenêtre, trois filles qui nous font des signes.

« Venez nous rejoindre ! »

C'est Shaan, ma fille, qui passait par là. Elle s'installe à notre table avec ses copines le temps de boire un verre avant d'aller se coucher. Encore un incroyable hasard.

« C'est quand votre prochain concert ?

– Dans une semaine…

– Où ça ?

– En France, à côté de Bourges, et le lendemain à Luxembourg.

– Ça sera une autre ambiance…

– Tu peux le croire… Manquerait plus que ça, c'est pas partout Manhattan ! »

On est bien. Super-heureux jusqu'à trois heures et plus du mat' – jusqu'à se séparer.

La journée a été longue, longue comme une limousine, longue comme ce souvenir en commun.

Un souvenir à vie.

Unique.

À NYC.

9

ON NE SAIT JAMAIS

2 décembre 2006

On ne sait jamais comment on va réagir. On croit savoir, mais heureusement on ne sait jamais.

Il y a quelques semaines, j'ai envoyé un email à quelqu'un que je n'avais pas vu, et dont je n'avais plus entendu parler depuis qu'on s'était serré la main en août 1981.

Vingt-cinq ans.

J'avais appris par hasard qu'il avait quitté la musique et qu'il était allé travailler dans l'extraction de pétrole, et puis il s'était converti aux éoliennes ou du moins aux énergies propres. C'est pour cela que j'ai cherché à le revoir. Grâce à la magie d'Internet, j'ai trouvé un contact et je lui ai envoyé un message, sans savoir s'il le recevrait jamais. Je lui disais : « Tu es dans le vent, moi, je suis toujours dans l'air. Nos vies ont changé depuis qu'on s'est connus. Tu habites à Houston et moi je me suis installé à New York, où je peins. »

Et puis il y a trois semaines, parmi le flot de courrier qui m'est arrivé après le 19/20 de France 3 : *magic* ! J'ai reçu un petit mot laconique de Michael, qui me disait qu'il venait à

New York de temps en temps et qu'il serait là à la fin du mois de novembre. J'étais déjà fou de joie.

Il y a trois jours, il m'a appelé, me donnant rendez-vous chez Chris Blackwell, de l'autre côté du parc.

Toute la journée, j'étais comme un gamin. J'ai eu mal au ventre comme un traqueux. Je ne sais pas pourquoi, je retournais en arrière. Non pas de la nostalgie, au contraire, l'envie de lui dire ce que je n'avais jamais pu lui dire, à savoir qu'il avait changé ma vie. Parce que « L'avion sans aile », c'est à cause de lui. Je veux dire que Michael Zilkha était le patron d'une petite boîte de disque sur laquelle il produisait Alan Vega, Kid Creole et Lydia Lunch, quand Blackwell lui a demandé de m'aider à produire *Poèmes rock*. Toute la journée il me laissait faire, et le soir il passait aux studios Electric Lady, les studios de Jimmy Hendrix, où je travaillais avec les frères Gale et Jimmy Kober. Il donnait son avis comme un seigneur et repartait. Un soir, il a écouté cette chanson et il a dit : « Mais c'est super, cette fin de morceau ! » Il a essayé de la rechanter, mais il chantait faux et l'on ne retrouvait pas le spot. On a repassé et repassé la bande pour le fameux gimmick. Il a dit qu'il fallait le remettre tout le temps dans le morceau. J'ai dit : « Non, impossible, trop naïf ! » En serrant les poings, convaincu d'avoir raison, avec sa pointe d'accent *british* et son intelligence philosophique de diplômé d'Oxford, il a dit : « Si, si, si, je sais que c'est ça qu'il faut faire, et en plus c'est pas toi qui dois jouer du piano. Tu ne joues pas assez bien, il faut que ce soit Peter Schott qui le fasse ! » Alors là, c'était trop. Et j'ai commencé à me bloquer. Il a néanmoins convoqué le pianiste de Neil Young à venir le lendemain, et le type a mis des paquets d'accords parfaits. Je trouvais ça excessif. On s'est embrouillés, Michael et moi, pendant plusieurs jours. On a annulé les séances jusqu'à ce que je convienne qu'il fallait trouver un compromis. Je l'ai appelé.

On s'est vus dans son bureau. Il faisait chaud. Alan Vega est passé à ce moment-là. On est finalement convenus que je jouerais le début et le premier couplet, après ce serait Peter. Et la chanson « Comme un avion sans aile » est devenue ce que tout le monde connaît. S'il n'avait pas été là, je ne serais pas là non plus. Il a changé mon destin. Mais il s'est passé du temps avant que je ne l'accepte.

Hier soir, en sortant de l'ambassade de Suisse, où je disais au revoir à un ami diplomate qui va quitter son poste pour retourner s'installer dans les Pâquis de Genève, quand je suis arrivé chez Chris Blackwell, j'ai rappelé cette anecdote à Michael, comme pour soulager ma conscience, ressuscitant ce moment pour celui qui avait été l'un des principaux acteurs d'un changement d'aiguillage. Si ce disque n'avait pas eu un tel retentissement, toute ma vie aurait été différente… Je ne regrette rien. Chez Blackwell, il y avait d'autres gens, acteurs, éditeurs de revues, collaborateurs (et -trices) occupés à régler d'autres choses avec celui qui repartait en Jamaïque le lendemain. Lui non plus, je ne l'avais pas revu depuis 1983, quand j'avais inauguré un chapiteau qui préfigurait porte de Pantin ce que serait le Zénith… Chris était venu de Londres pour me voir sur scène, comme il avait fait le voyage un an plus tôt pour passer quelques heures à Nancy, où j'habitais encore. Il s'en souvient, d'ailleurs. Il n'a pas agi de même pour tous les artistes avec lesquels il a travaillé. J'ai toujours eu une place particulière dans le catalogue Island, et pour cause, j'étais français. Vers minuit et demi, on n'était plus que trois ou quatre quand Chris est venu s'asseoir avec nous. Il écoutait Michael parler, parler, raconter des blagues et relancer des idées. Pondéré, taciturne, Chris Blackwell m'a toujours impressionné, justement parce qu'il ne disait rien. Il voyage constamment entre l'Angleterre, New York, Los Angeles et la Jamaïque. (Jamais, jamais, jamais, on ne sait jamaï, en Jamaïque.) Aujourd'hui encore, il reste mystérieux, contenu. Difficile de savoir ce qu'il pense. Hier soir, je craignais de l'ennuyer avec mes histoires, il en a tellement vécu.

Vers une heure, on s'est salués amicalement en se promettant de se revoir, et je suis descendu avec Michael.

Il faisait doux. Il pleuviotait. On était près du parc. Michael m'a demandé :

« Qu'est-ce qu'on fait ? On prend un taxi ? Tu vas où ?

– Au Carlyle 35, East 76th Street sur Madison Avenue. On le voit d'ici, c'est juste de l'autre côté du parc… On traverse ?

– Je ne l'ai jamais fait. Je me suis perdu dans Central Park une fois un matin, mais traverser, je ne sais pas…

– Alors quoi ? On le fait ou on le fait pas ?

– Comme tu le sens. Tout seul, je ne le ferais pas. Mais vu qu'on est deux, qu'est-ce qu'on risque ? »

Je me retrouvais vingt-cinq ans en arrière. Rapport de pouvoir inversé. Étrange relation confuse. On était comme deux garnements qui vont déconner. On savait qu'on *ne devait pas*, mais on allait faire une bêtise. (J'ai appris plus tard qu'aucun de mes amis new-yorkais n'a et n'aurait jamais eu l'idée de traverser Central Park à cette heure avancée de la nuit.)

Déjà, on arrivait devant les barrières qui interdisent la circulation nocturne. On est passés. On devinait au loin un toit éclairé qui pouvait être celui de l'hôtel. Ce serait rapide. Michael marchait vite. Je le suivais, mais naïvement je ne comprenais pas la cause de son angoisse. Je lui dis :

« Calme-toi ! »

Pauvre ignorant, j'insistai :

« Tu es stressé, qu'est-ce que tu veux qu'il nous arrive ? Voyons, c'est New York ! »

Sauf que lui, habitant NYC depuis des années, il connaissait le danger… Au bout de l'allée, soudain, plus de lumière. Plus du tout. Le noir. Un noir absolu. Devant nous, de l'eau. Rien, je ne voyais rien. Michael avait peur. On a continué à marcher, marcher sans s'arrêter. On a croisé un grand type qui marchait en sens inverse. Il ne m'inquiétait pas, mais j'ai senti que Michael frémissait. Il a dit :

« Qu'est-ce qu'il nous veut, ce type ? »

L'ombre s'est retournée, nous a regardés. Michael s'est mis à paniquer. On était au milieu du parc. Dans le noir total. J'ai pris conscience qu'on était seuls, et moi aussi j'ai commencé à salement flipper. Derrière les buissons, on entendait des bruits, des craquements. On voyait des silhouettes furtives aux allures étranges. Une faune invisible, un peuple mystérieux habitait là, sur les bancs et sous les grosses pierres. Ombres et zombies… Drôles d'oiseaux qui n'ont rien à perdre. Comme deux souris sous les branches des hiboux.

Deux heures du matin à pied dans Central Park. Bon sang, mais qu'est-ce qu'on foutait là ? Comme dans un train fantôme. J'essayais de rassurer Michael en parlant doucement.

« Chuuut. Ne parle pas. T'inquiète pas, je suis là.

– C'est bien, disait-il en courant presque, mais il ne faut pas forcer la chance. Jusque-là, on a eu de la chance. »

Et j'ai compris qu'on n'aurait vraiment pas dû venir là. Dans le bois des loups la nuit. Si par hasard il arrivait quelque chose, que pourrions-nous faire ? Antoine m'avait raconté qu'il s'était fait braquer un soir, il y a quelques années. Il ne faisait pas encore nuit, un type, sûrement un junky peu expérimenté, lui avait mis un couteau sous la gorge. Il avait jeté un billet par terre et, quand l'autre l'avait ramassé, Antoine, qui était jeune et assez baraqué, lui avait mis un grand coup de latte en poussant un hurlement : l'autre s'était sauvé. Mais nous, qu'aurions-nous pu faire ? J'essayais de garder la tête froide. Je pensais à comment réagir si on s'en prenait à lui. Je tenterais sûrement quelque chose, mais je ne sais pas quelles ressources il trouverait, lui, si l'inverse se produisait. Nous n'avions pas la moindre arme ou bombe. En cette année 2006, Central Park la nuit, c'est encore le New York des films d'angoisse. Pas de caméra. C'est une croûte de fromage peuplée d'acariens invisibles. À New York, tous les jours il y a des morts. Pas un mort tous les jours à Central Park, mais on ne dit rien des agressions. Si on se faisait mornifler, qui nous plaindrait ? Personne. On nous dirait : « Vous êtes cinglés, vous l'avez cherché ! Quand on est blessé, on ne plonge pas dans une mer de requins ! » C'est vrai qu'on avait choisi d'être là. La roche tarpéienne est proche du Capitole. Il n'y a pas une grosse marge entre la vie et la mort. Comme un verre qui se brise. Mort, bing, comme ça. Fallait que je sois là en train de marcher plus vite que jamais pour le comprendre.

Là, sur un banc, un homme était assis, la tête sous un sac en papier. Nous entendant arriver, il a bougé. Michael a tressailli. Mais on ne s'est pas retournés pour regarder derrière nous. Un autre type est passé derrière un buisson. Quoi ? On est encerclés. Non. Qui sont ces êtres vivants ? Des dealers, des malades, des fous, des obsédés, des bandits, des égarés comme nous ?

On a continué. Je serrais toujours la main de Michael. Aux yeux des arbres, on était deux hommes faibles se tenant l'un l'autre…

« Ne montre jamais ta crainte. Reste digne. »

J'étais essoufflé quand on a enfin rejoint une allée plus large et éclairée.

Il y a longtemps que je n'avais pas éprouvé une telle peur. J'ai redécouvert une panique surgie du fond des âges.

« Si j'avais su…

– Jamais je ne le referai.

– Continuons, surtout. »

On a vu des phares sur la 5th. Et l'on est arrivés finalement sans encombre. Peut-être qu'il ne devait rien se passer. Peut-être qu'il n'y a pas tant de danger ? Peut-être qu'on a eu de la chance ? Nous, les deux proies faciles pour des prédateurs nyctalopes. Aveuglés par notre inconscience dans les abysses d'une nuit humide.

« Qu'est-ce qu'on vient de faire ?

– C'est débile. »

J'étais ruisselant d'avoir marché si vite.

« Et s'il nous était arrivé quelque chose ?

– Mais il ne nous est rien arrivé… Et on aura à jamais cet autre souvenir en commun. »

J'ai laissé Michael à son hôtel.

Il a dit qu'il passerait voir mon travail à l'atelier, peut-être pas cette fois-ci mais sûrement une autre, il connaît des galeries…

Et je suis rentré seul à pied, l'esprit dopé par l'adrénaline.

En me déshabillant, je n'ai même pas reconnu ma propre odeur.

C'était quelqu'un d'autre.

C'est vrai, on ne sait jamais.

10

LA DERNIÈRE CIGARETTE

2007

Je n'ai jamais fumé devant mes enfants. C'était une règle formelle, un principe catégorique, un postulat infaillible, une convention, un précepte inébranlable. Mes deux filles ne devaient pas avoir sous les yeux l'exemple que j'avais eu moi-même en voyant mes parents fumer. Mon père des Gauloises « Disque bleu » filtre, dont il avalait profondément la fumée pour se capitonner les poumons de goudron, ma mère des longues Dunhill, Kool ou Royale menthol dites « festives », qu'on s'amusait de la voir recracher de larges bouffées en ouvrant grand la bouche.

Quand nous habitions à Paris, j'avais au moins la conscience tranquille des menteurs. Imaginant que, parce qu'elles ne me voyaient pas, elles ne savaient pas, et j'attendais que mes filles soient ailleurs – à l'école ou redescendues dans leurs chambres situées à l'étage inférieur ou simplement hors de vue – pour ouvrir la fenêtre et allumer la moindre clope.

J'ai longtemps fumé des bidis, cigarettes indiennes en forme de cône, dont l'odeur rappelle celle de l'eucalyptus. C'était des « cigarettes de hippies ». Faites d'une feuille de kendu contenant des brins de tabac hachés, séchés et non traités. Et plus tard les kreteks Djarum me rappelaient mes voyages en Asie. Les Djarum sont faites d'un mélange de tabac, de clou de girofle et d'une « sauce » parfumée que j'avais découvert en Indonésie lors d'une tournée. Comme le goût était particulier et comme j'en avais peu d'avance, je choisissais le moment d'en griller une en guise de célébration. Mais la plupart du temps je me roulais des cibiches d'Ajja rouge, dans du papier Rizla+, souvenir de mes activités ouvrières. Tout ça a duré de longues années de routine.

Depuis que nous sommes installés à Manhattan, mes habitudes se sont transformées.

Afin de ne pas me laisser distraire dans un premier temps, je n'ai pas eu d'ordinateur à l'atelier. Je quittais l'appartement en fin de matinée après avoir répondu aux mails avec l'Europe, et je restais « dans » la peinture jusqu'à vingt et une/vingt-deux heures.

Stressé nuit et jour, j'avais la boule au ventre – un carcan, un plastron qui pesait des tonnes. J'étais impatient d'arriver à quelque chose, mais l'Art prend du temps.

Je cherchais des issues pour évacuer mes démons obsédants comme on aère une pièce enfumée, et justement je me suis mis à fumer. Fumer beaucoup. Fumer plus. Beaucoup plus. Fumer sans compter, au rythme croisière d'un paquet, un paquet et demi par jour. Fumer comme un fumeur, de ceux qui allument une cigarette sans vraiment s'en rendre compte, pour marquer le temps, comme une ponctuation, pour prendre du recul, comme un changement de paragraphe.

J'avais tout à faire à New York. Tout à refaire, sans repère. S'attaquer à la paroi abrupte de la falaise New York, c'était excitant, mais l'urgence créait aussi une tension qui allumait les résistances électriques faisant bouillir le jus d'adrénaline qui distillait en moi un parfum d'angoisse persistante. Alors, comme un grimpeur en rappel dans le vide, je tenais ma vie entre l'index et le majeur. Fumer me rassurait, jusqu'à ce que je perde ma voix…

Parmi les dates de concerts d'été en 2006, de retour en France, j'ai enchaîné trois festivals : la Bastide à Carcassonne le 20 juillet, Sédières le 21, Bollène le samedi 22. Quelques répétitions avant, j'ai fredonné, mais peu chanté durant toute cette année. Ma voix est reposée, et le premier concert se passe bien, voix timbrée. J'en fais presque ce que je veux. Au cours du deuxième, en revanche, je dois gérer certaines tenues, la gorge en feu, des douleurs m'empêchent d'atteindre certaines notes. Je me dis que j'ai pris froid dans l'avion, ou la veille, mais rien de grave, ça donne ce grain rocaille qui colore le blues, après tout personne ne s'en aperçoit vraiment. Je bois de quoi aseptiser tout ça, je suce quelques pastilles et ça repart le lendemain. Mais, à la moitié du troisième concert, je perds carrément mon organe. Partie, envolée, ma voix s'efface, comme un feu qui s'éteint. Tout juste si je ne finis pas en mime pendant que mon ami Mangu, rappeur new-yorkais/dominicain, monte sur scène pour faire un titre avec nous…

Un médecin me prescrit des injections anti-inflammatoires à base de cortisone pour que je puisse continuer, mais, sans explication valable, je crains de devoir admettre que, puisque le larynx est un muscle, mes cordes vocales s'épuisent tout simplement. Mince. Satanée obsolescence programmée dans les gènes. Pareil pour les rhumes à répétition, les angines au moindre courant d'air, je mets ça sur le compte de la pollution, ou d'une fatigue générale. Je le disais, je n'ai peut-être pas assez chanté cette année, manque d'exercice. Je n'envisage même pas un lien avec la cigarette et, dans le contexte *summer-holidays-relax*, ma consommation se limite naturellement. Je me bouge, je refais du sport tout en continuant de me griller des sèches en lousdé. J'oublie l'anecdote et, si je viens à y penser, je me persuade que c'est un signe des dieux, une incitation divine à poursuivre ma quête en direction du septième ciel au paradis des arts plastiques.

Quand je rentre à New York, deux semaines plus tard, je retrouve vite mes bonnes/mauvaises habitudes dans l'ermitage de mon atelier.

Je me souviens de cette visite d'une amie qui m'annonce qu'elle suit des séances d'acupuncture dans l'oreille pour l'aider à se sevrer ; je l'écoute distraitement, je m'écarte de quelques pas et j'en allume une, sans honte. Après tout, si elle est guérie, elle doit pouvoir résister. C'est seulement quand la porte se referme que je prends conscience de mon incivilité.

Et puis il y a ce jour de février…

La chambre de Shaan est vide depuis qu'elle est partie en septembre poursuivre ses études à Montréal.

Yamée, notre cadette, s'est toujours mise en retrait derrière la haie que représentait sa grande sœur, servant de fer de lance. Shaan se confrontait à nous avec diplomatie, mais sans complexe. Yamée entrait dans l'adolescence et elle appréhendait de se retrouver seule face au monde adulte que nous incarnions. Cependant, après quelques mois, on s'était apprivoisés, elle constatait que vivre en notre compagnie n'était pas « infaisable ».

Sur la 58th Street, nous habitions un duplex, les chambres étaient en haut. Sitôt le dîner terminé, Yamée remontait dans sa chambre pour échanger avec le monde extérieur, via les réseaux sociaux. Elle se faisait si discrète qu'on aurait pu oublier qu'elle était là.

Aujourd'hui, il fait froid, je ne suis pas allé à l'atelier. J'ai écrit toute l'après-midi. Il est vingt-deux heures. Les voitures klaxonnent dans la rue en bas. J'ouvre la porte-fenêtre coulissante et je m'installe sur le balcon pour regarder la queue qui s'allonge sur le trottoir d'en face, devant la boîte de nuit à côté du restaurant Visconti. Il fait frais. Ma femme me rejoint, on allume chacun une cigarette. Presque sans rien se dire. On serait prêts à effacer nos tracas quand, soudain, on se voit l'un et l'autre, au même moment, illuminés par un éclair blanc venu du ciel, et presque simultanément cet éclat de lumière est accompagné d'un rire extravagant, sardonique…

« Je n'ai pas rêvé… c'était quoi ce flash ? »

On l'a vu tous les deux sans comprendre son origine.

C'était quoi ?

On lève les yeux, on scrute. Parfois, il y a des séances photo dans l'immeuble en face… Non, pas ce soir. Pas d'hélico dans le ciel non plus. On cherche, quand je remarque que le rideau de la chambre de Yamée bouge. Moi qui me croyais dans l'angle mort, je crois comprendre instantanément…

Monter l'escalier quatre à quatre. J'ouvre la porte de la chambre de Yamée, qui est assise sur son lit, hilare, un appareil photo dans les mains. Immédiatement, elle m'annonce :

« La preuve ! En fait, vous fumez… tous les deux ! Je vais le dire à Shaan. »

Sauf qu'en guise de preuve, elle n'a qu'un point blanc sur l'écran de son petit appareil numérique dont le flash s'est reflété dans la vitre. Mélange de gêne et d'excitation : elle qui voulait nous surprendre s'est fait prendre quand le flash automatique s'est déclenché inopinément. *Damned.* Son rire est nerveux, elle craint ma réaction… Mais tout ça se passe dans sa tête. D'abord, inutile de nier, puisqu'on s'est fait prendre sur le fait, la main dans l'sac, la clope au bec. Je plaide ma cause perdue en minimisant l'infraction… J'admets ma faute et, en guise de justification, invoque le stress qui m'a incité à transgresser mes propres interdits, pour conclure en promettant :

« OK, ce soir, tu m'as pris, mais j'espère que tu as bien regardé ce que tu as pu voir, car je te jure bien que jamais plus, non, jamais plus tu ne me verras fumer. Je t'en fais le serment. Et même plus que ça, pour te le prouver, je t'en donne ma parole d'éclaireur ! »

Est-ce que ça signifiait quelque chose pour elle ? Je n'en sais rien, mais pour moi c'est ultime. À cette parole « d'éclaireur », je n'ai jamais failli. Si candide que cela puisse paraître, cette parole faite comme un serment sur l'honneur la main tournée vers un feu une nuit lors d'un camp d'ado, oui, cet engagement est mon ultime recours pour rétablir un climat de confiance quand celle-ci semble avoir été rompue.

« Ça va, c'est bon, allez… On sait ce que vous faites… T'inquiète. »

Rassuré par ce qui ressemblait à un jugement clément, manifestation d'indulgence (à la limite de la mansuétude), tel un coupable qui sort du tribunal avec une peine de sursis, j'ai embrassé ma fille et suis redescendu, penaud.

Assis à mon bureau, je regardais benoîtement ce paquet de cigarettes dont j'avais tiré la dernière. J'étais perplexe : le jeter ou au contraire le conserver pour éprouver ma capacité à ne plus y succomber ?

C'est la seconde option que j'ai choisie. Pendant des années, ce paquet de clopes à moitié vide/plein est resté là (jusqu'à ce qu'il disparaisse un jour à la suite d'une fête à la maison).

Bien sûr, les jours qui ont suivi ont été difficiles, mais j'ai tenu (en partie grâce à la caféine). Chaque fois que j'avais envie d'en griller une, je buvais du café ; je le supporte mal, mais l'excitation qu'il procure comblait le manque. Il me fut plus facile de m'en défaire que de l'insidieuse nicotine. Il reste que mon meilleur soutien dans cette abstinence fut la parole que j'avais donnée et l'orgueil qui était lié à elle. On devrait tous avoir une « parole d'éclaireur », une promesse à quoi la vie est attachée, un engagement tellement fort qu'on ne s'autorise pas à le transgresser quelles que soient les circonstances. Juré/craché, sur la tête de…

Bref, dès le lendemain, j'ai commencé à dire et répéter à ceux que je croisais que j'avais cessé de fumer. Réaction tantôt surprise (« Ah ? Tu fumais ? »), tantôt ironique (« T'auras pas de mal, c'est plutôt fumer qui est difficile à New York, vu que c'est interdit partout »), parfois sceptique (« Moi, j'ai arrêté trois fois, alors si tu tiens, chapeau ! »)… N'empêche, c'est ma vanité qui m'a permis de tenir.

Bon, normal, au bout de quelques jours/semaines, l'envie de fumer s'est peu à peu dissipée, se faisant moins obsessionnelle, jusqu'à disparaître complètement.

Et j'ai retrouvé ma voix…

11

PHOTOZZ

2008

Combien de milliers de photos sont prises chaque jour à New York ? Des centaines de milliers, des millions peut-être ?

Chaque instant que l'on vit à New York est important, que dis-je ultime, exceptionnel, et même s'il ne l'est pas, il le devient. Parce que la ville en mouvement se métamorphose sans cesse. Elle se déconstruit, se reconstruit, une sorte de mue perpétuelle dans le fracas des machines œuvrant pour glorifier la beauté du modernisme à la pointe des inventions.

La ville évolue comme la fumée. On croit pouvoir la freiner en capturant dans l'objectif des souvenirs numériques.

Pour préserver un souvenir (*a memory*) de cet instant précis, pour se l'approprier, égoïstement, pour se rassurer en se disant qu'on ne l'a pas rêvé, pour se prouver à soi-même qu'on est vivant, on peut avoir envie de conserver une microparticule de l'infini figé qu'on appelle une photographie.

Oui, garder le souvenir de 1/125e de seconde. Les touristes remplissent les cartes mémoires de leurs appareils comme ils remplissent des sacs plastiques de tee-shirts et d'objets manufacturés. Oui, emporter avec soi ne serait-ce qu'une image pour se prouver qu'on est vivant au milieu de ce décor dans lequel on s'est senti acteur ou figurant.

Prendre des photos par impulsion, par instinct, à la volée, prendre des photos en rafales, des séquences d'images. Pour certains dans la frénésie.

Appuyer sur le déclencheur par impulsion. Un besoin. Un réflexe, une immédiateté. Picorer des images.

Se décider vite.

Pourtant au retour, à la fin du voyage, combien, parmi ces millions/milliards de fichiers numériques, combien seront regardés, transformés, retravaillés, imprimés, analysés ? Peu.

À New York, l'inspiration est au détour de chaque coin de rue, dans ce décor extraordinaire où vivent des gens ordinaires. Des gens qui se battent avec eux-mêmes pour transformer leur existence au ras du macadam afin de s'élever comme des anges blessés couverts de cicatrices : des vétérans drogués qui rêvent de revivre leurs émotions de parachutistes ; de jeunes chercheurs en biogénétique atomique qui viennent de monter leur start-up et qui explosent d'ambition ; des militants islamistes qui voudraient qu'on les considère pour ce qu'ils sont, eux qui ne prennent pas les autres pour ce qu'ils sont ; d'anciens mannequins au visage figé par les injections de botox ou de collagène ; des serveuses en sueur « trop » souriantes pour être sincères, ou celles de chez Hooters aux lèvres pulpeuses, tee-shirt moulant et poitrine siliconée ; des poètes en colère ; des sportifs handicapés qui courent sur leurs jambes en carbone entre les voitures à l'arrêt ; des infirmières en sabots plastiques qui sortent de l'hôpital pour boire un café avec des seringues dans les poches ; des musiciens complètement pétés qui rentrent chez eux après une séance épuisante avec un producteur exigeant, en prenant le dernier métro de nuit quand les ouvriers casqués en gilets fluo viennent, eux, prendre un relais dans les profondeurs.

Oui, des hommes et femmes qui veulent s'élever au-delà de leur condition de mortels pour devenir quoi ?

Pour monter au ciel, épuisés mais fiers d'eux-mêmes.

New York, c'est ça.

Cette « villusion », cette ville de toutes les illusions qui éclate en morceaux dans la conscience de l'homme raisonnable.

Quand on regarde vivre cette ville, quand on la sent bouger comme les photons de la lumière, on cherche à comprendre ces rythmes croisés, syncopes effacées ou droites symboles d'une destinée rectiligne.

Une ville géométrique choisie avec intention dans le moindre détail où tout a été discuté, une ville décidée par ses différents inventeurs, conçue en fonction de principes religieux, en s'appuyant sur une idéologie, sur des règles, une ville de vouloir et de pouvoir, coûte que coûte. Une ville qui s'est organisée autour de ses 2028 blocks définis par la fameuse loi du zoning, comme si ces blocks n'étaient pas des blocs de contrainte mais au contraire des espaces définis dans lesquels chacun avait le droit d'être lui-même.

Au jour le jour. Certains regardent vers le ciel ; moi, je regarde la vie sur un grand écran panoramique. C'est au sol qu'est inscrite l'histoire de toutes les réparations ou améliorations que la ville a déterminées/votées/ordonnées pour elle-même. C'est au sol qu'est la clé de l'énigme… Ce sol de Manhattan couvert de signes cabalistiques tracés par les employés chargés de réparer une canalisation rouillée, d'améliorer des équipements vétustes.

Le sol de Manhattan est un patchwork de goudrons de toutes les époques, sans cesse refondus, sans cesse redessinés.

L'histoire est là, inscrite dans les découpes au marteau-piqueur de cette peau d'*asphalt*.

Dans la rumeur sans fin qui résonne entre les parois de verre et de béton, sur les larges avenues striées de lignes blanches, je tente de capter l'image de la musique d'une ville électrique.

La tête dans le guidon, je continue, je roule à fond.

Et je poursuis ma ligne jusqu'à l'horizon.

12

CINQ SENS
2009

New York est une ville sans pardon, une ville technique, où chacun se rassure grâce à la maîtrise d'une technologie, d'un savoir-faire, d'une énergie.

New York est une faille dans l'espace-temps.

C'est à la fois le royaume de l'astuce et du bricolage et celui qui ouvre la porte vers le futur.

Assis sur le bord de mon lit, vingt centimètres au-dessus du sol au vingt-cinquième étage.

New York est une ville à pleine vue,

S'en mettre plein la vue, en mettre plein la vue.

Ciel bleu, *Blue Sky* et photos volées, *snapshots* ou peintures contemporaines, expos temporaires, street Art, buildings, dégaines et apparence, *look at me*.

New York est une ville du toucher,

Promiscuité au musée, touche à tout, et collé serré dans le *subway*,

Textiles et matériaux, supports et surfaces lisses ou poussiéreuses…

New York est une ville de sons,
Fortissimo ou murmures.
Aujourd'hui, j'écoute les anecdotes que raconte un présentateur dans la radio. Histoires de rockers bidons.

Sur le disque *Fort-Rêveur*, depuis ma chambre, j'ai écrit cette chanson, « 58th Street » :

58th Street New York City, toujours le bruit, le jour, la nuit
Ce bruit qui court à l'infini, c'est le bruit de ma vie,
58th Street New York City, toujours le bruit, le jour, la nuit
Le bruit des autres ou de la pluie, c'est le bruit de ma vie

58th Street New York City, midi/minuit qu'importe l'heure,
Ça vient d'ici ou bien d'ailleurs, on entend les sons du labeur
Marteau-piqueur, compresseur, un frein qui coince et des clameurs,
58th Street New York City, c'est le bruit de ma vie

Dans le vent les ondes se confondent, sous le ciel bleu en transparence
J'écoute que coûte la rumeur, mélange de stress et d'insouciance
Vibrations dans l'air en fusion, c'est une étrange orchestration

Des bennes à ordures dinosaures dévorent des déchets omnivores
Fuite de fumée, détonation, des camions de livraison
Le samedi soir, ça crie, ça rit, les longues limos bloquent les taxis,
Des filles en minijupes vocifèrent comme des oies en colère…

Sirènes d'alarme cacophonie, ça dégénère devant chez Visconti
Jeux de rôle en opposition, capharnaüm et tutti quanti

Tumulte et tintamarre, au loin le dimanche une fanfare,
C'est le monde entier qui résonne en une seconde sur Madison

58th Street New York City, c'est le bruit de ma vie.

New York est une ville d'odeurs,
Qui exsude les odeurs de l'humanité, un mélange de caoutchouc brûlé et de *mixed meat* halal aux épices,
Déodorant menthol et huiles frites mille fois réchauffées,
Relents de pourriture et parfums industriels,
Amandes grillées et gaz d'échappement,
Désodorisant floral et chaleurs de faunes fauves,
Fumets de pets, vesses de dragons et transpiration,
La crasse et la poussière de carbone,
Les bourrasques de fumée,
Puanteurs de poissons morts, mouettes ou pigeons écrasés,
Nature subtile et crèmes de beauté,
Fragrances chères, poubelles chaudes et glaces fondues,
Vapeurs d'éther, senteurs de santé, effluves boréals, exhalaisons putrides,
Remugles d'œuf pourri, humidité boucanée,
Arômes sucrés, émanations en transparence.

Cette ville sent, elle sent les *cents* et les mille, les centaines de milliers d'hommes et de femmes qui passent inlassablement par ici et repassent par là sans s'arrêter.

Parce qu'on n'a pas le droit de s'arrêter, s'arrêter d'avoir envie, c'est simplement impossible, interdit de s'arrêter, d'avoir envie d'en vouloir plus.

Et même si ça pue, on continue, comme si de rien n'était.
C'est comme ça, c'est ainsi ;
Ainsi que va la vie
In New York City.

13

L3, L4

2010

Coréen, deux, trois.

Hormis un miracle, je ne pourrai pas me sortir seul de ce chagrin lombaire, sciatique ou lumbago causé par un mauvais geste au tennis. Les prières n'y faisant rien et les jours se suivant sans une amélioration probante de mon état catastrophique, j'ai fini par me résoudre à passer quelques coups de fil, dont un à ma copine Michèle qui habite à SoHo, pensant qu'elle pourrait connaître un praticien à Chinatown capable de m'aider à remettre en place ces vertèbres L3 et L4. Après m'avoir longuement interrogé, Michèle, qui voulait tout savoir, m'a finalement indiqué l'adresse du docteur Hi Han, un Coréen qui lui avait remis une épaule en place :

« Son cabinet est sur la 55th East, à deux blocks de chez toi.

– Donc loin de Chinatown ?

– Le docteur Hi Han est coréen… »

Je compose le numéro qui me répond automatiquement : « *Drop a message.* »

À peine un quart d'heure plus tard, je reçois un appel :

« Une annulation… je peux vous prendre tout de suite.

– OK, top, j'arrive. »

Je dis que j'arrive, mais bon… Le temps de finir ma phrase, de reposer ma tasse de café, d'une douche et allez, hop.

Trois quarts d'heure plus tard, j'y suis.

Suite C, quatrième étage.

Trois noms de médecins : Wang, Tang et Peng sur la porte, plus celui du docteur Hi Han rajouté sur une feuille à côté… Genre l'invité de service, le locataire ou je ne sais quoi. Bref, peu importe, c'est là !

Une assistante en robe de soie moulante m'accueille avec sourire d'hôtesse. Avant que j'aie prononcé un mot, elle me tend un formulaire à remplir, comme d'hab', une décharge en cas d'emmerdes. Mais quelles embrouilles ? Que craignent-ils tant que ça ?

Je change de pièce. On va passer aux choses sérieuses. Le gars pose la main sur mon ventre, il fronce le sourcil. Puis il prend mon pouls et ma tension en levant les yeux au ciel. Il me demande combien d'heures je dors chaque nuit, et aussi comment j'estime mon niveau de stress. Un peu surpris, je lui demande de préciser la question.

« Faible, moyen ou fort ? »

Je réponds :

« Niveau "normal"… »

Mais je répète surtout que je viens le voir parce que j'ai mal au dos, suggérant d'aller faire un tour du côté L3, L4. Je connais cette douleur, je l'ai déjà éprouvée, j'ai une faiblesse en L3, L4.

Il juge que mon souffle est « particulier ».

« Ah ? Comment ça ? »

Il me demande si je fume. Je réponds fièrement que j'ai arrêté il y a trois ans. Il dit qu'avant tout, il faut impérativement réguler ma température et que c'est peut-être pour ça que j'ai eu des calculs rénaux. Moi, je veux bien le croire, admettre ce qu'on veut, mais j'ai quand même la claire impression que la douleur qui m'obsède, du moins celle qui motive ma visite chez lui, provient de ma colonne vertébrale… Lui ne veut rien apprendre de l'urgence qui semble être la mienne. Lui, il a son temps. Il prend son temps. Posément. Il agit doucement. Moi, je crains qu'il n'empiète sur le client suivant… Et je vois qu'il sollicite toute sa connaissance ancestrale apprise depuis la nuit des temps immémoriale, à travers les monts Paektu, Suyang ou Kuwol, plus celle des légendes chamanes de Mandchourie ou confucianistes ayant inspiré la docte sagesse contemplative des civilisations du Soleil levant, tout ça pour m'aider à… respirer.

Acupuncture, herbes chinoises, ventouses… Après m'avoir piqué, pincé, chauffé, il me tire, me pousse, me tord tel un gamin s'entraînant à la lutte gréco-romaine avec un ours en peluche gagné à la loterie.

Massé, brassé à plat sur la serviette, je me soumets, docile. Il ne faudrait pas que mon cartésianisme occidental primaire m'empêche d'atteindre la Sagesse et d'appréhender la douleur pour ce qu'elle est. Alors, je me laisse faire (à ce moment, d'ailleurs, je n'ai pas le choix : cinquante-deux aiguilles m'immobilisent).

La plupart de ces techniques sont certes éprouvantes, mais je ne suis pas une mauviette et j'ai mon honneur machiste. Aussi je ne laisse rien voir de mon désarroi et encore moins de mon scepticisme, même si je m'interroge sur la finalité de ces manipulations multiples. C'est peut-être le style Hi Han ?

Sa pratique ressemble à une démonstration des techniques, du genre : « J'vais toutes les lui faire et, sur le tas, y en a bien une qui va marcher ! »

En tout cas, pour ce qui est de réguler ma température… ça fonctionne.

Au bout d'une heure, j'avais nettement moins chaud. Il faut préciser que j'étais arrivé chez lui aussi vite que j'avais pu, que dehors il faisait 27 °C saturés d'humidité et que la clim' associée aux pales du petit aérateur aidait aussi.

Souriant, le mec était sympa. Il m'a interrogé sur plein de sujets sans rapport avec ma visite… Il a parlé de sa vie, de la mienne, des arts martiaux, de la signification de mes tatouages… Et en guise de conclusion, il m'a dit que je risquais d'avoir mal encore deux jours, mais qu'après la douleur disparaîtrait. Ça ne m'a guère surpris, après tout ce qu'il venait de faire subir à ma carcasse…

Il a glissé dans un sachet quelques pilules qui sentent la vase et m'a donné un flacon (dont la valeur indiquée sur l'étiquette est de 2,49 $) rempli de granulés ressemblant à du poivre ou à des crottes de souris – difficile à dire. Il m'a assuré que ça renforcerait mes énergies sub-abdominales, puis il m'a demandé 250 $, mais, comme sa secrétaire lui a rappelé que je venais de la part d'une amie, c'était « seulement » 220. C'était beaucoup, mais ça restait correct, vu qu'à part les vingt minutes que j'avais passées seul immobilisé par les aiguilles d'acupuncture, il n'avait pas ménagé ses efforts pendant trois quarts d'heure pour m'aider à retrouver mon équilibre intérieur.

Le lendemain, l'épiderme de mon dos était rouge par endroits et bleui à d'autres, ce qui a intrigué ma femme : étais-je devenu adepte d'une pratique secrète des plaisirs masochistes ? Mais surtout : j'étais bloqué comme jamais…

J'ai rampé jusqu'aux toilettes à quatre pattes, et, si j'ai réussi à me hisser devant mon écran pour écrire, c'est parce que j'ai avalé une dose de cheval d'anti-inflammatoire dans lequel il doit y avoir de la poudre hilarante…

En conclusion, je regrette de constater que mon corps occidental musculeux est réfractaire à la médecine coréenne d'un praticien dévoué. Les deux jours se sont écoulés sans que je sente objectivement une nette amélioration, et ma revanche au tennis de ce week-end est clairement compromise. Néanmoins, je vais conserver l'adresse de ce docteur Hi Han, car je respire mieux !

De même qu'un oto-rhino n'a rien à voir avec un rhinocéros, que les rhumatologues ne boivent pas tous du rhum, qu'un pneumologue n'est pas un spécialiste du pneu, les étiopathes ne sont pas les descendants des rastas d'Éthiopie. Les étiopathes sont des « manipulateurs », dans le bon sens du terme. Ils incarnent la version moderne des rebouteux. Du grec *aïtia*, « cause », et *pathos*, « souffrance », médecine mécaniste, l'étiopathie s'attache à « rechercher l'origine de la maladie pour l'éliminer par une méthode qui s'attaque aux causes ». Dans les faits, ils savent manipuler la colonne vertébrale et, comme beaucoup d'infos passent par là, ils pensent pouvoir guérir un grand nombre de troubles.

J'ai regardé sur le site français de ceux qui m'avaient remis le dos en place lors d'un dérèglement identique à celui qui me tord comme un cep de vigne. Il n'y a pas d'étiopathe à New York, le plus proche d'entre eux exerce en Floride.

Me voyant mal en point, toujours prostré malgré la guerre de Corée qu'avait menée le docteur Hi Han, les amies compatissantes de ma femme m'ont suggéré d'autres options : un masseur, un kiné, un ostéopathe, un physiothérapeute, un soigneur qu'elles avaient déjà plus ou moins expérimentés. Apparemment, chacune d'elles avait son astuce pour se faire remettre sur pied, chacune sa préférence, son numéro à appeler en cas de besoin, quand les occupations professionnelles de leurs maris absents les empêchent d'agir *mano a mano*…

N'y tenant plus, j'ai choisi l'un d'eux, au hasard, un chiropracteur « plein d'humour », dont l'adresse était proche de chez moi.

« Tu verras, il est efficace », m'avait dit la conseillère qui avait profité de ses paumes… et de ses *jokes*.

Je suis d'abord passé par l'épreuve, le filtre de la secrétaire à qui j'ai expliqué de quoi il s'agissait : « L3, L4. »

Attendrie, elle me convia en fin de matinée.

Immeuble moderne, Madison Avenue. J'ai de la chance si on reste plafonné à 200 $…

Remplir toutes les cases de la fiche signalétique confidentielle. Je n'ai rien à cacher, mais j'aimerais qu'on m'explique en quoi le prénom de mes filles est utile pour soigner un mal de dos ! *Anyway*. J'avais trop de mal à rester assis, j'ai attendu mon tour debout, aussi raide que le candidat McCain. Un jeune yuppie est apparu au sortir de ce qui semblait être la salle de sport, swing et leste en costard ; il semblait satisfait puisqu'il en redemandait :

« Quand est-ce que je peux revenir ? »

Une fille dans le couloir m'a salué en passant :

« On s'est déjà vus quelque part… Je suis certaine de vous connaître.

– Ah ? » rétorquai-je, surpris comme une éponge flattée de se voir identifiée loin de sa barrière de corail…

Un quart d'heure plus tard, le doc m'a invité à le suivre dans son *office* :

« Alors, comment ça va ? »

J'ai répondu qu'entre nous, si j'allais bien, je ne serais pas là.

« Alors, qu'est-ce qui ne va pas ? »

J'ai expliqué que ce devaient être les L3, L4 qui ne pouvaient pas s'entendre.

En ironisant gentiment sur mon expertise, il m'a laissé entendre que, si c'était ça, on allait gagner du temps sur le diagnostic.

« Ben oui, c'est ça, j'vous l'dis. »

J'ai enlevé ma chemise, gêné : je ruisselais, mélange de douleur et de chaleur estivale tropicale. Il a commencé à m'observer, sans broncher, puis il m'a fait allonger sur la table. J'ai obtempéré sans élégance. Constatant mon évident manque de souplesse, il a confirmé que, sans l'ombre d'un doute, le problème concernait les L3, L4… Et il m'a immédiatement collé dans le dos des électrodes froides.

Tout en tournant d'une main le bouton de la machine, il m'a demandé de lui faire signe quand ce serait trop violent. Je l'ai vite interrompu, craignant cette thérapie électrique nouvelle pour moi. Au pays de la chaise, je restais prudent. Et puis le doc est ressorti de la pièce.

Une fois seul, je me suis reproché d'avoir peut-être été timoré en faisant signe trop vite. En fait, je sentais à peine un petit titillement. Quasi rien. Alors j'ai tendu le bras vers la machine et j'ai poussé au pif les réglages jusqu'à ressentir de vrais picotements.

Voilà, maintenant j'allais avoir ma dose…

Il y avait une musique d'ambiance indéfinie d'harmonies violonées, cotonneuse, légèrement teintée d'Asie. Et je me relaxais à l'écoute de mon corps. Au bout de cinq à dix minutes, j'ai justement commencé à entendre mon corps me dire d'arrêter la plaisanterie, car lui comprenait ce que je n'avais pas saisi, à savoir que le programme de décharges électriques allait croissant. Cinq minutes encore et c'était « aïe, aïe » – c'est devenu carrément hardos.

Je m'apprêtais à tendre à nouveau le bras pour rabaisser le niveau et régler le potard où il aurait dû être quand le doc est entré, sûr de lui :

« Ça va ?

– Oui, euh, oui… mais euh… » ai-je répondu en pinçant les lèvres.

Il n'a rien entendu et m'a rajouté dix minutes au programme avant de ressortir en lâchant, avec un sourire énigmatique :

« J'espère que vous avez le temps, parce que vous n'êtes pas encore sorti… »

J'ai pris mon téléphone et j'ai appelé mon *lunch* pour l'informer que je serais en retard…

Ça cinglait dur à l'électrique dans ce qu'on appelle la masse sacro-lombaire. J'étais bloqué, je pouvais à peine bouger au risque de choir de la table de massage, et *dam !*, le doc avait en plus reculé la machine, j'étais coinç'man, impossible de rien faire.

Les dix minutes m'ont semblé longues, très longues. Pour tempérer la douleur des chocs électriques qui agressaient mon système lymphatique, je tentais de trouver du réconfort dans la musique intégrée au mur, mais les harmonies de ce genre de soupe pseudo-classique m'évoquaient plutôt maintenant une ambiance de film d'horreur.

Finalement, le doc est revenu me libérer.

Dès qu'il a coupé la machine, je me suis senti soulagé. Il m'a sorti à nouveau quelques vannes. Visage marqué et mimiques détachées : j'ai vu au fond de ses yeux le reflet ondulant des litres d'alcool que son corps avait dû écluser – comme les camions de soda qu'avalent les surdoués s'ennuyant dans un monde qu'ils ne trouvent pas à leur échelle.

La jeune femme du couloir est alors entrée pour le remplacer. Elle m'a saisi d'abord par le bras, puis elle a commencé à me pétrir, après qu'il lui eut suggéré d'« ouvrir » tel muscle.

Sans pitié pour les hématomes, séquelles de mon voyage au pays de la médecine coréenne, elle s'est mise à me malaxer fermement, telle une pâte à gâteau qu'on brise pour en faire éclater les grumeaux. Pendant qu'elle s'efforçait de lire le mal entre mes fibres musculaires, je lui ai demandé si elle se souvenait de l'endroit où l'on aurait pu se rencontrer. Elle m'expliqua qu'elle était danseuse et qu'elle avait eu besoin d'un *day-job* après son divorce. Avant d'exercer ce métier de masseuse en force, elle avait été *brokeuse* dans la première agence immobilière que j'avais visitée à mon arrivée en ville, c'est là qu'elle m'avait vu.

Switch. Remplacement. Le doc est revenu.

À son tour, il a saisi mon dos avec la poigne d'un potier ; à son tour, il a fait les mêmes gestes que la fille, avec une assurance de pro, et cette puissance qui différencie le bûcheron de la bûcheronne, le catcheur de la catcheuse.

Puis il a fait revenir la fille, et, saisissant ma jambe, ils m'ont empoigné tous les deux, incitant mon corps à faire une gymnastique inhabituelle.

Enfin, la fille m'a salué, il m'a demandé de me redresser. Ça allait mieux.

À nouveau il m'a analysé en blaguant (sa seconde nature) et, après m'avoir fait recoucher sur le côté, il m'a fait vriller à gauche, m'a fait vriller à droite.

Voilà, c'était fini.

« Alors ? Comment ça va ? »

J'avais envie que ça aille mieux, j'ai répondu comme un élève au tableau qui n'a pas vraiment le choix :

« J'ai l'impression que ça va… mieux.

– Moi, j'aime bien quand c'est simple, alors on ne va rien changer. On continue de vivre pareil ; pas trop de fauteuil confortable, parce que c'est souvent là que votre dos se met mal en place, pas de tennis pendant une semaine, et puis vous revenez me voir dans huit jours, quand le cyclone sera passé. La pression du baromètre monte et descend, c'est normal que vous ayez mal… Il se peut que vous ressentiez quelque chose encore pendant dix jours…

– Dix jours ? »

J'ai fait un chèque pour les 250 $ que m'a demandés la secrétaire, mais, avant de reprendre un nouveau rendez-vous dix jours plus tard, j'ai prétexté qu'il fallait que je consulte mon emploi du temps…

Ah, si seulement y avait un étiopathe ici !

Épilogue

Au bout de quelques jours, en effet, la douleur a disparu.

Comme quoi le mélange blague, alcool, expérience et électricité convergeait vers ce qu'il me fallait pour remettre mon dos en place…

À moins que ce ne soit la conséquence du fait que je respire mieux grâce aux crottes de lapin du docteur Hi Han ?

14

DES NUITS D'ÉTÉ

2011

Encore et toujours, j'adore le New York des nuits d'été.

Les nuits chaudes qui puent la bouffe à tous les coins de rue. Toutes sortes d'odeurs d'épices, d'huile et de viande grillées, des odeurs de moteurs, essence ou diesel, d'échappements mal réglés, des odeurs de parfums, et les filles, les jeunes filles en minijupes qui hurlent des conneries. Oui, j'aime encore et toujours ce Manhattan qui ne changera jamais. Même si les couleurs sont différentes et les tissus plus souples, même si sur les affiches les photos digitales sont précises comme jamais, j'aime encore cette ville de mélanges où chacun, survolté, joue avec les paradoxes et les extrêmes illicites jusqu'à s'en faire péter les artères, parce que rien n'a de sens si ce n'est pas extrême à la limite d'une limite. Alors, les gens se jettent sous les roues de l'existence, ou du plus haut des buildings qu'ils ont construits pour ça, juste pour voir comment ça fait de se jeter dans le vide. J'aime ce New York-là, celui des motos qui rugissent de joie au sortir du garage où elles ont passé l'hiver, celui des amoureux et des pauvres fous qui n'ont plus un sou sur leur compte en banque mais qui jouent comme s'ils étaient plus riches que Crésus dans son air climatisé aseptisé, antiseptique et déshumanisé, le New York des crétins et des saltimbanques, celui des traders végans et des hipsters cocaïnés qui se balancent depuis un pont, celui des livreurs chinois comme des papillons de nuit en danger sur leur bicyclette sans lumière à contresens, celui des musiciens qui rentrent tard après un set dans un club qui leur a promis que leur prochain chèque serait approvisionné, celui des restaurants qui s'y retrouvent à peine même s'ils vendent la nourriture quatre fois le prix qu'elle leur coûte sachant qu'ils en jetteront la moitié aux ordures, après minuit et demain, il faudra tout refaire, celui des étudiants remplis d'ambition pour eux-mêmes ou pour la planète et qui sont prêts à tout, oui, prêts à tout…

J'aime encore et toujours ce New York des nuits de printemps qui sentent déjà l'été.

14 bis

J'AIME L'ART À NEW YORK

(Dans le même registre que « nuit d'été »,
je viens de retrouver un autre texte reproduit ci-dessous.
Cette autre « déclaration d'amour » fut écrite en 1996,
quand je séjournais à SoHo, dans l'atelier du cartooniste
Robert Grossmann, qui était par ailleurs
le père de mon ami Mike Rimbaud.)
1996

Je n'ai jamais ressenti une émotion aussi forte ailleurs. Manhattan est une dope.

Depuis la première minute, quand j'ai atterri à JFK en 1981. Coup de foudre sur la *skyline.* J'aime l'Art à New York, cet Art comme un pollen, qui inspire le printemps quand on le respire, l'Art qui se répand comme la mousse sur la pierre, comme le chiendent sur les tas d'ordures. J'aime l'Art qui transforme le monde immonde en quelque chose d'humain.

U Man.
You Man.
HUMANattanisé.
Manhattanisé.
ManhARTtan.

C'est l'Art dans son merveilleux paradoxe, l'Art. L'Art dans sa joie autant que dans sa misère, l'Art dans son abstraction intellectuelle au cœur d'une ville matérialiste et pragmatique, l'Art dans sa survalorisation, l'Art dans sa quête d'impossible, l'Art dans la profondeur de ses gouffres, l'Art dans ses dimensions hors d'échelle, l'Art dans toute sa belle inutilité, l'Art dans ses pseudo-mensonges et sa vérité hasardeuse, l'Art dans ses vraies questions et ses fausses réponses. C'est l'Art qui humanise Manhattan et qui fait de cette île un havre d'une grande beauté. Une beauté contemporaine autant que sale. « Sale *for sale.* »

Quand tout a un prix.

Quand tout est à vendre.

Ville de poussière.

Quand nous ne sommes que poussière et retournerons à la poussière. Poussières carboniques. Les murs, les grilles, les planches, les trottoirs, les bords de fenêtre, les toits, les cartons, les pierres, les grillages, les arbres et les plantes, les corps, les pigeons, tout est recouvert de poussière. Les objets dans les vitrines semblent avoir été oubliés depuis mille ans, alors qu'on les y a posés la veille. Bombés de tags ou maculés de taches, les trottoirs patinés par les milliards de pas des millions et millions de piétons qui rentrent dans leur termitière pour faire de l'argent.

Et puis ce goût pour la manipulation des esprits, cette fascination pour la communication excessive, exagérée, outrancière. Les objets qui changent de mains et prennent une valeur démente en quelques semaines. Les gadgets programmés pour l'obsolescence.

L'Art apparaît à New York comme une respiration, un point au milieu du vide, comme un instant de vide au milieu du plein.

New York n'est pas une ville tendre, c'est une ville de béton et de brique, de glace et d'acier, une ville dure, une ville d'efficacité et d'utilité pour survivre, une ville qui ne tient pas compte des petites misères et qui reste inflexible, une ville qui a la froideur des tueurs à gages, ceux qui dégagent tout de suite après avoir appuyé sur la détente et qui vont boire un verre avec leurs potes dix minutes plus tard comme si de rien n'était. Et pourtant, New York trouve un équilibre grâce à sa beauté moderne.

Et c'est aussi toute la crasse qui fait sa beauté. On y est scarabée, bousier faisant rouler devant soi une boule de quelque chose. Ou Patrick McGoohan dans *Le Prisonnier*. Prisonniers de nos espoirs.

Parce que la beauté, c'est aussi le rapport qui existe entre les « dysfonctions ».

L'Art, c'est le choc des contraires.

Le « mauvais goût » d'aujourd'hui sera le bon de demain.

Quand la demi-teinte ressemble à de la fausse pudeur.

Assumer sa responsabilité jusqu'à l'outrance. L'excès ou rien.

À New York, les paradoxes surgissent à tous les coins de rue/avenue. Esthétique extravertie, souligner le trait jusqu'à la caricature. Jouer avec son apparence.

Nombreux sont les artistes qui vivent dans une grande pauvreté, mais qui continuent de chercher – chercher une issue pour s'enfuir du labyrinthe de leurs obsessions, inventer une prière nouvelle ou pousser des cris d'orfraie sur les balcons de leur solitude à l'échelle du monde.

New York, ville sous pression où l'on peut se faire emboutir comme la tôle sous les tonnes de pression : oppression, impression, compression, expression… dépression.

New York, ville de business et de rapports de force – ceux des courants opposés, des forces qui se renouvellent sans cesse.

Pourtant, quelles que soient les violences qui l'animent, New York exhale un parfum de Liberté, et ce grâce aux cercles de paix et d'intelligence des poètes qui tentent de faire avancer une locomotive en la poussant avec leurs ongles, leurs cheveux ou leurs utopies.

Car il est important de croire que *tout* est possible.

J'aime l'Art à New York.

15

RÉGAL, RE-GALLERY

Extraits de mon journal de bord
dans l'atelier-galerie situé 362 West 36th Street.
2010-2015

Juillet 2010

Après cinq années à reconstruire ma vie dans un atelier situé au dix-neuvième étage d'un *commercial building* sur la 37th, j'ai déménagé mon *Artspace* pour ouvrir The RE-Gallery, un nouvel espace à la fois atelier et galerie, avec pignon sur la 36th Street.

Août

Changer le parquet, refaire le sol, la peinture et l'électricité, les travaux de rénovation que j'ai entrepris pour transformer cet endroit en galerie sont désormais achevés. Je suis impatient de voir ce qui va se passer.

L'été, à NYC, il fait chaud. Les gens de passage se plaignent, mais ceux qui y vivent savent que chaque année, c'est comme ça. C'est le four de l'été à NYC. C'est normal. Enfin… presque. Car les statistiques admettent aussi qu'on bat des records.

Septembre

Je suis devenu par le fait un « petit » commerçant, de ceux qui attendent qu'un chaland pénètre leur espace. Les gens ont du mal à pousser la porte, alors la mienne reste ouverte. Ce qui est une cause de stress quand j'ai le dos tourné, que je me retourne et que je constate que quelqu'un est entré en silence. Aussi ai-je installé un détecteur de présence, et de façon pavlovienne mon cœur se met à battre chaque fois que quelqu'un brise le faisceau. Derrière mon bureau, trois marches au-dessus de la pièce qui donne sur la rue, j'attends donc. Comme un pêcheur sur la berge, les pieds dans le vide, surplombe le miroir d'eau en regardant les poissons qui passent nonchalamment, tout en rêvant que l'un ou l'autre des sous-marins à écailles détourne son regard vers ce que je propose en suspension dans mes vitrines. J'essaie des choses différentes, en choisissant des œuvres susceptibles d'intriguer ceux qui font du « l'esche-vitrine ».

Photos, peintures, sculptures, je ne sais à l'avance ce qui va marcher. À l'évidence, certaines toiles font entrer plus de curieux que d'autres.

Novembre

Cinq mois maintenant que je regarde la rue depuis mon atelier-bureau installé sur des tréteaux. Je peux voir à hauteur du trottoir cette vie américaine, la vraie vie new-yorkaise comme je l'imaginais. Les gens, tous les gens, les voitures, toutes les voitures, défilent devant mes vitrines. Des frissons de bonheur me parcourent l'échine. Dire que j'y suis, enfin ! C'est pour ça, exactement pour vivre ça que je suis venu m'installer ici. Vivre cette expérience dans la réalité, dans l'intérieur du monstre. Dedans New York. En 1981, j'avais rencontré Keith

Haring dans la petite galerie qu'il avait sur Lafayette Street. Il vendait des cendriers et des petites choses qu'il avait maculées. Je m'étais dit ça doit être ça, ça peut être ça aussi, être un artiste, responsable. Pourtant, à l'époque, ça me semblait si loin. Inimaginable ! Et pourtant, j'y suis. 1981-2010, il m'aura fallu presque trente ans pour que mon rêve devienne réalité.

Le bruit. Cette musique de la rue qui se confond avec celle que j'écoute. J'ai installé une mini-sono, maintenant je suis entouré de l'harmonie de mes amis. Quand je mets de la musique française, les Américains qui entrent me demandent, intrigués, ce que c'est, d'autant qu'ils sont souvent déroutés par mon accent. À vrai dire, mon anglais n'a jamais sonné « français », mais il n'est pas new-yorkais non plus. Je parle une langue assez fluide, jusqu'à ce qu'une formule me manque, et alors je me retrouve à chercher parfois un mot simple, ou je fais une grossière faute de grammaire, immédiatement repérable. Alors, je les vois froncer le sourcil, s'interrogeant sur ma provenance. En guise de conclusion, certains ont suggéré que ma langue puisse être celle d'un Hollandais ayant habité longtemps dans un État du Sud, en Alabama par exemple... (C'est là que ma mère avait enseigné.)

Tant qu'il ne fait pas trop froid, la porte de la galerie reste ouverte.

Lever de rideau vers onze heures du matin et baisser vers neuf/dix heures du soir.

Une pause d'une heure pour aller manger *un pad kee mao (drunken noodles)*, une *tom yum soup* ou un *pad thaï* chez Zoob Zib Thai, sur la 9th Avenue.

Méditer sur la destinée du monde, sur les questions qu'on m'a posées, ou peindre, j'en viens de plus en plus à agir vite, par séquences rapides, je commets des actions courtes.

Vers dix-neuf/vingt heures, je me décide à fermer la porte. C'est l'heure du *shift*, une autre faune envahit alors le quartier : ceux qui viennent prendre leur dose de méthadone à l'hospice qui les accueille plus bas dans la rue. J'ai entendu dire que ça va changer, qu'ils vont construire des hôtels, et que le quartier sera bientôt en plein bouleversement. Bientôt, on verra des touristes même le soir, ce qui n'est pas le cas actuellement : pour l'heure, c'est encore parfois assez chaud.

L'autre soir, le type qui est entré m'a vraiment fait peur. Un grand mec, les mâchoires serrées, il voulait de l'argent, clairement il était mal, en plan. Il était grand, il m'a semblé immense : six pieds et demi (un mètre quatre-vingt-quinze), costaud, hypertendu. Direct, il a monté les marches jusqu'à mon bureau. Jamais personne ne fait ça. Il n'avait peur de rien. Il grommelait des onomatopées, des bribes de phrase incompréhensibles, avec un fort accent serbe ou croate (Europe centrale). Il était chez lui. Je ne savais pas comment le faire reculer. L'air complètement *out*. Avec mes outils à portée de main, j'ai craint qu'il ne se saisisse d'un marteau, un tournevis, ou quoi que ce soit d'autre. Je lui ai parlé doucement, mais fermement, comme on parle à un enfant, un enfant géant de six pieds et demi. Je suis arrivé à le contourner. Il y avait des moments de silence. On se regardait en chiens de faïence. Je pense qu'il ne me voyait pas. Et s'il s'en prend à mon ordinateur ? En le contournant, je suis finalement arrivé à l'attirer de nouveau dans la pièce de l'entrée. Façon créature du docteur Frankenstein, il a redescendu les marches, guidé par ma voix de Kaa le serpent. Je lui disais : « Regarde, tu vois, ce sont mes œuvres, mes peintures, je suis artiste, je viens d'arriver ici, tu sais ce que c'est d'arriver sans argent… Je ne vends rien, je n'ai pas d'argent ; la beauté, ça n'a pas de prix… » Pas vraiment certain qu'il comprenait un traître mot du traître que j'incarnais. On aurait dit un *linebaker* qui s'est pris tellement de coups sur la tête qu'il est resté accroché, perché là-haut sous son casque, même quand on lui a dit de l'enlever. Il y avait une grande tension, dix mille volts dans l'air. Les yeux hagards, perdu dans ses rêves… Est-ce que ce golem voulait même arriver quelque part ? Ne plus arriver nulle part… Il pouvait bien aller où il voulait, moi, je voulais surtout qu'il sorte.

Il était vingt heures, c'était la nuit dehors. Plus grand monde ne passait. Les mains serrées, à tout moment il pouvait basculer dans le drame. Une voiture de police a surgi, les gyrophares l'ont distrait. Il s'est figé, il a tourné les épaules et il est reparti en maugréant.

Cette séquence n'a peut-être duré que douze minutes, au maximum un quart d'heure, mais ça m'a paru long… Sachant qu'un fait divers, comme un accident, ce sont quelques secondes à peine.

Mars 2011

Hier, une fille est entrée, elle ne regardait pas mes tableaux, elle regardait les murs. Elle m'a dit qu'elle venait faire ses devoirs là quand ses parents y tenaient une boutique de peinture en bâtiment.

« De peinture ?

– Oui, mon père dessinait des enseignes. Exactement ici, à ce même emplacement, dans les années 1980. »

Malgré la présence du commissariat tout proche, ses parents se sont fait braquer plusieurs fois.

« Je ne vais pas dire que c'était tous les mois, mais presque. Le quartier était vraiment mal famé. Vous êtes courageux, m'a dit la fille, vous n'avez pas peur ?

– Je suis peut-être inconscient. Mais en général, non, je n'ai pas peur. Je m'efforce de rester éveillé. Je ne dessine que d'un œil, si je puis dire. L'autre jour, un gamin est entré et il a piqué la calculette derrière le bureau. Je voyais bien qu'il voulait quelque chose… Le temps que je descende, il est parti vite et il avait embarqué la calculette…

– Mon père faisait beaucoup de vitrines à Noël, mais un jour en 1987, quand il est rentré, ma mère avait pris un coup de couteau. Elle a tiré sur le type, mais elle s'est fait blesser à une main. Mes parents n'étaient pas des gens méchants, mais après ça ils craignaient que le type revienne, ils n'ont même pas porté plainte, mais ils ont décidé de partir…

– Il faut admettre que tout a beaucoup changé depuis les années 1980… »

Mai

Pour faire de la place sur mes étagères, devant la porte, j'ai disposé des livres et des CD dans une boîte sur laquelle j'ai écrit *For Free – Help Yourself* (« Gratuit, servez-vous »).

Une vieille femme plutôt bien habillée, hippie, indienne, est entrée ce jour-là sans un mot. Elle s'est plantée devant un tableau. Immobile, pendant bien cinq minutes. Un peu inquiétante. J'ai désormais une batte de baseball posée dans un coin. Je me suis levé (je ne l'ai pas prise – d'ailleurs, je ne voyais pas comment m'en servir…). Je suis allé vers la femme, elle n'a pas bougé, pas d'un iota. Je lui ai dit bonjour, elle a juste tourné les yeux sans tourner la tête. Pas la peine d'insister. Je suis remonté m'asseoir à mon bureau. Elle a finalement bougé, s'est plantée devant un autre tableau qu'elle a longuement regardé.

Et puis elle m'a vu, enfin. Elle m'a fait un petit sourire, et elle est ressortie. Alors elle a avisé le carton dehors. Elle a regardé un par un tous les disques, tous les livres et revues que j'avais offerts dans la boîte en carton, et hop, en un éclair, elle a tout ramassé. Tout le contenu, qu'elle a mis dans son sac en tissu, à toute vitesse, toujours sans un mot. Pffft, comme ça, disparue.

Tant mieux pour elle, mais j'espérais que ça profiterait à plus de monde… Mais bon, donner, c'est donner.

Février 2012

Il y a nettement moins de monde dans le quartier en hiver. Encore moins quand il a neigé. Au rez-de-chaussée, je suis parfois vraiment les pieds dans la *slotch* (neige fondue). Ça me cause des angoisses pour le loyer. En revanche, ça me laisse plus de temps pour travailler, car je suis moins souvent interrompu.

J'ai fait une série de portraits photographiques des gens qui venaient à la galerie. Elle s'intitule « *Portraits of the Americans* ». Je leur ai suggéré de choisir un dessin parmi une dizaine presque identiques. Ensuite, je les ai photographiés tenant devant eux, entre leurs mains, le dessin de leur choix sur fond blanc. J'en ai fait une centaine. Rien que ça pourrait faire l'objet d'un beau livre.

N'ayant aucune confiance dans ma mémoire de poisson rouge, je crains d'oublier les détails de cette incroyable expérience de la RE-Gallery. Désormais, je prends des notes.

Je suis à l'étroit pour travailler les grandes pièces dans mon gourbi. Alors, bien sûr que je rêverais d'agrandir mon espace, d'écarter les murs et/ou de changer d'endroit. Et puis d'employer quelqu'un pour m'aider. (J'ai tenté plusieurs fois, mais ça n'est pas viable…) Prendre de l'épaisseur, vendre mieux, je n'ai jamais appris à le faire, la vente nécessite un vrai talent, je ne suis pas certain d'être le mieux placé pour valoriser mon propre travail. Oui, je voudrais avoir de la marge, pouvoir respirer, mais c'est impossible. Comme les médecins de garde, je suis d'astreinte. Le loyer tombe tous les mois, c'est une épée de Damoclès. Je sens bien que le fait d'être tout le temps absent cause certaines tensions à la maison. J'essaie de me persuader que ce n'est qu'une question de temps, mais pour l'heure je suis déjà tellement soulagé quand j'équilibre. Au mois le mois, pour l'instant, c'est tout ce que je demande. Un investisseur est venu me proposer de mettre des billes dans mon affaire, mais si alléchante que soit sa proposition, elle me fait craindre pour ma Liberté. J'ai l'impression d'avoir plus à y perdre qu'à y gagner. C'est difficile, mais je m'en sors. Sa proposition se chiffre en centaines de milliers, je redoute de me retrouver à fond de cale, à devoir bosser pour lui, à rembourser sa mise de fonds en échange de quoi ? D'autant que j'ai le pressentiment que cette aventure de la RE-Gallery ne durera qu'un temps. Alors, je m'en régale à fond. C'est un voyage intérieur passionnant. La vraie richesse, ce dont je me remplis, c'est ce que me racontent les gens, tous ces visiteurs qui passent ma porte et me chargent de leurs histoires.

Alors : ne pas oublier.

Je pourrais faire un livre de tous les dessins que j'ai faits de ces visiteurs. Un dessin, une histoire. Ça s'intitulerait : *Traits portraits.*

Mike

Cheveux longs et longue barbe blanche, Mike aura soixante-dix-neuf ans l'année prochaine. Tout de suite j'ai entendu qu'il avait envie de parler. Non pas pour parler d'Art, mais parler de lui, de ses échecs et de ses espoirs. Mike n'a pas le sentiment de s'être réalisé. Il n'a pas encore réalisé la moitié de ses rêves et pourtant, à l'entendre, sa vie n'a pas été vide. À dix-neuf ans,

Mike a embarqué pour un tour du monde avec des ingénieurs géomètres, des géographes et des militaires qui effectuaient des relevés et prenaient des mesures afin de redessiner plus précisément les cartes du monde.

« Eh, c'était avant les satellites, *man.* »

Ensuite, il est entré à l'école de la marine marchande. Puis il a été présentateur dans une émission spirituelle, une sorte de gourou, un homme de conseil.

Le ventre plein, il se nourrissait mal, pendant des années il s'est moqué des obèses, puis le voilà qui tombe malade. Dix pontages, etc. Il parle sans s'arrêter.

Désormais, il conseille les « ogres anonymes ». Il m'explique qu'il doit faire une conférence, un exposé, une planche sur le « Quatrième niveau » :

« Le Quatrième niveau ? Je ne sais pas ce que c'est. »

Il continue de parler sans répondre à ma question. Je commence à me demander s'il n'est pas un peu dingue.

Il s'est arrêté à ma galerie, parce qu'il trouve qu'il y a beaucoup d'humanité dans mon travail… Mike ne se souvient plus exactement de quoi il doit parler tout à l'heure, mais ça va lui revenir.

Il a toujours voulu s'exprimer, mais il n'a jamais su le faire avec éloquence.

Il voit mes disques, il dit que j'ai de la chance. Quand il était jeune, « comme tout le monde », il rêvait de devenir célèbre, maintenant il se dit qu'il n'en a « plus rien à carrer ».

Il me montre des photos de lui, qu'il sort d'un petit sac à dos népalais.

Il dit qu'il a soixante-dix-neuf ans, mais à moins de voir ses dents jaunes et usées, on pourrait ne pas le croire.

Mike habite dans le New Jersey, il voit Manhattan, depuis ses fenêtres :

« Tu vois, *man*, c'est comme si j'habitais vraiment dans un autre pays. »

Mike aime sa femme, qui a son âge, mais il a le sentiment qu'elle ne l'aime plus. Quarante-quatre ans qu'ils sont ensemble. Sa femme ne fait plus d'efforts pour perdre du poids et se rendre attrayante, mais il ne veut pas la remplacer. Elle, en revanche, souhaiterait qu'il change. Persuadée qu'il est toujours le même, comme si elle ne voyait pas qu'il a maigri.

Et moi, je l'écoute me raconter tout ça…

Peut-être qu'il est le même ? Ou pas ? Il lui faudrait encore dix ans pour exprimer tout ce qui est en lui.

Il me salue, en jurant qu'il reviendra, pour s'en aller parler du « Quatrième niveau ».

Walter

Gendarme en Guadeloupe. Il a fait trois ans, il ne lui en reste plus qu'un. Il connaît le chanteur, il ne connaissait pas le peintre… Il est tombé là par hasard. En fait, il cherche une pizzeria sur la 9th Avenue. Ses enfants ont faim. Il dit qu'il adore mon travail, qu'il reviendra seul quand les enfants auront mangé. Soit ses enfants n'ont pas trouvé de quoi se nourrir, soit il a perdu son chemin, le fait est que je l'attends toujours.

Mammy

Comédienne sur Broadway. Ancienne danseuse. Elle a bien connu Andy Warhol. Elle est souvent passée devant mes vitrines sans s'arrêter. Elle ne sait pas pourquoi elle le fait aujourd'hui.

Si j'ai besoin d'aide, elle dit qu'elle sera toujours là.

Elle se prend pour un ange.

Uffis

Travaille au conseil syndical. Il a construit plusieurs buildings dans le quartier, il aime l'Art, les fresques de Diego Rivera, le mari de Frida Kahlo. « Hé, ce n'est pas parce qu'on porte un casque qu'on n'est pas cultivé », ajoute-il. On sent qu'il est féru d'histoire de l'Art. Il a l'habitude d'aller dans les musées. Il perçoit des choses dans mes tableaux que je ne vois pas moi-même.

Ce n'est pas souvent qu'on me montre des lignes de force et qu'on m'explique des choses sur mon propre travail.

Un peu lourdingue en apparence, et pourtant j'ai rarement vu quelqu'un d'aussi fin.

Stanley

Photographe. Tout de suite cordial, tout de suite ouvert, pas le temps de lui répondre qu'il me montre son travail. Très technique, il me donne le détail des ouvertures, des vitesses d'obturateur et la marque des objectifs qu'il a utilisés pour prendre ses photos d'écureuils. Celles qu'il voudrait exposer ici. Malheureusement, ce n'est pas parce qu'on maîtrise la technique qu'on a quelque chose à dire. Les photos qu'il me montre n'ont rien de particulier, si ce n'est qu'en effet il en a beaucoup. Stanley habite sur Long Island, il me laisse sa carte. Lui, il n'est pas venu pour acheter, mais pour vendre !

Sash

Fin de soirée, je m'apprête à fermer quand il entre, plutôt sûr de lui. Il regarde les œuvres au mur sans vraiment les regarder. Souvent, les gens de la musique n'ont qu'un intérêt limité pour les choses de l'Art visuel, et de fait, les yeux maquillés au khôl, Sash est un guitariste de hard rock. Regard de corbeau. Un homme sombre en apparence. Le genre *darkman* qui effraie les âmes prudes dans le noir. Un pré-gothique, en quelque sorte, car Sash est peut-être même plus âgé que moi. Par contre, il pèse au bas mot la moitié de mon propre poids.

Sash connaît le rock autant que le rock le connaît. Il est l'incarnation décharnée du rocker, celui qui a vécu la grande époque dans les années 1970 et 1990. La drogue, le succès, les grandes scènes aussi bien que les petits clubs à fond les gamelles. Il est taillé dans le moule, le prototype, la figure emblématique, l'exemple qu'on choisit pour le montrer du doigt quand on parle d'un « rocker » : un squelette émacié en tee-shirt par tous les temps, avec les deux bras et le cou tatoués et des grosses bagouses à tête de mort. Un pur et dur avec une voix douce. Il a joué avec une dizaine de groupes dont il égrène les noms, mais je n'en connais aucun.

Sash est resté un long moment avant de partir à une répétition dans un studio qu'il me conseille si j'ai besoin d'un endroit pour travailler, et il est ressorti en promettant de revenir.

« On devrait faire de la musique ensemble », a-t-il ajouté. J'ai répondu : « Pourquoi pas… »

Chad

Habite dans le Queens. Il est graphiste, surtout sur le web. Parents décédés dans un accident de voiture l'année dernière, il doit se débrouiller par lui-même. Il dessine parfois au stylo-bille, mais son truc, c'est vraiment les jeux vidéo. Chad voudrait faire de la compétition, il paraît que ce genre d'événement arrive à New York, et il attire des milliers de spectateurs qui regardent les adversaires assis en train de s'opposer sur des écrans. Fini les cordonniers, les photographes et leur laboratoire, les tailleurs et les employés de banque, fini les manutentionnaires et les *bullshit jobs*, l'avenir sera celui de métiers nouveaux : blogueurs de voyages, influenceuses pour les marques, instagrammeurs, Amazon *deliverymen* ou… gameurs, par exemple. Chad est certain qu'un jour il pourra vivre de ça, d'ailleurs son blog est déjà suivi par plus de huit mille abonnés !

Septembre

Les Américains attendent leur tour. Ils sont à la fois pressés et patients. Que ce soit à la poste, au spectacle, dans les bars ou lors d'événements, ils se mettent en ligne, en rang d'oignons, et poireautent en piétinant sans faire de commentaires. Sont-ils résignés, pleins d'abnégation ou simplement civiques ? Ils savent qu'ils n'ont pas le choix.

Citoyens et obéissants, les Américains font juste confiance à ceux qui les dirigent.

Avec les Américains, globalement, on parle moins qu'avec les Français, qui se régalent des polémiques. Le *business* est bien évidemment le premier et principal sujet de préoccupation, mais si avec des inconnus on veut discuter d'autre chose, on évite les controverses : la religion, la politique, le sexe ou la santé. Les thèmes privilégiés abordés au cours des repas sont ceux qui réunissent : la famille, les médias et le sport… Si tu veux t'intégrer, t'as intérêt à avoir des choses à dire là-dessus et à connaître les chiffres exacts, sinon, t'es vite *off*.

Je suis allé voir les Yankees battre les Tampa Bay Rays au Yankee Stadium. Et Derek Jeter a frappé contre David Price son 3 284e « coup sûr » pour devancer Willie Mays à la onzième place (à la fin 2012, son total sera de 216, à trente-sept ans, c'est sa deuxième meilleure performance après ses 219 de 1999).

Le stade était plein. Soixante-quatre mille spectateurs.

On était une bande de six, chaque place valait 325 $. Moi, j'étais invité par la boîte de l'un d'entre nous : son fils malade, trois heures avant le match, il m'a proposé sa place. Tous les sièges ne valent pas ce prix-là, mais, considérant qu'on mange au moins un hot-dog à 15 $ plus une bière à 8 $, et que chacun paye sa tournée, chaque jour apporte sa grosse masse de billets verts. Combien de millions de dollars ont été rapportés grâce au grand Derek n° 2 Jeter, grâce à l'excellent Robinson Cano ou au fantastique lanceur gaucher C.C. Sabathia ? Beaucoup. L'affluence dans le stade incite à s'interroger sur la réalité de la crise économique. Quelle crise ?

Quinze jours plus tard, on s'était donné rendez-vous au stade pour retourner voir les Yankees. J'avais acheté mon billet mais, cette fois, on est restés quarante minutes sous la pluie emballés dans une capote géante à espérer que la météo s'améliore et que le match démarre. Puis on s'est décidés à boire une bière et à manger un hot-dog frites au Sony Bar. Résultat, 40 $ par personne jusqu'à ce qu'une annonce dans les haut-parleurs nous informe que le match était annulé. « Revenez demain. »

Personne ne s'est plaint. Pas le droit de se plaindre. Quand on est plein, on ne se plaint pas. Le stade s'est vidé sans émoi. On a repris qui le bus, qui le métro. Certains y sont retournés le lendemain, moi, je ne pouvais pas. Que l'équipe gagne ou qu'elle perde, au fond, ça n'a pas d'importance, la seule chose qui compte, c'est d'être là.

Sauf que le lendemain, moi, je n'y étais pas.

Décembre

Je discute avec Ross en faisant la queue pour un plat de riz dans le petit restaurant pakistanais qui vient de s'installer juste en face de la RE-Gallery. Un endroit pour chauffeurs de taxi qui veulent retrouver les « saveurs de là-bas ». Pratique et *typical original, tasty roots*. Quand je suis pressé, il me suffit de traverser la rue…

Je suis à cran pour le loyer depuis qu'ils ont augmenté les taxes. La première année, le propriétaire m'en a dispensé, mais dès la seconde il m'a infligé de partager celles de l'immeuble. C'était écrit sur le bail, en tout petit : partage des taxes « en plus » du loyer. Ce qui alourdit encore le poids des charges mensuelles. Pas le choix, il faut y aller ! Dollar$, dollar$, dollar$, c'est la seule angoisse qui plane sur l'île de Manhattan. Dollar$, dollar$, dollar$. Pour vivre, survivre, se soigner, partir en voyage. Dollar$, dollar$, dollar$. La crainte d'en manquer revient en filigrane dans toutes les conversations. L'argent est vraiment le seul sujet qui passionne. Dollar$, dollar$, dollar$. Un nombre énorme de parieurs jouent chaque semaine à Mega Million, Power Ball, New York Lotto. Et parmi eux des joueurs insoupçonnables qui gagnent déjà beaucoup. Mais, comme si même « beaucoup » ne suffisait pas, ils jouent pour gagner plus. Dollar$, dollar$, dollar$. L'argent prend la tête telle une douleur lancinante. Dollar$, dollar$, dollar$, à l'épicentre du stress et des tentations. Comme le sexe est au centre des obsessions adolescentes, comme si tout le reste n'était que du détail. Tous les sujets convergent vers cette seule issue « fœtale » : dollar$, dollar$, dollar$. Et si par chance quelqu'un ramasse la mise (il a fait un succès ou vendu une start-up à prix d'or), il est comme un devoir de le montrer sans complexe. Ceux qui étalent leur fortune rassurent la grande majorité des pauvres, qui se forcent à croire qu'on peut encore y arriver. L'exhibition des richesses qu'on appelle la frime est juste une manière de faire savoir que « c'est possible ».

Deux costauds en costard sombre sortent de la grosse Pontiac noire qu'ils ont garée en double file sans se poser de question. Ross me regarde, on est d'accord : ils ressemblent à ce qu'ils sont ! Ils pénètrent dans le restau dans lequel on s'est installés. En les voyant, direct le patron prend leur commande. Ils ont peut-être commandé avant nous ? En tout cas, ils sont immédiatement servis.

Une petite bagnole de flics électrique à trois roues s'arrête. Derrière la leur. Un Mexicain en descend et sort illico son calepin pour mettre une amende à la Pontiac. Le moins gros des deux gros se lève. Calme et pourtant furieux. Il fonce vers la porte et se plante devant le petit flic en vociférant un monologue agressif du genre :

« Espèce de pauv' taré, t'en as pas marre d'êt' con ? T'as des yeux, c'est pour quoi, connard ? Tu sais pas lire c'qu'y a marqué sur cette putain de plaque, ducon ? Alors tu remballes ton enculé de carnet et tu fous le camp avant que je t'allume grave et que tu retournes voir ta famille en banlieue avec un blâme… »

Le petit flic mex baisse la tête. Ça s'arrête là. Très bizarre.

Le bulldog revient s'asseoir encore en colère, son grand gros collègue ne dit rien. Ni un sourire ni une expression, il continue de manger. Je n'aimerais pas être de leur famille.

Moins de dix minutes plus tard, une autre bagnole de flics s'arrête, un grand Black en descend. La Pontiac est toujours aussi mal garée en double file. Pareil, il sort le carnet, commence à écrire quelque chose. Le molosse a soulevé un sourcil, aux aguets. Il s'essuie la bouche et s'apprête à bondir à nouveau quand le Black, plus perspicace, remarque l'insigne des services de sécurité de la mairie sur la plaque minéralogique. Il remballe son matériel et repart… Les deux ours en titane continuent de manger.

Le monde est bien gardé, et ce n'est pas près de changer !

Tellement sûrs d'eux ou tellement capricieux, tellement remontés ou tellement énervés, tellement riches ou tellement pauvres, tellement imbus ou abusés, tellement tendus, tellement pressés, tellement fragiles ou dynamités, tellement seuls ou opprimés, les gens se mettent en colère pour un rien.

Cette histoire de voiture m'en rappelle une autre. Le livreur sort de son camion, il demande au chauffeur de la limo impassible s'il en a pour longtemps, auquel cas s'il pourrait reculer sa voiture d'un mètre afin qu'il puisse manœuvrer son camion et ainsi se garer le long du trottoir. Mais le Chinois refuse de reculer. Pourquoi refuse-t-il de reculer ? On ne sait pas. Peut-être qu'il aurait l'impression de se soumettre s'il faisait une marche arrière ? Peut-être parce qu'il est en costard noir, et qu'un gars en costard noir de chauffeur ne doit pas obéir à un livreur en tee-shirt ? Ces deux-là sont pourtant sur le même barreau de l'échelle sociale. Mais bon, voilà, le Chinois ne bouge pas. Le Black monte dans les tours, il est burné autant que borné, il hurle des « *Fuck you, motha foka !* ». L'autre, stoïque, ne bouge toujours pas, feignant d'être sourd. Le chauffeur-livreur reprend sa monture, fait tourner le moteur, enclenche la marche arrière de son camion, et bang, il enfonce la porte de la limo. La colère est un feu difficile à éteindre, et peu importe la cause de l'incendie.

Même si les avocats s'efforcent par des jeux de l'esprit labyrinthiques de trouver des justifications aux actes de leurs clients quand l'impensable a été commis, il reste une porte de limousine enfoncée et tout le temps perdu qui l'accompagne : conduire la caisse dans un garage, discuter avec les assurances. Qui va payer ? On n'est plus dans le « pourquoi », mais dans le concret du « comment ». Longue est la liste des écrous, boulons ou rivets servant à justifier le prix inscrit au bas de la facture d'une porte de limo à remplacer !

Ce qui compte, c'est ce qu'on fait.

Tous les mots que l'on dit, toutes les phrases que l'on compose, toutes les harangues, tous les discours, les esquives adolescentes, les jeux de langage, toute la rhétorique du monde, tous les baratins et charabias, toutes les mondanités, toutes les excuses *a posteriori* font partie du flot des mots… Une chanson qui coule, comme une rivière, une rivière de mots qui fait tourner la tête, actionne l'aube du moulin, ce moulin qui écrase le grain, le grain qui fait le pain, le pain qu'on partage.

Celui qu'on a fait avec la farine issue du moulin. CQFD.

Le moulin, c'est l'action, les mots, c'est la rivière. S'il n'y a pas de moulin, la rivière coulera pour rien. *De facto.* C'est la réalité de ce qu'on fait qui importe… Alors, les actifs se veulent avant tout efficaces, ils considèrent que l'action prime sur la théorie et que les « cas de conscience » ralentissent les décisions.

Comme l'a écrit Philippe de Commynes : « La fin justifie les moyens. » Pour le meilleur et pour le pire. Point.

Alors, comme tout le monde, je fais semblant d'ignorer mes problèmes. Ici, il est quasi malvenu de reconnaître ses faiblesses. Comme si les accepter signifiait y succomber. Ici, on refuse de plier sous le poids des contraintes. Ça ne résout rien, mais la conscience s'allège. J'appelle ça le « mensonge positif ».

Se plaindre, c'est donner à l'autre tous les arguments pour te plomber.

Crever une ampoule n'en guérit pas la cause.

Dire le mal n'en fait pas un bien.

Dire le mal n'a jamais transformé le mal !

Alors, ici, chacun veut croire que tout va bien.

Oui, jusque-là, tout va bien.

Le camion est reparti comme une bombe. Crissement de pneus, le Chinois dans sa limo noire a essayé de le poursuivre et, malgré la puissance de son moteur, il est resté bloqué dans le trafic.

Les poursuites de la réalité ne sont pas aussi fluides que celles du cinéma… Le truck a disparu.

Le chauffeur-cabosseur avait-il a gagné la partie ? A-t-il eu raison de laisser exploser sa colère face à ce *driver* obtus ? Pas sûr. Aujourd'hui, avec les téléphones portables et les caméras de surveillance… Alerté par les cris de leur engueulade, un fumeur a tout de suite sorti son téléphone, il a filmé la scène.

C'est l'histoire d'un mec qui vient de perdre son job pour une marche arrière !

3 mars 2013

J'ai eu la visite d'Anne Hidalgo, qui se présente bientôt à la candidature pour la mairie de Paris. Sans manières ni chichis. Je l'ai trouvée directe et sincère, et pleine d'empathie pour la misère. Quelqu'un de bien, qui ne manque pas de charme. Difficile de croire qu'elle fait de la politique. On aurait presque dit quelqu'un de « normal ». Et pourtant, elle n'est pas arrivée là sans raison… Bonne ou mauvaise, c'est la raison qui nous arraisonne au quai de nos espoirs…

Nous avons tous de bonnes raisons.

22 avril

Aujourd'hui, Ariane Daguin, l'entrepreneuse culinaire, fondatrice de la société D'Artagnan qui vend des produits haut de gamme, est passée avec Jean Reno, installé lui aussi à New York avec toute sa famille.

Étant sur place à plein temps, j'ai parfois croisé les célébrités françaises de passage, mais celles qui choisissent de s'y installer sont assez rares. Contrairement à ce qu'on imagine depuis la France, peu d'entre elles font le grand saut en quittant la France pour New York. Beaucoup en parlent, comme un fantasme à haute voix, mais de là à vivre à NYC, c'est une autre paire de manches. New York est l'un des meilleurs chapitres de l'autopromo. Il est bon de faire croire qu'on y habite même si l'on n'y reste que quelques jours, voire quelques semaines ou quelques mois.

Souvent, les candidats se résignent, une fois confrontés à la rigueur de l'administration de l'immigration. Pour s'installer ici, il faut que ce soit plus qu'une envie – un besoin. Ceux qui le font ont ça en eux.

Si je me souviens des chiffres qu'on m'a donnés, en gros, il y a quarante-cinq mille Français inscrits au consulat, environ quarante-cinq mille autres présents mais non déclarés et quarante-cinq mille qui vont et viennent. Grosso modo, c'est une ville française de cent cinquante mille habitants (plus quelques milliers de touristes) disséminés au sein des huit millions et demi d'âmes des *five boroughs*. D'où la difficulté d'organiser des événements, par exemple…

Toujours est-il qu'aujourd'hui, j'ai vu Jean.

Mai

Une ambulance reste bloquée dans le trafic. Sa sirène hurle, mais l'obstacle est loin en amont. Elle a beau me déchirer les tympans, la rue ne se dégage pas plus qu'un poumon congestionné.

J'interromps l'explication que j'étais en train de servir à des touristes indiens. De quelque pays qu'ils viennent – Suède, Chili, Japon, Australie ou… Texas –, toutes professions et tous âges confondus, les gens ne connaissent vraiment pas grand-chose aux choses de l'Art. Pour autant, ils ne demandent pas mieux que d'apprendre. Alors, tel un maître devant des élèves, tous les jours, j'explique, je raconte. Et de nouveau j'explique, je raconte. Expliquer, raconter. Dix fois par jour, je répète la même chose… ou presque.

C'est un exercice difficile et parfois épuisant. Le métier de galeriste/vendeur de tableaux est différent de celui d'artiste. Comme un joaillier certifie que la pierre transparente que vous voulez acheter est bel et bien un diamant, un galeriste est une garantie qui rassure les ignorants.

Un artiste qui veut vendre son travail ressemble à celui qui vous interpellerait dans la rue, tentant de vous persuader que ce qui ressemble à un bout de verre posé sur un lit de coton dans sa boîte d'allumettes qu'il sort de dessous son manteau est en fait un diamant véritable qui vaut cent fois le prix qu'il t'en demande. Quand on n'est pas un spécialiste des pierres précieuses, sans compte-fils sous la main, quand on sait que, pour faire une bonne affaire, il vaut mieux être renseigné alors qu'on n'y connaît rien soi-même, alors tu préféreras te fier à la réputation d'un bijoutier-joaillier qui a pignon sur rue. Certes, le prix n'a rien à voir, mais en échange tu auras une garantie. Idem pour une galerie. Plus elle peut présenter ses références et attester d'accointances avec les musées, plus elle a des chances d'être crédible. En valeur absolue, un dessin n'est que de la poudre colorée sur une feuille de papier.

On parle souvent des trois W, autrement dit : *Who, What, When* (en français les trois Q – Qui, Quoi, Quand). Ils déterminent la valeur d'une œuvre d'Art. Si une œuvre d'artisanat se suffit à elle-même et peut se résumer à « quoi », la valeur d'une œuvre d'Art est immanquablement associée à la signification de ladite œuvre, dont la valeur dépend autant de l'époque et du contexte qui l'a vue naître que de celui (ou celle) qui en est l'inventeur. L'histoire d'une œuvre unique (donc rare) ajoute encore de l'attrait qu'elle peut avoir.

Environ dix à quinze personnes pénètrent chaque jour dans ma galerie. À croire que les guides touristiques du monde entier convergent vers Manhattan. Je vois des voyageurs aux origines les plus diverses : hier, des étudiants russes, un couple d'Argentins, une Indienne (qui a une galerie à Jaïpur), un fan de foot anglais et, bien sûr, des Américains de tous les États.

Le quartier du Garment District, qui était jadis celui des tissus, est en passe de devenir une extension de Time Square. Comme prévu, ils ont fermé le dispensaire, et les travaux ont immédiatement démarré derrière les palissades. Ils vont construire de grands hôtels. Les touristes en goguette viennent perdre quelques quarts d'heure avant un spectacle comme d'autres fans français, canadiens, suisses ou belges qui espèrent rencontrer « le chanteur » par curiosité pour « sa/voir » ce qu'il fait. Souvent pleins de bonnes intentions, ils s'étonnent aussi de me trouver là, présent, accessible.

Cela dit, la plupart des visiteurs entrent par hasard.

Rares sont les esthètes ayant un bagage culturel leur permettant d'appréhender l'Art autrement que par le basique « j'aime/j'aime pas ».

Gourmands d'apprendre, beaucoup sont ravis de m'entendre leur donner des clés pour ouvrir le tiroir du double sens où se cache le non-dit. Leurs questions sont passionnantes, mais ils sont avant tout en vadrouille, venus prendre des photos pour raconter l'anecdote à leurs potes ou à leur famille, sans intention d'achat. Je perds beaucoup de temps pour les entendre finalement me dire, au bout d'une heure :

« Merci, c'était passionnant, on a passé un bon moment ! »

Ils repartent avec un sourire, sans avoir même demandé le prix d'une carte postale.

L'explication leur suffit, pourquoi dépenser de l'argent pour « ça » ?

L'attitude des Américains est légèrement différente. Ignorant qui je suis, ils posent des questions plutôt « techniques » : « Est-ce que vous faites les cadres ? » « Est-ce que vous livrez à domicile ? » « Le prix de la livraison est-il inclus ? »

Ils veulent savoir ce qu'ils achètent.

Les Américains font beaucoup de compliments. Leur jugement direct est ponctué de qualificatifs flatteurs. De la poudre d'épices… Au début, j'y croyais ; après deux ans, je filtre, je tamise, je relativise tous les superlatifs. Les « *Wonderful! Awsome… That's great ! Fan-tas-tic ! I love it ! You made my day !* » signifient juste qu'on aime bien. Ils ont le sentiment que, s'ils ne disent pas tout ça, on ne les croira pas. Alors, ils en font des tonnes et en remettent une couche – des cuillerées à soupe de sucre, des louches de crème, des livres de beurre…

Mais ça veut juste dire qu'ils aiment bien.

Les Européens sont plus modérés/tièdes dans l'expression de leurs émotions. Les *Frenchies* montrent du doigt les tableaux qui les intéressent « moins ». Enseignante à Toulouse devant un tableau de nuit, comme une lapalissade, je l'entends murmurer à son compagnon :

« Celui-ci, par exemple, je ne sais pas, mais je le trouve sombre… »

Puis, se tournant vers moi :

« Vous faites des choses plus… comment dire… colorées ? »

Les avis positifs pleins de promesses me remontent le moral. Pourtant, aucun n'est revenu de ceux que j'ai entendus promettre de tout acheter. On les appelle les « *be-backers* ». Si tous ceux-là revenaient le même jour, la file ferait à coup sûr le tour du pâté de maison.

Heureusement, il y a d'autres visiteurs, parfois les plus discrets/timides, venus sur la pointe des pieds, qui choisissent de repartir avec un souvenir, quelque chose d'accessible à leur bourse, facile à transporter. Les bons jours, ils se décident pour une estampe.

Septembre-octobre 2014

Une femme en uniforme est entrée, avec autour de la ceinture tout le harnachement des policiers. Talkie, lampe, téléphone, revolver, menottes, bombe au poivre... Direct, je me lève de mon bureau, je vais à elle. Je la salue, intrigué, craignant que sa visite ne fasse suite à la présence de deux jeunes artistes qui sont restés à la RE-Gallery pendant un mois.

Parti en Europe pour donner des concerts, je leur avais confié les clés de l'endroit pour qu'ils l'ouvrent et le ferment. En échange de quoi ils pouvaient présenter leurs travaux sur l'un ou l'autre des murs.

Sauf qu'ils s'y sont sentis si bien qu'ils s'y sont installés. Ils ont même organisé des concerts avec un batteur... Quand je suis revenu, j'ai eu des problèmes avec les voisins qui me reprochaient le tintamarre. Traces de bougie par terre, apparemment les deux artistes avaient apporté des couvertures et ils dormaient sous le bureau. Je crains que la « fliquesse » ne m'inflige l'amende qui me pend au nez, après qu'une autre plainte pour dépôt illégal de « toxiques » dans les poubelles a été déposée contre la galerie. Mais non, elle est juste là pour les tableaux.

Et conclusion de quoi elle ajoute :

« Je reviendrai dimanche… »

Le jour dit « manche », en training moulant, hyper-sexy, elle revient avec sa copine à qui elle voulait faire découvrir mon travail… C'est une autre personne. Je la reconnais à peine.

Avant qu'elles ne s'en aillent, j'aborde brièvement et subrepticement la question du PV. Gentiment, elle m'explique quoi faire si je conteste celui qui m'a été infligé (peut-être par elle ?).

Donc, j'ai pris rendez-vous un matin, *downtown*, dans un des buildings de l'administration de la ville.

Comme suggéré par ma « copine » policière, j'avais apporté les preuves photographiques (en l'occurrence des images de mon petit atelier, histoire de montrer au juge que je ne brassais pas des tonnes de produits chimiques justifiant de louer un container).

Je suis arrivé une heure en avance. On m'a donné un numéro. Pétri de trac, je ressassais mon plaidoyer, essayant de trouver les mots qui pourraient infléchir la décision du juge. J'étais là par acquit de conscience, mais, au fond, je ne me faisais pas beaucoup d'illusions sur ma chance de voir aboutir ma requête en contestation. D'autant que j'avais peu d'arguments, à peine sept photos mal prises, tirées en dernière minute sur mon imprimante avec des couleurs manquantes. On ne peut pas dire que j'avais bétonné ma défense. Une fois assis sur une chaise en plastique inconfortable à souhait, je me suis rendu compte que, matin ou pas, il y avait déjà une vingtaine de personnes avant moi, dont la moitié accompagnées par un *attorney*. C'était vraiment une mauvaise idée de venir ici, j'allais perdre mon temps. Si ça se trouve, j'allais même me prendre une aggravation de peine pour cause de ci ou de ça, ou parce que j'utilise des produits dangereux dans un endroit qui n'est clairement pas assez ventilé. Je m'apprêtais à céder à la panique et à repartir quand mon numéro a été appelé.

En fait de « tribunal », une secrétaire m'a fait entrer dans un bureau exigu. Une femme à l'air austère, des petites lunettes sur le nez, m'a fait asseoir. « Affaire 09122344 RE-GALLERY contre NEWYORKCITYPOLICE – NY2013 – SECTEUR 10018 » : rien qu'à l'énoncé des faits, il y avait de quoi trembler.

« Donc, vous déposez illégalement des substances nocives sur la voie publique, vous êtes conscient de nuire à l'intérêt général et de mettre en péril la vie de vos concitoyens, au risque de provoquer de graves dommages auprès du personnel de la compagnie de ramassage des déchets, puisque vous avez choisi, monsieur…

– Couture.

– Oui, monsieur Cotre, de ne pas vous faire représenter mais d'assurer vous-même votre argumentaire, qu'avez-vous à dire pour votre défense ? »

J'avais envie de disparaître, mais bon, je n'ai pas été éduqué dans l'idée qu'il fallait reculer.

Alors, j'ai dit la vérité, toute la vérité, en prêtant serment sur la Bible, même si la Bible n'est pas vraiment mon truc.

« Voilà, je suis artiste, vous pouvez le voir sur les images que voici, et si vous voulez en savoir plus vous pouvez aller sur mon site web. Je ne suis pas une grosse galerie, l'atelier où je travaille me permet aussi de présenter mes œuvres. C'est toujours ce que j'ai rêvé de faire. Simplement, quand je pars en Europe pour faire des concerts qui me permettent parfois de boucler mes fins de mois, pour que la galerie ne soit pas fermée, je prête le lieu à des artistes qui peuvent en profiter pour présenter leur travail. Je ne connaissais pas bien le couple, au demeurant fort sympathique, à qui j'ai confié les clés, et il semblerait qu'ils n'ont pas respecté les clauses qu'on s'était fixées…

– Vous êtes imprudent, monsieur Cotra !

– Oui, c'est ce que je me dis parfois…

– Vous avez des preuves de votre déplacement ? »

Je lui montre mon billet d'avion qui prouve que je n'étais pas présent au moment des faits qui me sont reprochés…

Elle fait une photocopie. Elle me pose encore quelques questions sur mon travail, sur le comment, le pourquoi. Sur la raison qui m'a fait venir à New York. Sur le chiffre d'affaires. J'ai l'impression que son avis est fait. Il y a un moment de silence. Elle me regarde. Suce son stylo. Et finalement, avec un petit sourire, elle me dit que le jugement sera rendu d'ici une semaine, mais, à moins d'une opposition contradictoire de la ville, je peux m'attendre à voir mon amende de 250 $ *dismissed.*

« Ne vous inquiétez pas, mister Cotoro. »

Affaire suivante.

Je suis sur le trottoir, je n'en reviens pas…

Ébahi par la facilité, la simplicité, la rapidité avec laquelle cela s'est passé. J'imagine qu'en d'autres circonstances ça doit être beaucoup plus complexe, mais cette fois… J'ai de la chance ! Elle m'a fait confiance, sans même me demander le nom des deux artistes…

C'est pour ça aussi que j'aime New York !

16

PAS RATER UN MARATHON

2 novembre 2013

La RE-Gallery se trouve sur la 36th West, à quelques encablures du Javitz Center. C'est là que, profitant du savoir-faire et de l'expérience d'une organisation hyper-efficace, quarante-cinq mille trois cent cinquante personnes sont venues se faire remettre une pochette contenant leur numéro de dossard, des barres vitaminées et quelques autres babioles qui prendront une valeur sentimentale pour eux au lendemain de la course.

En cette veille de quarante-quatrième édition du marathon de New York, la ville est envahie par les Smarties. Parmi les gens « normaux », des touristes polyglottes filiformes traînent dans la ville en maillots Lycra moulants fluo et grosses *running shoes* conçues par des ingénieurs designers utilisant les dernières découvertes de la technologie en matière de podologie ou de résistance des matériaux souples. Un peu hagards, ils errent, sans bien savoir quoi faire. Peu motivés, ils n'écoutent pas ce qu'on leur dit, ils sont même désagréables avec ceux qui les accompagnent, qui n'ont peut-être ni les mêmes motivations ni la même ascèse qu'eux. Repliés sur eux-mêmes, les participants sont concentrés, inquiets, ils ont le trac aussi, conscients de l'effort intense qu'ils vont devoir fournir. Ils ne veulent pas manger, ils ne veulent pas boire, pas faire l'amour ou rien qui risque de puiser dans leur réserve d'énergie. À peine acceptent-ils de sourire quand on tente de les distraire. Ils sont déjà dans leur course. Centrés, autocentrés. Pour certains, c'est la routine, mais pour d'autres c'est la première fois. Et puis cette année, c'est la reprise, voilà deux ans qu'ils attendent ce moment : en 2012, la tornade Sandy plongeait une partie de la ville dans le chaos, rendant impossible le déroulement de l'épreuve. Alors ils ont décidé de se venger, cette année ils vont mettre la gomme.

Ils sont infirmiers, cadreurs, étalagistes, conseillers en patrimoine, syndicalistes, profs de gym ou de socio, assureurs, chanteurs d'opéra, banquiers ou comptables; elles sont responsables achats développement durable, consultantes en recrutement, éleveuses d'huîtres, contrôleuses de gestion ou pilotes d'hélicoptère, chercheuses en robotique, libraires, *business analysts* ou puéricultrices, pompières ou juges d'instruction… Bref, elles et ils sont tout le monde. Ils et elles attendent ce grand moment d'effort partagé. Un effort terrible, qu'ils vont vivre au milieu des autres. Quand on court, quand la course est devenue une passion, le marathon de NY est un *must*, il ne faut pas le rater, on se doit de le courir ne serait-ce qu'une fois !

Les télévisions retransmettront la course dans le monde entier, quelle que soit la météo, on sait d'ores et déjà qu'une foule enthousiaste se massera au bord des trottoirs, tout le long du parcours, pour encourager les athlètes comme savent le faire les Américains.

Quidams pleins de doutes et d'incertitudes dans leur vie de tous les jours, ils deviendront pendant quelques heures des êtres à part, des êtres plus rapides que la moyenne, plus téméraires, plus résistants et plus courageux que les autres.

Tous les autres : nous. Eux, ils seront des héros! Pendant trois, quatre, cinq, voire six heures, ils ne penseront plus à rien. Ils seront en eux-mêmes, ici à Manhattan, au centre du centre du monde. Ils prendront le ferry pour Staten Island à six heures trente. La course démarrant à neuf heures trente, ils auront trois heures à perdre, sautillant sur place, ils auront froid au bout du Verrazano Bridge, parqués dans leur carré de départ en fonction des temps qu'ils ont déjà réalisés lors de précédentes courses. Ils s'assiéront par terre, se serrant les uns contre les autres. Ces Philippidès modernes ne vont pas courir pour annoncer une quelconque victoire sur les Perses, ils vont courir pour défier la morosité de vies trop protégées, trop confortables, trop courues d'avance.

Après la méditation viendra le moment du départ. Ils se redresseront, jetteront leurs affaires (ramassées et redistribuées ensuite aux *homeless*), et ils seront partis. Au début, ce sera de l'exaltation pure; certains partiront trop vite; puis ils se réguleront. Viendront ensuite, à Brooklyn, les premières douleurs, autour du dixième kilomètre, les premières craintes. Heureusement, elles partiront comme elles sont venues. Dix kilomètres plus tard, ça reviendra dans le Queens. À la fin du Queensboro Bridge, au retour sur Manhattan, ils entendront l'énorme rumeur de la foule qui les portera tout le long de la 1st Avenue. Dans le Bronx, d'autres douleurs et de vieilles angoisses réapparaîtront : « Est-ce que je vais pouvoir tenir? Je suis en dessous de mon temps… Et cette sciatique qui me scie le dos, et cette cheville qui déconne, et ces *sneakers* de merde qui me brûlent le talon… » Mais ça aussi s'effacera, vaincu par la volonté. Ils verront enfin Central Park, et ils se sentiront presque soulagés. Alors ils entendront la musique, ils regarderont la ligne les yeux grands ouverts, et ce sera l'arrivée glorieuse, les bénévoles qui vous enveloppent et vous accompagnent de leur chaleur humaine.

Ils iront récupérer les affaires que des navettes auront rapportées, et la fatigue se fera sentir. Méchante.

Quel que soit le temps qu'ils auront mis, pour leurs copains, leurs enfants et leurs proches supporters, ils auront accompli quelque chose d'impossible ; pendant quelques minutes, ils seront des demi-dieux. Comme toute forme de succès, ça ne durera pas longtemps…

Une fois sortis de la course, ils se réveilleront de leur rêve et retrouveront le monde des mortels. Les traits tirés, ils auront mal partout. Les muscles tétanisés, reprenant leur souffle, ils diront que « jamais plus », et que « c'était super-dur », et que « … », et puis ils ne diront plus rien, perdus dans leur tête, asphyxiés. Ils resteront une demi-heure sous une douche chaude, et ils iront s'allonger. « Chut… Laisse-le, il se repose. » *Rest in Peace*. Mort de fatigue…

Quelque temps plus tard, rangeant leurs affaires, ils tomberont sur lesdites bricoles qu'on leur avait données, et déjà leur esprit les projettera vers l'année prochaine.

Car cette course est unique.

Comme New York est unique…

Ceux qui y ont goûté ne peuvent plus s'en passer.

17

NORMALANORMAL

2013

Grand déploiement de forces. La loi est là. C'est du sérieux. En l'espace de quelques minutes, tout le quartier est bouclé, comme une huile qui fige.

La rue paralysée. Une ambulance immobilisée dans le trafic devant mes fenêtres toutes sirènes hurlantes, à s'en crever les tympans. Des flics partout dans la rue. Ici, tout est amplifié, magnifié. Ce qui peut sembler anormal ailleurs devient presque la routine. Et pourtant, pas de tension dans l'air : malgré le chaos, à Manhattan, on ne s'étonne de rien. Quelque chose se passe, pas loin, mais ça ne détourne pas vraiment les piétons de leur chemin, ils continuent à vaquer comme si de rien n'était. Curieux, j'essaie de voir, de savoir. On ne perçoit rien. Mon voisin est un spécialiste du *rolling*, il vend tous les diables pliants et roues de chariot imaginables, des dures, des bleues, à pneu, en bois, en plastique, en métal, petites, moyennes, grosses. C'est une échoppe de roues en tous genres. Je le vois toujours au téléphone. Mais là, intrigué, je constate qu'il l'a posé. Il est comme moi sur le trottoir, témoin de cette effervescence. Il n'est au courant de rien, il espère juste que « ça ne va pas trop durer, cette connerie ». Au fond, ça ne le préoccupe pas plus que ça, il rentre et reprend son téléphone.

Moi, je décide de fermer ma porte et j'y vais. Badaud, mine de rien, j'arrive à la hauteur d'une barrière qui interdit l'accès. Je demande à un flic :

« Vous savez ce qui se passe ? »

Il me regarde avec des yeux brillant de l'intelligence d'un sac de sable qu'on a posé sur le sol pour endiguer la montée des eaux. Il ne dit rien. Je ne suis pas certain qu'il sache lui-même pourquoi il est là. Il a suivi la meute de ses collègues diligentés dans l'urgence. Au cas où il n'aurait pas entendu ma question, je la répète. Et puisque j'insiste, il me répond, d'une voix rauque teintée d'accent slovène, que je comprendrai en lisant le journal demain. Sa réponse laconique laisse planer tout le mystère… Comme il est bien décidé à m'empêcher d'avancer et que j'ai d'autres choses à faire, plutôt que de poireauter sous le soleil (et bien qu'un tantinet perplexe), je retourne à mon atelier.

Petit à petit, le trafic se décongestionne, et le bruit de la rue retourne à la normale.

Lendemain

J'ai acheté le *Post*. Voilà donc le fin mot de l'histoire : on a arrêté deux jeunes filles de seize ans au croisement de la 8th Avenue et de la 37th. Dans le sac de l'une d'elles, on a trouvé un enfant mort, plus exactement un bébé. Ambiance gore. Je repense à ce qui s'est passé hier dans mon quartier et je m'interroge sur la gravité du message qui a circulé dans les radios de bord des voitures de police pour motiver un tel dispositif de guerre. Est-ce que l'arrestation de ces deux mineures justifiait un tel déploiement de force ? Dix ou douze bagnoles de flics, un camion de pompiers, trois ambulances et une quarantaine d'hommes de la SWAT armés de fusils mitrailleurs, en uniforme, bouclier et gilet pare-balles. Tous remontés comme des ressorts, le doigt sur la détente, prêts à intervenir, disponibles, dans les starting-blocks. On aurait dit des catcheurs survitaminés prêts à en découdre en dehors du ring, n'attendant qu'un prétexte pour entrer sur le terrain, et si pour cela il fallait interrompre une finale, ils l'auraient fait sans complexe, traversant le terrain avec des tanks à chenilles. Si on leur avait intimé l'ordre de déclencher une guerre, ils l'auraient fait sans la moindre hésitation. Bref. C'est ça, l'obéissance…

Une des deux filles avait accouché la veille, seule, dans sa salle de bains, pendant que sa mère était au travail… Et son père ?

« Quel père ? Pas de père… »

Accoucher seule et sans témoin.

Une sorte d'instinct maternel l'avait empêchée de jeter le cadavre à la poubelle.

« Vous l'avez tué ?

– Ben non, il était déjà mort… »

Mort-né. Couper le cordon avec des ciseaux.

Alors, elle se promenait en ville. Pour se « changer les idées ». « Ben quoi, c'est pas drôle d'accoucher toute seule, vous comprenez… » Elle avait appelé une copine pour aller faire du shopping, emportant le gosse comme si de rien n'était, emmailloté dans du papier journal et dans un sac plastique.

Mais ce n'est pas aussi simple, la mort dégage une certaine odeur, et il faisait encore chaud. Ça sentait un truc bizarre dans ce sac qu'elle avait posé sur le comptoir pour essayer un téléphone portable, « quelque chose qui te file un haut-le-cœur », a dit un des employés. Alors la fille a posé son sac par terre. Un liquide s'en écoulait, qui avait sali la moquette.

Le gérant de la boutique a demandé à Samantha T., l'employée qui répond à l'intervieweur, de nettoyer le sol. Mais elle était passablement énervée parce que c'est « toujours à elle qu'on demande de faire les tâches subalternes », et en plus « ça ne partait pas ». L'employée a trempé les doigts, « c'était collant, visqueux, vous voyez, quelque chose comme dans *Alien* », a dit Samantha T. , « c'était purement dégueulasse… ». Et comme elle était perspicace niveau Sherlock Holmes, elle avait conclu que ça ressemblait à du sang, aussitôt ils ont appelé le 911. Dans les cinq minutes, les flics ont déboulé. L'enquête est allée assez vite. Ils ont demandé à visionner les bandes vidéo, et direct ils ont « pécho » les deux adolescentes dans une boutique juste à côté sur la 8th Avenue. Elles n'avaient même pas supposé que ça pouvait être pour elles, tout ce bordel. Voilà, simple, fastoche.

La routine de l'ignorance, un drame de la pauvreté. La fille a dit qu'elle avait été violée par l'ex-petit ami de sa mère, et personne ne savait qu'elle était enceinte…

La société est comme un sol, avec des couches de sédiments qui se déposent les unes après les autres – des argiles, des sables mouvants, des roches dures et des zones d'ombre.

Et toute une éducation à refaire…

Hier, nouveau coup de chaud comme un tourbillon dans l'eau, autour de l'histoire de Jackson Johnson… dans une autre boutique plus loin sur la 34th.

À dix heures du matin, Jackson Johnson est entré chez Macy's pour acheter une ceinture. Jusque-là, rien d'anormal, même si on ne vend pas tous les jours des ceintures en peau de lion à 1 600 $ – y compris chez Macy's. D'autant que les gens, surtout des jeunes de quinze ans comme Jackson Johnson, ont plutôt tendance à acheter du simili, beaucoup moins cher. Surpris par le choix de l'adolescent, le vendeur, qui le surveillait du coin de l'œil, s'est inquiété. Il a appelé un autre vendeur, qui a lui-même fait signe au chef de rayon, lequel a immédiatement conclu que la carte de paiement devait avoir été volée.

Il a informé la sécurité, et au moment où Jackson Johnson sortait du grand magasin, trop contents de justifier leur salaire, voire soucieux de se faire bien voir, les deux cerbères l'ont immédiatement interpellé comme ils avaient appris à le faire au cours d'une formation express de trois jours : sans ménagement. Ils appellent ça « agir par sidération ». Mais avec la sveltesse de son jeune âge et l'arrogance effrontée de son adolescence, au lieu de se laisser faire, Jackson Johnson s'est défendu. Il s'est mis à hurler. Il s'est sauvé, les vigiles l'ont rattrapé en lui faisant un croche-pied. Le gamin a glissé sur le sol fraîchement nettoyé et il s'est cassé deux incisives en tombant. Comme les deux molosses ne connaissaient pas leur force, qu'ils se croyaient « dans leur droit » et qu'ils « faisaient leur devoir », et comme Jackson Johnson continuait de se débattre, ils lui ont carrément démis l'épaule. Très fiers de leur prise, ils l'ont enfermé, geignant, dans la pièce du centre névralgique de la sécurité du magasin, en attendant la venue de la police. Et les vigiles s'amusaient entre eux comme de grands frères en entendant le gamin pester, maudire, tambouriner contre les parois… Ils ne se sont volontairement pas pressés pour approfondir la question et faire des recherches en poursuivant l'enquête à son propos. D'ailleurs, ils n'ont clairement rien entrepris de la sorte, se disant que ça lui ferait une bonne leçon. Et petit à petit le môme s'est calmé. Vers dix-sept heures, quand les flics sont arrivés, le gamin, allongé sur le sol, ne bronchait plus. Et pour cause : il était dans le coma, faute d'avoir reçu son injection d'insuline. Emporté d'urgence sur un brancard en ambulance…

Son état n'est plus critique, mais surtout : après vérification, les autorités compétentes ont été obligées d'admettre que JJ était en règle. Si ce n'est d'un point de vue écologique, il n'avait rien fait de répréhensible, du moins d'illégal. Certes, il avait séché l'école pour aller s'acheter une ceinture en peau de lion à 1 600 $, mais la carte était bien la sienne ; certes, en tee-shirt et jean troué, il n'avait pas l'apparence des acheteurs habituels de ce type d'article, mais il n'avait rien à se reprocher. Ici, la consommation est libre, elle est même vantée, sublimée. Si l'on se met à juger les consommateurs, c'est mal barré pour l'économie de la ville – tout faire pour stimuler la vente, etc.

L'histoire aurait pu s'arrêter là, on n'en aurait rien su. Une simple anecdote, genre la boulette regrettable, OK, mais dont personne n'aurait jamais parlé. Sauf que ça s'est enflammé sur les réseaux sociaux. Chacun y est allé de son commentaire. Une histoire en or pour faire du buzz sur Twitter, sur le web en général… D'autant que Jackson Johnson était le fils d'un militant *Black Panther* abattu par la police. Par solidarité, la communauté de Brooklyn est montée au créneau pour dénoncer l'arbitraire de cette arrestation. Ça s'est mis à gonfler, c'est devenu « un acte injustifié », et, même si les deux lampistes du service d'ordre du magasin avaient la même origine afro, la famille a porté plainte contre cet acte « discriminatoire ».

Il y a eu une mini-manifestation d'une cinquantaine de militants, brandissant des pancartes et hurlant des slogans contre la haine raciale. Très vite, le magasin a craint pour sa réputation : il a fait savoir que les employés malveillants avaient été licenciés. Jackson Johnson est devenu une sorte d'icône pour tous les mômes de son quartier. Une icône de quoi ? De la consommation à la con !

La direction du magasin s'est naturellement confondue en excuses, offrant des bons d'achat de trois fois la valeur de la ceinture à l'oncle du môme, qui a tout de même convenu au micro de la chaîne locale que « tout ça ne serait pas arrivé si Jackson était allé à l'école ».

Y a-t-il un âge et une heure de la journée pour s'acheter une ceinture à 1 600 $? À New York, non.

En tout cas, ce n'est pas le prix de la ceinture ni le fait qu'on puisse encore vendre aujourd'hui un objet en peau de lion qui a choqué l'opinion.

Épilogue

Deux mois après cet incident, Jackson Johnson s'est fait renverser par une voiture. Il n'a plus vraiment besoin de ceinture : il est désormais à vie dans un fauteuil roulant.

Petite précision : la voiture était conduite par le frère d'un des deux vigiles licenciés…

18

A TASTE OF FRANCE

Septembre 2013

Pour la deuxième année consécutive, Taste of France s'est tenu à Bryant Park, au cœur de Manhattan. À l'initiative d'une dizaine de personnes installées à New York, cet événement veut mettre en lumière, sur le territoire de Manhattan, les valeurs de la France. Dans les faits, ça ressemble plutôt à une kermesse, une mini-foire conviviale et bon enfant, financée par le seul argent d'entreprises privées. Les personnalités politiques font semblant de chapeauter le tout, mais elles ne donnent pas un kopeck et servent juste de caution. On leur offre le voyage et l'hébergement, elles paradent quand tout est fini, serrent quelques mains, montent sur l'estrade pleines d'empathie, disent deux ou trois bons mots ampoulés et chaleureux, distribuent des confettis de promesses pour l'avenir du genre : « C'est courageux ce que vous faites. Nous sommes au départ de quelque chose que l'on pressent comme pouvant devenir énorme. Il faut soutenir l'effort de tous les bénévoles qui consacrent leur énergie dans l'intérêt commun d'un pays qui le mérite car l'Histoire… et blablabla. » Puis lesdites personnalités repartent aux frais de la princesse Marianne de la République, en ayant qui plus est le sentiment du devoir accompli. Vu que hors des frontières l'or de la France, c'est surtout sa cuisine (prononcez « couizin' »), ce sont donc les chefs qui sont à l'honneur sur leurs stands dédiés aux gastronomies régionales.

Les Américains sont gourmands, et il y a de bons sandwichs-baguette, du cassoulet ou du fromage vendu à l'assiette, accompagnés de verres de vin à déguster dans un contexte décontracté et badin, avec force animateurs déguisés en mousquetaires à chapeau de feutre.

Cette manifestation s'adresse à un public large. De même, Air France faisait des promos, de même, nombre d'agences de développement du tourisme régional ont fait le déplacement depuis Lyon, Marseille, la Corse ou le Sud-Ouest. À côté des rôtisseries et de leurs fumeroles émanant des grilles de grils, des stands de coiffure, de parfums et de produits de beauté proposaient des coupes de cheveux ou des séances de maquillage « à l'œil ».

Devant la scène dite « grande », dont la sono manquait de décibels pour couvrir le tumulte ambiant de la ville-qui-ne-s'arrête-jamais, une montgolfière tricolore s'élevait de cinq étages entre les buildings, puis redescendait. C'était une jolie métaphore…

Vu qu'il est toujours difficile de trouver des moyens pour promouvoir l'Art et la culture, il ne fallait pas vraiment chercher autre chose pour se nourrir l'esprit.

Même la présentation en 3D et dix minutes de la construction de la tour Eiffel avait quelque chose de nostalgique. Et je ne parle pas de la tour Eiffel en beurre – la *butter* Eiffel – placée sous une cloche réfrigérée… qu'on avait appelée « sculpture », *oh my God*, comme on dit, Rodin, Houdon, Carpeaux, Bourdelle, César et même Bartholdi ont dû se retourner dans leurs tombes.

Tant que ceux qui détiennent les cordons de la bourse n'auront pas compris que la culture est un moteur du développement économique, qu'elle véhicule une image d'intelligence et de dynamisme intellectuel qui rassure les investisseurs, la France continuera de rester ce pays de traditions et de savoir-faire à l'ancienne qui sait mieux exporter son cassoulet ou son pastis que ses artistes, ses créateurs et ses inventeurs.

19

JURY DUTY

Septembre 2013

Je reviens du tribunal, où j'ai passé deux jours.

J'avais été convoqué une première fois en août, mais les services administratifs ont différé la date d'un mois après que je suis allé expliquer la raison de mon voyage.

Lundi 9.00.

West Broadway/Thomas Street

Et voilà. Je me retrouvais là, au milieu d'un *pool* de jurés potentiels venus de tous les horizons du County of New York. On m'avait prévenu que ce serait long, ça l'a été.

William Paderson, « Appelez-moi-Bill », nous a d'abord expliqué au micro comment remplir notre feuille. Avec calme et autorité, d'une voix douce mais ferme, assortie de petites *jokes* savamment contrôlées, Appelez-moi-Bill énonçait son discours avec précision. Une fois, puis deux, puis trois, il répétait inlassablement ce qu'il fallait faire, laissant supposer qu'un certain nombre de gens ne comprennent pas tout, tout de suite.

Sur les téléviseurs suspendus, on nous a passé un film qui racontait brièvement l'histoire de la justice aux États-Unis, et pourquoi nous étions là. « C'est votre devoir de juger vos pairs, cela ne peut pas être à la seule charge des professionnels qui sont là pour vous énoncer des faits. » Bref.

Les avocats du premier procès sont entrés. Cela concernait la Ville et un particulier. On tirait les noms au sort, et toute personne qui avait un intérêt dans l'affaire ou travaillait pour la Ville devait se dédire en précisant « *City* ». Je n'ai pas été tiré au sort.

Sont venus ensuite les avocats du deuxième procès. À nouveau, je n'ai pas été sélectionné pour faire partie des trente jurés parmi lesquels les deux avocats allaient choisir leurs six ou douze jurés.

Encore assez nombreux dans la pièce, nous avons été invités à revenir après le brunch, à quatorze heures précises.

J'ai vaqué dans ce quartier *downtown*.

Entré, quelques rues plus loin, dans un restau au hasard, je m'entends héler par un homme d'une quarantaine d'années m'ayant reconnu à mon chapeau :

« Je crois qu'on fait partie du même *pool*, n'est-ce pas ? »

David travaillait pour une compagnie d'assurances, mais il voulait reprendre sa carrière d'acteur et suivait des cours d'écriture en dramaturgie. Il avait déjà fait partie d'un grand jury pour un procès qui avait duré un mois et demi. Il avait trouvé ça intéressant.

Aujourd'hui, on était convoqués pour du civil – si on avait besoin de nous, rien n'était certain. Nous étions supposés attendre, et, si aucune affaire ne se présentait, nous serions relâchés le soir même, et pas appelables avant six ans.

Ni lui ni moi n'espérions voir entrer deux nouveaux avocats dans la salle.

Pourtant, à quinze heures, je fus le premier sur la liste de ceux qu'on invita à s'asseoir sur un siège précis, dans l'une des petites salles attenantes à celle où l'on venait de passer déjà six heures.

Il y avait devant nous deux personnes qui se présentèrent comme Mr. Fortorino et Miss Schlengen, *attorneys* de l'une et l'autre des parties.

Après avoir fait l'appel des personnes présentes, le petit gros américano-italo sympathique se leva et prit la parole pour nous donner quelques instructions :

« Vous ne devez pas nous parler séparément, je ne veux rien entendre de vous sans la présence de ma collègue Miss Schlengen… »

Celle-ci, en tailleur sombre serré, assise à l'autre bout du bureau qui nous faisait face, opina du chef et esquissa un petit sourire, levant à peine la tête de ses fiches. Fortorino continua :

« Vous ne devrez ni parler du procès ni demander des conseils autour de vous si vous venez à être choisis pour y participer. Votre jugement doit se faire en tenant compte des faits qui vous seront présentés. Nous allons maintenant vous interroger un par un, pour en savoir plus sur vous. Si vous avez des choses à nous dire en particulier, levez la main et nous vous entendrons l'un et l'autre en privé. Je précise que cette affaire concerne des faits qui ont eu lieu en 2002. C'est rare qu'un procès mette autant de temps avant d'arriver là, il s'agit d'une personne qui avait soixante ans à l'époque et d'un ambulancier. Si d'ores et déjà certaines personnes parmi vous, pour des raisons personnelles, se sentent mal à l'aise avec cela, qu'elles lèvent la main. »

Six personnes levèrent la main. Et l'une après l'autre elles sortirent parler aux avocats, puis revinrent s'asseoir.

J'étais le premier sur la liste, et, « pour mieux me connaître », l'avocat défendant les intérêts de la plaignante, Mrs W., me pria de me présenter à l'assistance en quelques mots. D'où venais-je ? Quel était mon métier ? Marié ? Des enfants ? Quels étaient mes loisirs ? Avais-je déjà fait partie d'un jury au tribunal ? Etc.

Enfin, en guise de dernière question, il me demanda si je voyais quoi que ce soit qui puisse nuire à l'objectivité de mon jugement. J'ai immédiatement vu là une opportunité pour échapper aux six ou huit jours que risquait de durer ce procès médico-technique (exposé des événements, description des photos, avis des experts et des médecins concernant les trois opérations du genou qu'avait dû subir Mrs W., témoignages et débats concernant la juste estimation des sommes à verser en guise de dédommagement si l'on venait à considérer que le chauffeur de l'ambulance n'avait pas fait son travail…).

J'ai énoncé :

« Non, pas de problème, sinon que ma mère est âgée et qu'elle a du mal à se déplacer… »

Je n'en ai pas dit plus, mais j'ai vu qu'ils tiquaient. Cette phrase ne leur plaisait pas.

Fortorino demanda :

« Pensez-vous que cela puisse corrompre votre objectivité ? »

– Je peux essayer de mettre ça de côté. »

Et puis il est passé à ma voisine… et ainsi de suite.

Le jour tombait quand nous sommes sortis, convoqués le lendemain à onze heures pour la suite des interrogatoires.

J'ai mal dormi.

Mardi 10.45

Comme certains retardataires manquaient à l'appel, et comme les avocats étaient en conciliabule avec le juge, on n'avait d'autre choix que d'attendre.

Je lisais pour me distraire *Les Aventures extravagants de Jean Jambecreuse*, un roman médiéval de Harry Bellet écrit dans un style rabelaisien haut en couleur. Ça parlait de « ruisselet de merdasses coulant dans les rues de Bâle » ou « d'ymagier doté d'attributs d'une taille exceptionnelle », etc. Ce qui m'apparaissait dans la tête quand je lisais ces mots était sans commune mesure avec l'ambiance aseptisée et silencieuse dans laquelle nous baignions tous comme des billots de bois en *stand-by* sur une eau stagnante.

Les deux avocats sont entrés en s'excusant à peine de nous avoir fait poireauter une heure et demie. Je n'avais plus envie d'être choisi dans ce procès. J'ai enfilé mes lunettes noires. Ça, ils n'aimaient pas.

Un par un, les jurés furent questionnés, petites blagues et questions intimes pour détendre l'atmosphère. Certains retraités avaient vraiment envie d'être dans le coup, d'autres actifs beaucoup moins. Quand Fortorino eut fini de faire son tour des jurés, il suggéra au panel d'aller bruncher, mais avant cela les deux avocats me demandèrent de rester avec eux quelques instants pour préciser certains détails.

L'avocate semblait crispée, comme si quelque chose l'agaçait :

« Vous avez parlé hier de votre mère, n'est-ce pas ?

– Oui.

– Je vous repose la question, est-ce que vous pourriez mettre cela de côté ?

– Comment ça ? Vous voulez dire : puis-je mettre de côté le fait de penser à ma mère ?

– Ne soyez pas blessé par ma question.

– Je vous comprends… Oui, je pense que je pourrais tenter de rester objectif; mais je vous ai dit que je suis artiste, ma relation au monde et mon système d'analyse sont aussi sous l'influence de ce que je ressens. C'est peut-être moins rigoureux et rationnel que le processus d'analyse d'un ingénieur, d'un assureur, un *sales-manager* ou un *financial advisor*.

– Je vois, je vois », a répondu l'avocat.

J'ai pensé : c'est plutôt bon signe, malgré leurs sourires convenus, j'ai l'impression qu'ils ne m'aiment pas, ni l'un ni l'autre.

Au retour, l'avocate a posé des questions au groupe, à sa manière, plus tendue que son collègue *attorney*.

Elle m'a interrogé sur mes filles, quelles études elles avaient suivies. Et quelques autres choses. Puis à nouveau elle a questionné chacun des jurés.

On a appris au fur et à mesure des bribes d'éléments du procès. Ça devenait compliqué comme une énigme, il s'agissait de cas de conscience, de problématiques « en théorie », et il fallait lever la main droite et dire « je le jure ».

Quelques exemples de questions « problématiques » :

« Trouveriez-vous normal que la plaignante reparte sans compensation s'il est prouvé que son point de vue est inexact ? »

« Pensez-vous que, parce qu'un plaignant attaque, il doive "automatiquement" toucher une compensation ? »

« Sur quels critères fondez-vous vos jugements ? »

« Êtes-vous sensible à l'apparence des choses ? »

« Voyez-vous un inconvénient à ce que les sommes en jeu soient considérées comme importantes ? »

« Accepteriez-vous que les arguments de la plaignante soient contestés par des experts, considérant que les opérations subies par Mrs W. n'ont aucun rapport avec l'accident lui-même ? »

« Cette affaire est particulière, de par sa durée. Pouvez-vous admettre que les critères d'analyse aient pu évoluer (nouvelles technologies) et que les témoignages récents puissent avoir autant d'importance que ceux énoncés au moment des faits ? »

« Il s'agit d'une personne qui attaque une société, est-ce que cela vous embarrasse ? »

« Considérez-vous qu'une compagnie a les mêmes droits qu'une personne ? »

« Le même moment n'est pas présenté sous le même angle selon qu'il s'agit du chauffeur ou de Mrs W., donc il y en a forcément un des deux qui déforme la vérité. Voyez-vous une ou plusieurs raisons qui vous mettraient dans l'impossibilité de formuler votre jugement ? »

« Y a-t-il parmi vous des ambulanciers ? »

« Certains d'entre vous ont-ils subi une chirurgie du genou ? »

« L'un ou l'une d'entre vous connaît-il ou elle maître Fortorino ou moi-même, ou a-t-il ou elle intérêt avec l'une ou l'autre des parties ? »

Etc.

Quand tout cela fut dit et que nous y eûmes répondu, on nous renvoya dans la grande salle afin d'attendre leur décision concernant notre participation ou non au jury de ce procès.

Hélas, je ne saurai jamais qui de l'ambulancier ou de la vieille dame avait menti, ni si celle-ci obtint ou non un dédommagement pour les trois opérations du genou qu'elle a dû subir.

Je ne suis désormais plus appelable avant six ans.

20

LOU, Y ES-TU ?

Octobre 2013

Lou, y es-tu ?
M'entends-tu ?

Lou Reed est mort.

De quoi est-il mort ? Est-ce important ? Il avait annulé sa participation au festival de Coachella en mars dernier, pour subir une greffe du foie qui, aux dires de sa femme, Laurie Anderson, s'était bien passée. Et puis voilà qu'aujourd'hui Lou Reed n'est plus. Son départ fait grésiller le néon qui illuminait un certain rock sous tension dans les années 1970-1980. Un rock créatif, plein d'invention. Avec lui, Warhol, le minimalisme, La Monte Young, Terry Riley disparaissent à nouveau.

Étudiants aux Beaux-Arts, on écoutait le Velvet Underground. Il y avait plein de choses en suspens dans cette musique non commerciale. Une grande envie de Liberté.

À cause ou grâce à eux, on pouvait s'autoriser à essayer des choses. Faire tout en sachant que ce qu'on faisait n'était peut-être pas abouti, mais faire quand même.

Quand je me suis rasé les tempes, je me souviens que j'avais été inspiré par la pochette de *Rock'n'Roll Animal*…

Lou Reed faisait souvent la gueule, il avait l'air froid comme un auteur.

Il n'était pas aimable, non.

Néanmoins, on était nombreux à respecter son charisme. Une certaine ambiguïté bi, comme on appréciait son refus de s'offrir en pâture à la célébrité.

Caché derrière ses lunettes noires, il impressionnait les journalistes qui voulaient le défier, dictant parfois des réponses sèches aux pigistes qui suaient sang et eau pour tirer ensuite de cette rencontre calculée à la minute un compte rendu pas trop vache. Mais Lou Reed se foutait d'être aimé.

On lui accordait même ce droit de ne pas l'être.

Il ne l'avait pas vraiment été dans son enfance…

Né dans une famille juive de Brooklyn, il ne connaissait d'autre dieu que la musique.

Mélange d'arrogance et de pudeur, Lewis Allan Reed, dit « Lou », n'était pas vraiment un intellectuel. Il s'était façonné un personnage qui lui collait à la peau, un golem ombrageux souvent habillé de cuir, assez imperméable à ce qu'on appelle l'humour.

Synthétiques, « acides » et parfois cruels, les textes de ses chansons n'étaient pas équipés de ce double fond qui fait le mystère de la littérature. Il racontait des histoires à peine mises en scène, de paumés, de transsexuels mal à l'aise, de travelos junkies. Ceux qu'il connaissait, peut-être, ceux qu'il avait croisés, sûrement.

Comme Dylan, Tom Waits, Springsteen ou Neil Young, Lou Reed était une icône incontournable, un des piliers de mon American Rock Temple.

Pour certains, « *New York, New York* », c'est Liza Minnelli.

Pour d'autres, c'est « *Empire State of Mind* », de Jay-Z et Alicia Keys.

Pour nous, New York devenait Berlin quand Lou Reed enregistrait ses mélopées troubles et indéfinies.

Sa voix grave, posée sur une musique en distorsion… Il y avait quelque chose d'incomparable dans son « parlé-chanté » qui prenait à témoin ses auditeurs complices.

Autant les films de Scorsese l'ont mis en lumière, autant ceux de Woody Allen l'ont fait parler, autant Manhattan *existait* à travers les albums de Lou Reed.

C'était l'électricité des enseignes de la 42nd Street avant qu'elle ne se transforme en centre mondial du tourisme,

C'était une sorte de brume sulfureuse qui envahissait l'âme du Lower East Side,

C'étaient les nuages de vapeur d'eau se diffusant au-dessus des tubes en plastique et des cheminées orange, ces tourbillons qui enveloppent les promeneurs nocturnes,

Les taxis, les *drivers*, les *taxi drivers*,

Ou les gaz d'échappement,

Ou les odeurs des sous-sols.

C'était ça, l'impalpable implacable qui faisait la musique saturée minimaliste de Lou Reed.

Il incarnait *la* ville.

Photographe pendant une dizaine d'années, Lou Reed exposait depuis peu en galerie. Il s'agissait de *snapshots* pris à la volée, qui reflétaient sans complaisance le regard d'un homme inquiet, dont le cœur (de rocker) battait au tempo de la grosse caisse,

Jusqu'à ce qu'il décide de s'arrêter de battre,

Arrêter de se battre,

Hier dans le New Jersey.

21

STOP-PEUR EN AVION

Octobre 2013

D'habitude, je n'ai pas peur en avion, mais là…

L'embarquement s'était passé normalement, dans la routine. Malgré les augures des mages de la météo qui prédisaient de violents orages, voire une tempête en fin de journée, il n'y avait eu qu'un peu de pluie. Le vol était « *on time* ». L'appareil de la British Airways se dirigeait vers la piste de décollage. On serait à Paris dans quelques heures. Il suffisait de laisser la nuit nous envahir dans cette ambiance composée, compassée, dans un calme empesé propre au voyage aérien, quand chaque geste est réglé autour de séquences précises et rituelles : consignes de sécurité, plateau-repas, film, tenter de dormir en biais, etc.

L'avion n'était pas plein. C'était un vol de semaine, un vol qu'on appelle « régulier », avec des retraités qui s'en vont visiter le monde ou voir leurs petits-enfants, et des voyageurs professionnels en déplacement planétaire obligatoire. Deux rangées derrière moi, un bébé « criaillait », et c'était horripilant, mais on-ne peut-rien-dire-vu-que-les-bébés-sont-sacrés.

Soudain, on a commencé à voir une, puis deux, puis trois hôtesses aller et venir avec empressement dans l'allée. Dans le haut-parleur, une voix suave a demandé s'il y avait un médecin parmi les passagers. C'était mauvais signe.

On était déjà en bout de ligne quand le commandant a pris la parole. D'une voix ferme et sans détour, il a annoncé qu'il retournait au point de départ « pour raisons médicales ». J'ai essayé d'imaginer ce qui se passait : crise cardiaque ? Mort ? Accouchement ? Ça devait être sérieux. Les lucioles élégantes et chapeautées continuaient de voleter dans l'environnement d'une musique d'ambiance que personne n'écoutait. On allait prendre du retard sur l'horaire prévu mais quoi, pourquoi s'énerver ? Rester citoyen, faire preuve d'empathie, ça fait aussi partie des aléas (et retours à). J'essayais de me distraire en lisant le *David et Goliath* de Malcolm Gladwell que je venais d'acheter.

C'est alors que, une fois n'est pas coutume, afin de nous éclairer sur la cause de cet arrêt obligatoire au stand, Voix-Suave a dit en français : « En raison du malaise d'un passager qui a trop peur en avion, nous attendons l'arrivée d'une équipe de secours, ce qui ne saurait tarder, merci de votre patience… »

What ? Mais qu'est-ce que c'est que cette histoire ? La peur en avion, qui ne l'a pas eue ? C'est normal d'avoir une certaine appréhension. Mais on serre les fesses ou les dents, la peur, on la roule en boule et on se l'avale comme une grosse bouchée de pain de mie. Ou alors, j'en connais qui, doutant trop d'eux-mêmes, choisissent de rester sur le plancher terrestre. C'est un choix, ils prennent seulement le train et tant pis pour l'outre-Atlantique, l'outre-Pacifique et autres trans-nuages.

J'ai d'abord souri, amusé, ironique, ensuite perplexe pour ne pas dire sceptique, et enfin dubitatif : comment est-ce possible ? Et si on avait été sur un cargo ? Demi-tour en pleine mer ? Et si c'était il y a un siècle, qu'est-ce qu'on aurait fait ? Passé par-dessus bord ? J'ai essayé d'imaginer l'identité de celui ou celle qui, par son simple pouvoir de persuasion, avait réussi à interrompre le décollage d'un Boeing. Ça valait le sac à provisions de la place Tian'anmen. J'espère pour lui qu'il a une bonne assurance…

La première équipe de quatre flics de proximité, envoyés par l'aéroport de Newark, a fait son entrée dans l'avion. Leurs gros derrières avaient du mal à se faire une place dans l'étroitesse du lieu, d'autant qu'à la ceinture ces fonctionnaires doivent se colleter dix kilos d'équipement et d'outils divers : menottes, revolver, matraque, lampe de poche, bombe lacrimo – enfin, des trucs utiles au cas où (même si je pense qu'il leur manque une clé à molette, un pied à coulisse et une tronçonneuse). Ils sont allés discuter avec le malade. Je me suis levé de mon siège, mais impossible de voir de qui il s'agissait.

Dix minutes plus tard, arrivés de plus loin, plus costauds, plus grands, plus gradés, un second quartet d'uniformes armés a rejoint le groupe de collègues aussi intrigués par la situation qu'inopérants. Même chose : tentative de dialogue avec l'homme invisible, apparemment sans plus de résultat.

On a vu passer une chaise roulante. Puis un masque à oxygène (là où y a pas d'plaisir…) et les bouteilles.

« Nous attendons l'arrivée de l'équipe de secours, ce n'est plus qu'une question de minutes, merci de votre patience », a annoncé en français/anglais Voix-Suave, qu'on sentait elle-même passablement énervée par la situation…

Enfin, trois médecins costauds en chemisette moulante claire, tout aussi équipés que leurs semblables bleu marine à casquette, ont remonté l'allée. Badaud, je me suis à nouveau levé pour essayer de voir. Sa-voir.

Mais il n'y a pas eu beaucoup de spectacle, le dialogue a tourné court. Ça n'a pas duré longtemps. Même pas une piqûre. Rien. Sans élever la voix, le médecin a dit ce qu'il fallait. Apparemment. Je n'ai pas entendu le détail, mais ça ressemblait à « Bon, maintenant, ça suffit, t'arrêtes de déconner », qui a eu un effet magique. D'entre les sièges s'est relevé un jeune homme, il était blanc, que dis-je, livide comme un fantôme. La trentaine avec une petite barbe, habillé plutôt relax, il a murmuré, gêné, en se tournant vers les autres passagers « *Sorry, guys* ». Après quoi il a suivi l'escouade des gros popotins et bodybuildés en uniforme, eux-mêmes suivis par la chaise roulante repliée et la lourde bouteille d'oxygène sur roulettes.

Puis les portes de l'avion se sont refermées. À nouveau, j'ai entendu les cris du brailleur de quelques mois qui maudissait la vie dans les bras de ses parents impuissants derrière moi.

On nous a annoncé qu'on allait tout faire pour rattraper le retard, et l'avion s'est remis en bout de piste.

Ce « *sorry, guys* » me tournait dans la tête : pourquoi ce lâche était-il désolé ? On avait fait rudement vite pour retrouver son bagage. Sans prononcer le mot « bombe », juste naïvement, d'une voix hésitante, je n'ai pas pu m'empêcher d'interroger une hôtesse qui passait dans l'allée. Voix-Suave s'est alors tournée vers moi et m'a répondu, en ajoutant un petit mouvement de cils, qu'on avait fait le nécessaire. « S'il avait eu un bagage enregistré… »

Comment ça « s'il avait eu un bagage » ?

J'ai trouvé sa réponse laconique pour le moins évasive.

En tout cas, on avait fait rudement vite pour le récupérer. S'il en avait un…

Ouais, disons que c'est à ce moment précis que, à mon tour, j'ai commencé à avoir peur, comme ceux qui se laissent envahir par des pensées noires…

Mais, moi, je n'ai rien dit.

22

SILENCE ENNEIGÉ

Janvier 2014

J'aime le silence,
Assourdissant,
Qui envahit New York,
Quand la neige est tombée.

J'aime le silence des grandes métropoles capitonnées,
Celui qui transforme le tohu-bohu,
Ce grand capharnaüm des sons, de fréquences aiguës,
Ou graves, et d'explosions,

De claquements de klaxons,
De crissements et de hiss,
De vüüü, de tweeeee, de raaaah,
Tous les bruits mélangés.

J'aime quand soudain s'éteint
La frénésie,
De cette symphonie rythmée
Qu'on a mille fois chantée.

J'aime ce moment qui l'aspire et la change en un souffle,
Instruments en sourdine, silence molletonné,
Quand la neige est tombée,
Vingt centimètres suffisent, et tout est à refaire.

Bien sûr que ce silence est le même,
Semblable à tous les silences qui ont fait taire le tumulte ;
Ce chaos auquel on s'habitue,
Et qui soudain a disparu.

Bien sûr le silence n'a pas d'âge ;
Le silence est un classique,
Universel,
Il vient de l'univers, et c'est partout pareil.

Sauf que là, c'est New York,
Et qu'ici,
Rien n'est vraiment pareil qu'ailleurs,
…

J'aime ce silence particulier,
Pas les sirènes,
Pas le ronron des moteurs des bus, des camions,
Même pas les taxis, ni les engins ni les gens.

Non,
Juste une latence au milieu de l'immensité,
La cité dans son infinie paralysie,
Snow day.

J'aime ce silence-là, silence enneigé qui ne dure qu'un temps,
Avant que la conscience velléitaire ne se réveille,

Avant que l'envie de vivre ne soit plus forte que la paresse,
Avant que les machines ne reprennent le pouvoir.

J'aime le silence blanc,
Quand la neige est tombée
Sur la grisaille,
Cacher la poussière.

J'aime le silence qui ne dure qu'un temps,
Ce silence au matin, dans la lumière pâle,
Quand la neige est tombée sur New York,
Tombée pendant la nuit,

Pendant qu'on dormait, toi et moi,
Pendant qu'on ne dormait pas, ni toi ni moi,

J'aime le silence à New York
Quand la neige est tombée.

23

PLAFOND AU RAS DU SOL

Janvier 2014

Effondrement…

Soudain, un trou béant dans le plafond de l'atelier, plafond tombé du ciel sur mes tableaux alignés. De l'eau dans les boîtes explosées par terre, le néon qui pend en biais n'est plus tenu que par un maigre fil électrique… Que s'est-il passé ? La fatalité vous oblige à respirer de grandes bouffées d'air… J'appelle Angel, le superintendant. J'ai les pattes sciées. Angel fait ce qu'il peut pour entretenir tout le bloc d'immeuble qui appartient au même trust propriétaire basé à Brooklyn. Une demi-heure plus tard, Angel arrive, suivi de José, son cousin qui lui file un coup de main pour la plomberie quand il n'est pas trop bourré. Double Patte et Patachon, ce n'est pas la version orfèvre du bricolage domestique, plutôt un « service minimum », « si-ça-tient-c'est-bon », « Kès ki vou fo d'pluss ? ». Mais au moins c'est fait.

Angie me dit que ça s'est passé cette nuit, vers quatre heures.

« Une *pipe* (tuyau) a explosé à cause du froid. Il faisait –25 °C (ressenti –37 °C à cause du vent). »

La nuit a été longue pour lui et sa famille de trois gosses venus de Porto Rico.

« Il y a eu une grosse inondation. Les pompiers sont venus. Les flics aussi. Ils croyaient que quelqu'un était mort. »

Ils ont cassé des portes à la hache, comme ils font quand ils arrivent *cold blood* au milieu de l'enfer, et qu'ils ne cherchent pas à analyser le pour et le contre des avantages et désavantages qu'il peut y avoir à agir de telle ou telle façon. Non, ces bûcherons urgentistes ne sont pas connus pour faire dans la dentelle.

Bref, il n'y avait pas de mort. Juste un locataire absent au deuxième étage par cette nuit d'hyper-gelure qui ne sera pas déçu quand il rentrera… Les FDNY harnachés ont paré au plus pressé, et ils ont d'abord tenté de couper l'eau pour l'étage. Sauf que, dans ce vieux *brick building* construit dans les années 1930, tout ne tient que par l'opération du Saint-Esprit (et par la grâce d'Ashem), et les robinets et ferrailles n'aiment pas se faire dérouiller. Du coup, une valve est restée dans les mains d'un pompier trop costaud. Un second jet s'est mis à gicler.

Vers cinq heures trente, ça s'est enfin calmé, quand ils ont trouvé où couper l'eau pour tout l'immeuble. Mais celle qui s'était répandue tel un serpent a ruisselé d'étage en étage, suivant le principe de l'attraction terrestre pour aboutir immanquablement au rez-de-chaussée, où se trouve mon *Artspace* atelier de la RE-Gallery !

Alors, le plafond en Placoplatre alourdi par l'eau est tombé, il s'est effondré sur ce qu'il y avait en dessous, c'est-à-dire… mes tableaux. Il a entraîné le néon dans sa chute, lequel, à son tour, a embarqué des pots de pigments colorés, des peintures, des flacons de vernis et des boîtes empilées remplies de babioles.

Y avait de l'eau sale sur mon ordinateur, mes chargeurs photo, et tous les documents posés sur mon bureau sont maintenant illisibles, imbibés, irrécupérables.

Le plus grave concerne la destruction de dessins et de photos uniques, et une quinzaine de tableaux posés au sol, endommagés, souillés, dont une peinture que je devais livrer cet après-midi. Résultat : la vente est suspendue.

Le « *contracter* » et un des sbires du proprio sont passés en fin d'après-midi ; ils disent qu'ils vont remettre ça en état la semaine prochaine, mais je dois tout déménager…

Le sbire m'a donné un numéro à appeler à l'agence afin de me proposer une réduc' de loyer en guise de dédommagement. Que ceux qui croient que je vais me nourrir sur l'assurance oublient leur fantasme. Les assurances sont comme les avocats, les médecins ou les tribunaux : moins on les voit, mieux on se porte. Ma police couvre seulement les blessures faites aux personnes. Si on voulait assurer les œuvres, il fallait informer régulièrement la compagnie du moindre mouvement. Tout un binz qui coûtait trop cher ; au bout d'un an, on a abandonné.

On peut se protéger, et se protéger contre les protections, mais y a toujours un moment où l'imprévisible se produit. Si on veut se mettre des boucliers sur tout le corps, ça devient une armure, et c'est lourd à porter et ça entrave les mouvements. Fin de la métaphore.

Y a-t-il un secret rationnel pour évaluer les risques ? Je ne sais pas. Le risque zéro fait partie de l'imaginaire de ceux qui veulent maîtriser l'avenir, pour contrôler l'incontrôlable. Pourtant, même les plus grands statisticiens payés des fortunes par les banques n'ont pas vu venir le crash de 2008…

C'est vrai, j'en conviens, quelle que soit la part gauloise qu'il y a en moi, je n'ai jamais imaginé que le ciel allait me tomber sur la tête cette nuit…

Épilogue

Une dizaine de photos et autant de dessins détruits, quinze tableaux détériorés et cadres foutus, une rame de feuilles de beau papier à jeter, je passe sur les détails, ça fait suer, mais on passe tous par des épreuves, des haies à franchir.

Si on voit la vie comme un jeu de l'oie, on apprend à relancer les dés,

Si l'on se voit comme un cheval dans un steeple-chase, il y a ceux qui sautent l'oxer, la barrière ou la rivière, et ceux qui refusent l'obstacle,

Si on voit la vie comme un arbre à glands, ce n'est pas un orage, même de grêle, qui va déraciner un chêne.

Le plancher sèche, et les bonnes journées succèdent aux moins bonnes.

Pour me changer les idées, quelqu'un m'a envoyé un lien vers la musique de Paul Thorn.

Dans une chanson, le mec dit : « *Never forget that whatever you believe, you might be wrong* » (« N'oublie jamais que, quoi que tu croies, tu peux te tromper ! »). Paul Thorn n'est pas un intellectuel de haut vol, mais, avec un père pasteur et un oncle maquereau, il a certainement été amené par l'existence à se poser certaines questions et à remettre en cause des évidences…

Cette phrase – « *Never forget that whatever you believe, you might be wrong* » –, qu'il dit avoir entendue de la bouche de Bill Clinton, est plutôt contraire à l'esprit ambiant, qui répète à l'envi « *Be who you are !* » (« Sois celui que tu es ! »), « *Be yourself !* », leitmotiv positiviste qui incite à l'affirmation saturée de ses convictions et stimule la confiance en soi, plutôt qu'il ne dirige l'esprit vers des pensées en demi-teinte.

Mais, quand un gars de Kenosha, Wisconsin, suggère d'insuffler de la perplexité dans ses analyses, c'est comme s'il proposait une courbe sur un plan aligné, ou s'il versait de l'eau sur un cuir imperméable.

La formule est intelligente, mais son sens dépend de la circonstance.

Il faudrait être naïf pour penser que les mystiques ne doutent jamais. Les gens qui ont la foi n'essaient-ils pas de s'auto-persuader en permanence du bien-fondé de leur croyance ?

Ce sont deux points de vue difficilement compatibles (aussi binaires que Républicains *versus* Démocrates) : d'un côté, les raides amidonnés, les consciencieux gens du Devoir, qui pensent que se remettre en cause est une preuve de faiblesse, qu'il faut avoir la droiture et la rigidité d'un foret en acier si l'on veut percer le béton ou traverser les montagnes, de l'autre les caméléons, les opportunistes flexibles, qui regardent le monde avec un regard filou, pensant qu'il faut garder de la souplesse et savoir s'adapter comme l'eau capable de passer partout…

Qui peut affirmer qu'un point de vue est meilleur que l'autre ?

24

FAIRE AFFAIRE

2014

Par la baie vitrée de ce vingt-cinquième étage, je regarde les fourmis au fond du canyon. Pas de lumière derrière la porte du bureau de Mikkis. On a un « petit quelque chose à régler », et Mikkis m'a envoyé un SMS pour me suggérer de passer à l'agence. Je suis monté sans rendez-vous et me voilà dans l'impasse, bloqué à la case « accueil » par la belle hôtesse. Svetlana (son nom est inscrit sur un badge) est en grande discussion avec quelqu'un qui ne cesse de la relancer de l'autre côté du téléphone. En attendant qu'elle raccroche, je tue le temps sans la moindre pitié.

Dans le ciel clair, un petit avion tire une banderole sur laquelle est inscrit « Ashley », avec un numéro de téléphone et un cœur « *I Love You* ». Un message de détresse amoureuse, peut-être ? J'imagine celui qui l'a financé, sa douleur, son dernier espoir, son ultime tentative pour reprendre contact avec ladite « Ashley ». Quand Internet ne suffit plus…

Svetlana parle moins fort que ses deux collègues qui cancanent de l'autre côté du couloir. Flegmatique, elle retient son souffle tandis que la voix continue de vociférer dans son oreillette.

Entre deux respirations, je me présente à nouveau devant elle en glissant subrepticement : « Mikkis est là ou pas ? » Je suis invisible. Elle regarde ailleurs. Je n'existe pas. Pure ignorance. Soit elle ne m'a pas entendu, soit elle considère que je peux attendre. Alors j'attends… Cette fille est un bouclier, une barrière de protection, une haie, un pare-buffle, un gilet pare-balles, visiblement concentrée sur la responsabilité qui lui incombe de ne pas froisser son interlocuteur, d'éviter l'affrontement. Elle tente de le rassurer, mais je suis témoin du fait que ses multiples douceurs ne suffisent pas à calmer les ardeurs « *hard* » de l'énervé, qui continue de la harceler. D'après ce que je comprends, le collectionneur allemand (ou autrichien) à l'autre bout de la ligne est inquiet, inquiet de n'avoir pas reçu le certificat d'authenticité d'une aquarelle à 500 000 $… Il est pris dans les mailles d'une histoire de douanes, c'est du sérieux, la revente qu'il devait faire de l'aquarelle à un oligarque russe par l'intermédiaire d'un port franc en Suisse est bloquée parce qu'ils n'ont pas le fameux certificat, qu'il devrait avoir mais qu'il n'a pas, pourquoi il ne l'a pas ? Et qu'est-ce qu'ils font ? Passez-moi votre directeur, lui ou un autre… Et c'est reparti pour un tour à réexpliquer à Svetlana qui a bien compris mais qui n'en peut mais…

Après un gros quart d'heure de palabres, elle trouve enfin les mots sous forme de promesse qui clôt la discussion comme un feu s'étouffant par manque d'oxygène. Elle raccroche. *Time out.* Une pause entre deux *rounds.* Elle a gagné quelques secondes de répit, je l'entends murmurer quelque chose comme « *F… you* » après avoir reposé le micro relié à son computer.

Maintenant, elle se passe la main dans les cheveux, reprend son souffle et me regarde d'un œil bleu porcelaine dans l'espoir de trouver un peu de compassion.

« Oui ? C'est pour quoi ? »

Ce n'est pas la première fois que je viens. Elle pourrait me reconnaître…

« Je viens voir Mikkis. »

D'une voix neutre, ampoulée, elle répond :

« Mr. Salam s'est absenté. »

Mikkis est un courtier d'Art, mandaté par de riches clients, collectionneurs privés ou fonds de placement/investissement. Il sillonne la planète à la recherche de pièces rares. Un dessin de Matisse, une petite peinture de Basquiat, une sérigraphie originale de Warhol, une peinture de jeunesse de Richter, telles sont ses dernières « trouvailles ». Et il se sert au passage en prenant une commission quand le *deal* se fait. Du coup, Mikkis voyage beaucoup, il n'est pas là aujourd'hui. Enfin, on ne sait jamais…

Dire qu'il est absent ne signifie pas qu'il soit loin, mais peut-être qu'il ne veut voir personne. Mikkis a le don de s'isoler. Serait-il en suspension, flottant en apesanteur dans une baignoire à isolation sensorielle, ou bien assis en lotus en train de suivre l'enseignement de son maître et gourou Wayne Shazir Lamin Dhaassa, qui le conseille au jour le jour sur la bonne attitude à adopter en collaboration avec sa diététicienne, elle-même en contact avec son psy ?

Mikkis a beau être un homme d'affaires redoutable, il n'en est pas moins perché. D'ailleurs, on a le sentiment qu'il plane toujours à quinze mille. Aujourd'hui, ou bien il est là, ou bien il est réellement à Santa Fe dans son autre agence, ou ailleurs…

Après un petit temps d'arrêt, Svetlana ajoute :

« Ah, mais… Je crois qu'il a dit qu'il avait laissé une enveloppe pour vous… »

Les pensées sombres qui m'avaient envahi s'estompent soudain.

Elle se lève et va chercher ladite enveloppe dans le bureau de Mikkis.

Loin des *open spaces* aseptisés, le bureau de Mikkis Salam est un chantier, avec des piles de dossiers en équilibre instable. On pourrait croire qu'il est confus, lui le grand baratineur, qui *story tells* pour tout et rien à la fois, une machine à paroles qui sortent en flot continu comme l'eau d'une fontaine. Pour autant, il conserve des traces écrites de ce qu'il a dit ou entendu dire. Ses murs sont recouverts de post-it.

Svetlana a trouvé ce qu'elle cherchait, elle referme la porte et me tend ladite enveloppe du bout de ses longs ongles vernis. Sans commentaire ni détail, j'y trouve 1 800 $ comme promis, en petites coupures (est-ce pour me faire croire qu'il y en a beaucoup ?), ainsi que l'adresse à laquelle la photo vendue doit être livrée « en urgence ».

Je repars.

Svetlana est de nouveau au téléphone, derrière son *desk*. Je crois bien que c'est l'autre qui la rappelle. Elle me jette un dernier coup d'œil dans lequel je perçois un brin de désespoir, à moins qu'elle ne s'assure que je suis bien parti, car il y a dans cet appartement des œuvres d'une valeur inestimable, et tout le monde soupçonne tout le monde.

Easy listening dans l'ascenseur, deux télés (pas une, deux) qui diffusent les actus en continu, des fois que quelque chose d'important se passe dans le monde pendant que je suis dans la nacelle : aujourd'hui, rien de grave, sinon qu'il pleut sur la montagne. *Les New-Yorkais partis le week-end dernier sont revenus déçus d'avoir dû skier sur des cailloux…*

Vingt-cinq étages plus bas, me revoilà immergé dans la réalité, parmi ceux qui ont juste l'impression de n'être presque rien à force de vouloir être tout. Bien sûr, on peut trouver des gens pour agir à votre place, mais à quel prix ! « *Do it yourself* », c'est la première leçon qu'on apprend à New York, la seconde étant qu'une bonne affaire est une affaire conclue, quelle que soit la conclusion.

Alors, puisque cette vente s'est faite, c'est fête !

J'envoie un SMS pour remercier Mikkis, et je file en courant pour livrer la photo à l'autre bout de la ville…

25

STARBUCKING

2014

J'aime écrire quand il pleut.

Dans un des cent soixante et onze Starbucks de l'île, je recopie sur des carnets les pensées volatiles qui me passent par la tête. Quand les idées me viennent, je ne cherche pas à les organiser. Je ne veux rien. Enchaîner les phrases, déchaîner les mots. Les mots sont des oiseaux qui perdent leurs plumes – sachant que je n'ai jamais vraiment écrit à la plume. Je suis un stylite qui prend ce qu'on lui donne. Je fais comme je « pneu », comme disent les chambres à air. Oui, c'est ça, je suis gonflé, j'en ai plein les poumons. Je me consume comme une bougie le vendredi soir. Fatigue et maux de reins. Chaud et froid, mon dos ruisselle dans la doublure de cette parka militaire trop lourde. Fibres synthétiques, on n'apprend pas à se vêtir.

Les souvenirs sont des impressions à peine impressionnées, fugaces comme une image sur un papier léger, « papier de soi ». Le présent ne dure pas. Il est et puis il n'est plus l'instant d'après. Rien ne peut durer éternellement ? Et si c'était ça la vérité ? Une vision impressionniste de l'existence.

On zappe tout le temps. Zapper au boulot, zapper au sport, bourrage de crâne, ou zappage en amour. Zapper même Frank Zappa. Les émotions ne durent plus. Comme si le temps s'emballait, une accélération des *process*. Tout se dissipe, comme les êtres dissipés. Je vis en décalage.

Klaxons, énervements, une nouvelle crise s'en vient. Électricité d'un jour d'orage. Un retour de la violence dans l'air pollué.

« La rue, la rue, la rue, la rue », chantait Ménélik.

À travers la vitre du Starbucks où je bois un café en méditant pendant que mon téléphone se recharge, j'aperçois le corps d'un homme gisant sur le sol. Une quinzaine de flics autour de lui, j'imagine qu'ils concoctent leur argumentation solidaire. Une affaire rondement menée. Une heure à peine s'est écoulée depuis les coups de feu. Vérité protégée des blaireaux sniffant des racines anxiolytiques dans leurs terriers. L'ambulance emporte le moribond.

Il n'y a déjà plus aucune trace de rien, à part une tache noire sur le bitume.

Katia, qui vient de poser un grand cappuccino devant moi, est déjà au courant. Les serveurs savent tout. C'était un violeur de vieilles dames originaire du Queens, il était recherché depuis des mois.

La crise est là, oui, tapie dans l'ombre.

Crise larvaire, latente en attente, une asphyxie lente. Cette crise qui sert d'alibi pour ne rien faire, comme un fantôme dans les esprits. Pas plus que les kangourous ou les seiches, les manchots milliardaires ne mettent vraiment la main à la poche, comme les morts vivants, les *homeless* sont de retour. Les militants des Young Lords aussi.

Un mec hagard crache sur la vitrine et se barre.

Le gros de la sécurité lui court après, mais revient cinq minutes plus tard, essoufflé.

Rouillent le fer et l'habitude.

Raffut d'enfer.

Les profanes éclusent des litres de bière qu'ils cuvent en lisant des revues de moto. Le prix de vente des appartements baisse, mais celui de la location augmente.

Sur la *Big Apple*, chacun vit pour sa pomme et les pépins de santé coûtent cher.

26

TAKE US IN THE US

2014

Belle journée aujourd'hui à New York, où me voilà de retour l'âme en paix.

Sentiment du devoir accompli. Au Guilvinec, à Bruxelles, à Épinal, Marseille ou Paris, en trois semaines et demie, j'ai fait beaucoup de choses, tant visuelles que musicales.

Croisé aussi des gens venus d'univers variés. Je les ai trouvés moins stressés que lorsque la France était dirigée par le Nantais hautain qui précédait l'aficionado au même poste de Premier ministre.

Remises en question et déstabilisation, rien n'est réglé, certes, mais quand même, il y a clairement un mieux. Bon, les joutes verbales pleines de contradictions et de paradoxes animent toujours autant les conversations, à croire que les gens aiment ce malaise du déséquilibre. Les bavards ont toujours eu besoin de la controverse ; sinon, ils s'ennuient. Beaucoup d'orateurs avocats et de commentateurs polémistes pensent que le jeu de la critique stimule l'esprit comme les bulles dans le soda.

L'allégorie BD du « Gaulois irréductible » leur plaît bien. Même si quatre-vingt-dix pour cent pensent comme ça, ils défendent le droit à l'exception; cette fameuse exception qui confirme la règle.

Le contre-chant des conversations ronronnantes, le brouhaha des débats de chaire font partie du paysage hexagonal; alors, c'est plutôt reposant de prendre de la distance par rapport à ces querelles d'experts armés de grenades rhétoriques chargées de la poudre aux yeux d'un savoir théorique.

J'avais peut-être vingt ans quand j'ai choisi de ne pas entrer en politique, pourquoi les anciens sportifs se voient-ils tous devenir ministre des Sports? Moi, je suis entré dans l'Art comme d'autres entrent en religion, ou plutôt j'ai forcé les portes comme les marchands sont entrés dans le Temple, par effraction, de façon « ainsi-dieuse ».

Après le concert de la Gaîté, les gens avaient du mal à partir.

La fille d'une amie américaine s'est faufilée pour me féliciter. Dire que je l'ai connue toute petite… Après m'avoir quitté, ladite « petite » envoyait un SMS à sa mère :

« C'était top, mais y avait pas beaucoup de "portables"…

– Qu'est-ce que tu entends par là ? lui demande sa mère.

– Ben, tu vois, quoi, c'était surtout des gens de ton âge… »

C'est vrai, il y avait aussi de la presse et des gens d'influence loin d'être tous « acquis à la cause », comme on dit, et aussi pas mal d'amis, mais pas seulement. Et pourtant le feu a pris.

Quelqu'un m'a dit en sortant : « C'est quand même magique, vous avez le pouvoir de réunir les gens. »

L'Art et le sport aplanissent les différences qui existent entre les classes sociales. L'Art et le sport peuvent apporter la Paix. Quand les hommes vivent le cœur battant au rythme d'une même émotion, ils n'ont plus la motivation de se combattre…

Je retrouve la galerie, ma routine « internationale ». Hier, une Allemande, un Argentin, un francophile du Bronx, trois Canadiens venus de Calgary et une avocate qui m'avait contacté sur LinkedIn.

Dans quelques jours, je participerai au projet Take Us lancé par l'artiste Alex Tréma. Encore une manière différente d'aborder le street Art… L'idée est simple, généreuse : Alex a demandé à une vingtaine d'artistes de créer une œuvre, laquelle sera glissée dans une enveloppe (pour ma part : un dessin) qui sera accrochée de façon aléatoire ou dans des endroits choisis à Paris. (Il choisit pour chacun de ses événements une ville différente.) Quiconque trouve l'enveloppe peut la décrocher et la garder, son contenu lui est offert. Alex demande seulement à celui qui a trouvé l'enveloppe de prendre une photo de l'œuvre mise en situation et de lui transmettre le cliché. Créer un lien entre l'émetteur et le récepteur, rompre avec la problématique de la valeur de l'Art. « Si tu veux, tu peux la prendre. »

Offerte au hasard, laissée au vent, comme une semence de rêve, polliniser l'imaginaire de n'importe qui. Un geste gratuit.

Alex est déjà intervenu à New York, à Londres, et dans une vingtaine d'autres endroits. Cette action artistique, ce sera à Paris les 16, 17 et 18 mai prochains. Une sorte de chasse au trésor, une collecte artistique spéciale.

De l'Art à l'Air libre.

Here is Art.

La question de la gloire, de la reconnaissance, et surtout celle de la valeur de l'Art obsèdent les profanes. La gratuité est à l'opposé des vérités qu'ils ont apprises.

Les matérialistes considèrent que la valeur numéraire définit une valeur morale.

Mais les préoccupations de l'argent et la notoriété sont de fausses questions, il s'agit de conséquences, le fruit est le résultat du travail des branches.

Dans le calme relatif d'une 36th Street new-yorkaise au repos, seul à mon bureau, la porte ouverte sur le printemps, je réponds aux courriels enthousiastes que j'ai reçus.

Déjà hâte de retrouver mes équipes en juillet…

27

432 PARK AVENUE

2014

J'écris rarement à propos des choses qui me créent du désagrément. Je préfère les repousser dans les geôles de ma cervelle, feignant de les ignorer. J'espère que ma mémoire s'occupera de les corroder, comme le temps oxyde les souvenirs.

Mais je ne peux pas oublier le 432 Park Avenue. On le voit de partout. J'habite à quelques blocks et je l'ai vu se construire depuis 2011. Tous les jours il est monté d'un cran, jusqu'à atteindre son *peek* en octobre de cette année.

Cet immeuble est une aberration architecturale qui se veut bambou ou jonc peut-être, mais pour moi, c'est un monstre, symbole de la fracture sociale. D'une hauteur vertigineuse de quatre cent vingt-six mètres, seulement dépassée de vingt-trois mètres par l'Empire State Building, et bien sûr par le One World Trade Center, qui culmine au-dessus de New York à cinq cent quarante et un mètres, il sera en 2015 (date de sa « livraison ») la troisième plus haute construction de Manhattan.

Mais la hauteur ne susciterait pas de débat si sa base carrée n'était pas seulement de vingt-trois mètres. Soit un ratio base/hauteur de 1/19. Je ne sais pas comment l'architecte uruguayen

Rafael Viñoly est parvenu à embarquer dans son délire les développeurs de CIM Group et Macklowe Properties. Il les a fait boire ou fumer quelque chose, ou quoi ? Putain, je ne voudrais pas être l'assureur qui garantit les ingénieurs de WSP Cantor Seinuk. Ce poteau d'arrogance est une injure à la raison.

Bien sûr, d'un point de vue moral, on pourrait avancer que le milliard de dollars qu'il a coûté aurait pu être dépensé à d'autres choses plus importantes (éducation ou recherche médicale), mais bon, ça, c'est un jugement subjectif. On peut s'offusquer de n'importe quelle dépense somptuaire quand la moitié de la population mondiale vit sous le seuil de pauvreté. Mais même si cela peut effectivement alimenter de nombreuses discussions militantes autour de la question philosophique du « luxe et de la nécessité », ce ne sont pas tant ces chiffres-là qui m'embarrassent ; j'ai seulement la conviction que ce truc ne tiendra pas quinze ans. Il y aura un jour, une nuit, une tempête cognée, un cyclone, un ouragan façon Sandy plus, et, quelle que soit la flexibilité dudit « jonc », le truc va se fissurer, se casser et s'écrouler.

Chaque fois que j'évoque mon scepticisme béotien, mes amis ironisent quant à la candeur de ma perplexité ignorante :

« Qu'est-ce que tu crois ? Ils y ont pensé ! Attends, ce building bénéficie de nouvelles technologies, des dernières techniques de construction et de nouveaux matériaux…

– Écoute, si les ordinateurs ont démontré que ça pouvait le faire, ça peut le faire ! »

Mais au fond leurs arguments s'arrêtent à des « T'inquiète pas, j'imagine qu'ils ont prévu leur coup… ».

Et blablabla.

Pourtant, désolé, moi, je n'y crois pas ! Chaque fois que je le regarde, je pense au drame qu'il engendrera. J'ai le pressentiment que cet immeuble porte en lui un malheur.

Athlètes dopés, hystéries boursières et surexploitation de la planète, ce bâtiment est à l'image d'une humanité irrespectueuse de toute logique naturelle. Cette chose est faite pour une frange de seigneurs et de nababs souverains aveuglés par leur surpuissance, qui se croient si forts qu'ils refusent l'évidence. Cet immeuble de tarés nie tout en bloc. Ni beau ni laid, ni créatif ni utile, il n'en fait qu'à sa tête. Et comme si ça ne suffisait pas, il paraît que dix-sept autres projets semblables attendent dans les cartons.

C'est de bien mauvais augure ; un méchant présage pour la génération de demain, celle qui verra la fin du pétrole, celle qui a été endormie par l'idée qu'Internet et la prétendue « information gratuite » peuvent réveiller la conscience des êtres. Pourtant, c'est le contraire qui se passe : pour dix vidéos de torture, de têtes coupées ou d'actes violents en tout genre, il y a une compilation neuneu de courageux dévoués intrépides qui sauvent un chaton sur une branche, des canetons dans un égout ou un chien dans les remous d'une crue, et cette vidéo-là suffit à faire oublier toutes les horreurs ?

Mon Dieu, ayez pitié ! Un éléphant se fait tuer toutes les demi-heures, on n'a jamais coupé autant de cornes de rhinocéros, quatre cent vingt et un millions d'oiseaux ont disparu d'Europe en trente ans, la moitié de la faune terrestre s'est éteinte en quarante ans… et jamais on n'avait construit de bâtiment d'habitation plus stupide que les quatre-vingt-cinq étages (plus trois sous-sol) de ce 432 Park Avenue.

J'espère seulement que ses cent quarante-sept appartements seront remplis de leurs occupants – propriétaires, magnats chinois, familles princières qataries, oligarques russes ou autres fils de pétroliers texans – quand celui-ci s'écroulera, brisé net aux alentours du trente-septième ou du quarante-cinquième étage. Car il n'y a pas besoin d'être grand aruspice, devin ou ingénieur spécialiste des taux de résistance des matériaux pour prévoir que s'effondrera un jour ce grand con d'immeuble phare mégalomane du 432 Park Avenue.

28

NEW YORK-CONCEPT

2015

New York est un concept,
New York est un concept,
Le concept du règne, celui du sceptre,
Ou du spectre de l'argent…

Ou du huit.
Oh oui, le huit,
Celui qu'on *tweet*
À l'infini, oui,
Le 8, signe de chance chinois,
Un chiffre dressé, un infini ∞ vertical.

New York est un concept qui raffole des idées folles,
Celles qui s'envolent comme les pollens au printemps,
Des idées enchantées,
Idées fortes,
Des idées décidées…

Des idées en chantier à la pelle mécanique,
Celles qu'on appelle de tous nos vœux,

À Noël, ou la veille du jour de l'An,
Ces idées dont on a besoin,
Celles dont on manque
(des idées dans un coffre à la banque)…

Des idées qu'on balance sur un tapis de jeu,
Froidement,
Poker face,
Take care,
Tout miser, atomisé,
Quand le jeu en vaut la chandelle,
Ou quand celle-ci s'éteint
Dans une chapelle.

Quand le jeu tue il,
Et si ça flingue, si ça fait des suicides,
Et des morts à crédit,
Tant pis.

Et si on y reste sur le carreau
Cœur au carré, pique, ou trèfle,
Tant pis.

New York est un concept, advienne que pourra,
Pire que tant pis,
Ou mieux que tant mieux.

New York est un concept,
On les adore ces idées, comme on se jette des fleurs.
Bouquets d'idées écloses et compliments volatils,
Jeter sans pitié les fleurs fanées.

Jours de parade,
Toujours prêts à parader...

New York est un concept de kermesse où l'on mange joyeusement des nourritures-poisons, frites dégoulinantes d'huiles de carbure vingt fois réchauffées, fruits couverts de crème grasse, viandes en carton qui n'ont plus rien d'animal, bonbons aux sirops de sucres collants, trucs sur bâtonnets mêlés de colorants au glucose quand on déambule dans les fumailles de BBQ, où l'on essaie une paire de lunettes noires devant une glace déformante, des bracelets en faux cuir ou des bijoux à offrir, des pulls ou des tee-shirt synthétiques et autres produits infâmes venus de la Chine des mafias en se faisant masser les cervicales sur des fauteuils adaptables à votre morphologie, tout ça pendant une après-midi pour se dire qu'on a fait quelque chose un jour de rue piétonne...

Faire la fête,
Sens dessus dessous,
Dans les tréfonds des boîtes de nuit souterraines,
Au trente-sixième dessous de la désespérance, ou
Recoller les morceaux
Et retrouver l'air
Au ras du sol, dans l'ombre des nouveaux buildings
Et gratte-ciel de frères investisseurs,
Qui investissent au septième ciel.

Oui, la fête travestie, investie...
Officielle, essentielle,
Aussi méga-logicielle
Autant que superficielle.

New York est un concept en mouvement,
Jetées les idées en pluie de confettis,

Humanité, inhumanité.

29

GLOBAL ENTRY

Mai 2015

Je fais de plus en plus souvent des navettes transatlantiques et je passe beaucoup de temps dans les avions, comme des heures de poireau dans les files de douane en arrivant à JFK ou à Newark.

Attendre dans les queues en zigzag, pas à pas, les jambes lourdes, avant d'atteindre dans son *booth*, sa cabine (en Lorraine, on appelle ça une « calougeotte »), un douanier qui vous regarde perplexe derrière le plexi et vous jauge/juge d'un œil inquisiteur.

Alors, une amie m'a suggéré de perdre du temps une fois pour toutes en allant passer une entrevue au Global Control.

Je me suis laissé convaincre et j'ai pris rendez-vous avec les officiers de ce service, à qui j'ai expliqué les raisons pour lesquelles j'avais besoin de la carte qui permet de s'enregistrer soi-même.

Depuis que je l'ai reçue, ma vie a changé. Je n'ai plus le cœur qui bat dans le couloir menant aux douanes. J'arrive, je me poste devant la machine, je m'identifie en pressant mes *finger-tips*, et voilà, c'est fait. Je reçois un certificat d'entrée. Ensuite, j'attends comme tout le monde que mon bagage apparaisse sur le tapis roulant, en quelques minutes, ça peut être réglé. Super-pratique, gain de temps, gain de tout. De ce point de vue, le fichage sur ordinateur permet aussi de bénéficier d'avantages liés à la simplification de pas mal de choses.

Je suis d'un naturel stressé, alors, quand je voyage, je m'y prends à l'avance et je vérifie plutôt trois fois qu'une ce dont j'ai besoin avant de partir. Je sais dans quelle poche je mets quel papier. Et je me répète ça comme un pilote fait son check avant le décollage.

Embouteillages de fin de journée en quittant Manhattan, mais, une fois passé le Lincoln Tunnel, c'est allé vite. Le bus a mis moins de quarante minutes pour atteindre l'aéroport. Réveil en sursaut : « Terminal B, Terminal B ! » a crié le chauffeur sans tourner la tête.

Une fois enregistré, je me suis dirigé vers la porte 57.

Peu de monde.

Un premier douanier jette un œil distrait sur mon passeport. Sans lever le coude, il met des croix et coche des trucs sur ma carte d'embarquement.

Enlever la ceinture, mettre les chaussures dans le bac, sortir l'ordinateur du sac, mon gilet, mes clés, montre, monnaie, stylos et tout ce qui bipe. Oups, aussi, jeter le fond de ma bouteille d'eau dans le *trash can*. Et voilà, je suis nu, pur pour me faire baptiser par la douane.

Lever les bras dans la cabine de scan. Apparaissent mes bretelles au détecteur de métaux. Fouillé. C'est bon. C'est fait, je suis passé. Juste le temps de récupérer mes affaires à la sortie du tunnel de radiographie. Nickel, je n'ai pas oublié de canif cette fois-ci. Tout va bien.

Je m'écarte pour me rhabiller. Assis sur un banc, je remets mes chaussures, et au moment de glisser mon passeport dans ma poche, je m'aperçois qu'il me manque la fameuse carte du Global Entry que je mets toujours dans le passeport. Mince. Où est-elle ? Je me palpe, me re-tâte. Attends, non, sérieux, c'est quoi ça ? Je ne l'ai pas. Je ne l'ai plus. Je vide mes poches, mon sac, non. Elle est si petite, elle a dû rester dans le « *bin* ». Vite, j'y retourne.

Un peu inquiet, certainement confus, j'explique la chose à Mr. Kevin Sanchez, dont le nom est marqué sur sa plaque de douanier. Apparemment, je trompe la torpeur dans laquelle veut se noyer cet homme peu motivé et tentant d'oublier sa condition d'employé qui s'ennuie au travail. Nonchalamment, il accepte cependant d'aller demander à ses collègues de vérifier le contenu des cuvettes. Ils le font sans entrain.

Revenu à pas lents, il me dit qu'ils n'ont rien trouvé. Eh, je vois bien qu'il n'a rien à la main, mais entre nous ils ont à peine soulevé trois ou quatre trucs, je pense clairement qu'ils auraient pu y mettre un poil plus de zèle. Ont-ils conscience de la gravité de ma situation ? J'insiste :

« Mais voyons, c'est impossible. Je l'avais… »

Mr. Sanchez perd son temps. Si moi, je suis de nature anxieuse, lui, il est de nature sceptique : d'abord, ai-je jamais seulement possédé ce que je lui demande de retrouver en vain ?

« Non, monsieur, personne ne vous a pris cette carte.

– C'est de la magie ou quoi ? »

Je vide mon sac pour la troisième fois sur la table. Vérifier un par un chacun des objets qu'il contient, livres, carnets, poches. Non, cette carte n'est pas là.

Mr. Sanchez est retourné s'installer derrière l'écritoire d'où il supervise ce qui se passe. Il m'observe néanmoins du coin de l'œil.

Ma logique s'embrouille. « Impossible, c'est impossible ! » Je deviens fou. Le front en sueur. Je m'essuie. Pour la cinquième fois, j'ouvre toutes les pages de mon livre, mes calepins… Non. Rien.

N'y tenant plus, je retourne voir Mr. Sanchez. Je commence sérieusement à l'énerver, mais il se maîtrise. Je sens bien qu'il me juge sévèrement. À ses yeux, je suis un zombie… Ou peut-être un affabulateur ? Ou bien un drogué ? À moins que je ne sois un maniaco-dépressif ? Sûrement un mélange de tout ça.

Je le tanne et je l'empêche de faire son boulot.

« Non, monsieur, je vous assure, il n'y a pas d'extraterrestres. Enfin, du moins pas dans cette partie de l'aéroport, que je sache », glisse-t-il avec un brin d'ironie.

Et, en guise de conseil à la con, il me suggère :

« Si vous y tenez, faites une déclaration de perte.

– Mais attendez, c'est de mon identité qu'il s'agit… Il y a ma photo, cette carte peut laisser n'importe qui rentrer aux US à ma place ? »

Réagissant à cet argument pourtant peu probable, voire incohérent, il retourne néanmoins vers ses confrères et consœurs. Surtout ne pas les brusquer, eux qui comme lui agissent avec méthode dans l'espoir de journées simples s'enchaînant, toutes semblables les unes aux autres. Dans une douane, tout ce qui n'est pas normal est anormal, et pour eux je suis anormal, donc suspect. Clairement, nous ne sommes pas amis.

Je n'arrive pas à accepter cet état de fait. Qu'on perde un papier dans la jungle, soit, au milieu d'une surprise-party arrosée à la vodka dans un club de la mafia russe, certes, ou dérobé par le monstre du loch Ness en Écosse, pourquoi pas, mais là, sous les regards de toutes les caméras digitales *high tech* tournées focus vers ici, c'est impossible ! N'empêche que je n'ai pas ma carte. Je ne peux pas admettre que j'ai perdu cette carte.

« Vous ne pouvez pas rester ici ! »

Il y a des années, une aventure semblable m'était arrivée à JFK. Seulement, après trois quarts d'heure d'âpres recherches, un second employé de la compagnie aérienne avait finalement retrouvé ce maudit passeport que le premier jurait m'avoir donné, alors qu'il était en fait coincé entre deux planches de ce qui servait de comptoir d'enregistrement. Trois quarts d'heure de honte, de panique, de dénégation, et puis le miracle.

Mais aujourd'hui, que dalle, pas de miracle. Ma carte s'est bien volatilisée. Disparue.

Sans ma carte (ni le territoire), je me suis écarté du passage, tout en restant quand même à farfouiller désespérément tel un blaireau hébété.

Cela faisait vingt minutes que j'étais là, à gesticuler, quand une autre femme en uniforme s'est approchée. Un peu plus compréhensive que ceux qui étaient à deux doigts d'appeler le service des urgences psychiatriques, elle m'a demandé doucement :

« Vous êtes certain d'avoir cherché partout ?

– Oui, oui… La preuve, regardez !

– Allons, monsieur, respirez, calmez-vous… »

À son tour, elle est retournée voir les autres, qui discutaient en cercle comme des comploteurs, à la fois gênés, désolés autant qu'apathiques. Puis elle est revenue et m'a redemandé :

« Vous êtes certain d'avoir tout vérifié ?

– Voyez vous-même... lui dis-je en montrant le contenu de mon sac étalé sur le plat du comptoir.

– Et vos chaussures ?

– Quoi, mes chaussures ?

– Vous avez vérifié vos chaussures ?

– Qu'est-ce qu'elles ont, mes chaussures ?

– Vous avez enlevé vos chaussures ?

– Oui, bien sûr...

– Je vous le répète : avez-vous vérifié vos chaussures ?

– Non, mais enfin, euh... Pourquoi ?

– ... »

J'ai défait le lacet de ma chaussure droite.

À peine avais-je retiré mon pied de la chaussure que la carte si fine est tombée par terre.

Un immense sourire de soulagement a illuminé les visages de la dizaine de douaniers dont les regards convergeaient vers mon pied droit. À l'américaine, en rigolant, ils se sont mis à applaudir en faisant « Youhouou ! ». La gloire ! Sans réfléchir, je me suis alors jeté sans flegme sur la femme en uniforme, en lui faisant un grand *hug*.

Elle s'est amusée et, tentant de se dégager, elle m'a dit qu'elle n'y était pour rien, pointant du doigt celui qui avait suggéré en dernier recours cette hypothèse ultime. Tel un Roberto Benigni débordant d'amour, le pied gauche chaussé et l'autre en chaussette, j'ai foncé vers icelui, que j'ai à son tour embrassé (pas à la russe mais em-brassé au sens littéral). Bien qu'embarrassé, ce grand/gros costaud black, cédant à l'émotion, m'a tapé trois fois dans le dos en guise d'accolade, et les choses sont vite rentrées dans l'ordre, car quand même, une douane, c'est du sérieux.

J'ai donc remis ma seconde chaussure sous le regard goguenard de Kevin Sanchez qui, resté en retrait, voyait là un autre argument pour justifier le fait qu'il n'avait aucune raison de se casser le pompon, vu qu'il y a toujours une explication simple et rationnelle aux phénomènes apparemment paranormaux…

Certes, cher Sherlock, n'empêche, j'aimerais quand même comprendre comment cette carte s'est retrouvée là, vu que j'avais mon passeport à la main…

30

ALPHABET CITY

Juin 2015

Je jouerai jeudi 11 juin à vingt et une heures au Nublu (New Blue – prononcer « nioublou »), situé 62 Avenue C. Ce club fête son treizième anniversaire avec une série de concerts en dehors des sentiers battus.

Le Nublu n'a l'air de rien. Quand tu arrives, devant la façade bombée de tags, c'est à peine si tu sais que c'est là ; comme un *speakeasy*. Pourtant, une fois que le rideau de fer se lève, tu sens immédiatement que tu pénètres dans un endroit rempli d'histoires. Tu as lu le scénario, maintenant tu es *dans* le film.

Ce mois-ci, ils fêtent leur anniversaire. Treize ans qu'ils font venir une communauté de créateurs musicaux inspirés, des gens à part, des talents en résistance, bluesmen, jazzmen ou compositeurs progressistes, qui tentent de se faire une place dans une ville qui aujourd'hui plie, courbée sous le bât de la finance, comme si la cupidité des propriétaires avides et la concupiscence des rapaces planqués derrière leurs ordinateurs avaient fini par écœurer beaucoup d'artistes, créateurs, musiciens, poètes et penseurs, tous ceux qui jadis ont fait de New York ce qu'elle est. Pourtant, des îlots subsistent, dans lesquels on essaie encore des choses…

Dans le cœur du Lower East Side, Alphabet City, c'était d'abord « Little Germany », un petit secteur dans lequel s'étaient installés des migrants venus d'Allemagne et de Pologne, jansénistes, luthériens, presbytériens et juifs. Little Germany était organisé avec rigueur et droiture. Et puis il y a eu le drame du bateau *General Slocum*, qui a fait plus de mille morts en 1904. Petit à petit, le quartier a changé.

Dans les années 1950, les Portoricains puis les ouvriers du métro sont venus en famille : Alphabet City est devenu un des quartiers de Manhattan ayant la plus grande densité de population.

Dans les années 1980, ce foyer d'envies a vu apparaître les premiers *graffiti artists* et autres *taggers*, les premiers *B-Boys breakdancers, rappers* et DJ, venus s'installer là parce que les loyers étaient bas. Bon, honnêtement, c'était même carrément la dèche. Héroïne, cocaïne, *weed*, on trouvait tout ce qu'on voulait pour une défonce urbaine à la fois excitée et désespérée. C'était un quartier sauvage, et t'avais des raisons d'avoir peur.

Je me souviens du dicton : « *A, you're Alright, B, you're Brave, C, you're Crazy, D, you're Dead.* »

Après la grande bagarre du Tompkins Square Park, en 1988, les *homeless*, *drug pushers* et *skinheads* ont été chassés de l'endroit, et le quartier a petit à petit changé de couleur et d'odeur… Avec le grand nettoyage de Giuliani, ça s'est javellisé. Depuis les années 1990-2000, c'est devenu sûr et tranquille.

Même si c'est isolé, ce n'est pas loin du New Museum et des galeries qui tentent de survivre aux alentours. Il s'y passe pas mal de choses, mais c'est vrai aussi que le métro n'arrive pas partout…

Se faire surprendre, c'est se mettre dans la position de celui qui vit une émotion pour la première fois.

Or, la première fois, c'est toujours excitant ! Je serai jeudi accompagné *pour la première fois* par Gil Oliveira à la batterie, Michael Kiaer à la basse et aussi Karim Attoumane à la guitare, avec qui je partirai ensuite rejoindre Emmanuel Trouvé et mon équipe pour les dates au Canada.

31

DÉMÉNAGER ET PUIS…

2015

Oui, c'est ici, à New York, que je suis venu pour me reconstruire en 2003. J'avais en moi une énergie créative que je n'arrivais pas à canaliser en France, et je suis venu défier mes fantasmes.

J'ai eu d'abord un atelier sur la 37th Street, un endroit laissé libre par un chapelier artiste qui voyageait beaucoup. Mais il est revenu un jour et m'a demandé de le récupérer pour une amie. J'avais relativement peu de choses à transporter. Un chariot à roulettes, quelques cartons ont suffi ; en quelques heures, j'ai pu migrer dans la même rue, juste en face, dans un immeuble occupé par plusieurs imprimeurs. Les rotatives faisaient vibrer les murs. C'était bruyant, mais j'aimais ça. J'avais de la place. C'est là que j'ai commencé à créer les sculptures en bois du *Baabel Manhattan*. Mais cet espace était celui d'un type qui avait fait faillite. Après cinq mois, en mai, un jeudi, le superviseur est monté me demander de dégager en vitesse, car les huissiers venaient poser les scellés le lundi. J'ai appelé un copain qui avait de l'espace à côté de ses grands studios photo de Splashlight. Une équipe est venue avec une camionnette, et on a déposé ça dans un entrepôt, le temps que je trouve quelque chose. J'avais cet été-là les concerts accompagnant *Double Vue*.

À mon retour, j'ai enregistré *New Yorcœur*. Une fois le disque mixé, j'ai emménagé au 247 West, dans la même 37th, au dix-neuvième étage d'un *commercial building*. J'avais signé un bail de colocation avec l'artiste japonaise Mariko Mori, qui avait le *deal* de tout l'étage. Une artiste internationalement reconnue – aussi parce que son grand-père est un milliardaire grand collectionneur d'impressionnistes, ça aide pour atteindre les musées, si tu vois ce que je veux dire. Bref.

Je suis resté cinq ans dans ce studio *Artspace* où je recevais ceux qui avaient pris rendez-vous via Internet. C'était bien, j'étais au calme, je surplombais la ville. Belle lumière et belle vue, j'ai commencé à prendre mes marques. Pourtant, je me sentais isolé, dans mon nid. Je ressentais l'envie d'avoir « les pieds dans la boue », au niveau de la rue. J'étais aussi venu pour ça. Profiter de ce tumulte, de cette effervescence qui donne à New York tout son attrait.

Quand Mariko Mori m'a fait savoir qu'elle voulait récupérer l'espace qu'elle me louait pour y monter sa fondation, je me suis dit que c'était le bon moment pour bouger et vivre enfin ce que j'avais imaginé au départ en venant m'installer à New York. J'ai donc cherché un endroit qui me permette à la fois de travailler et de rencontrer les gens, au niveau des trottoirs, les poussières dans la poussière de Manhattan.

C'est alors que j'ai monté la RE-Gallery sur la 36th West, entre 8th et 9th Avenue. Midtown West, même quartier, mêmes repères. Cette fois, ce sont des déménageurs slaves qui ont mis les œuvres dans des cartons. En deux heures, l'empaquetage était réglé.

La moitié des œuvres fut déposée dans ma pièce d'accueil, l'autre moitié dans mon *basement*, une réserve sous le niveau de la mer. (Ce même sous-sol qui fut inondé lors de l'ouragan

Sandy.) Quoi que ce fût terriblement chronophage, j'ai été heureux, si heureux, excité de vivre cette expérience unique, de me voir tous les jours en train de rejouer le générique des *Deschiens* avec lever de rideau de fer le matin et descente le soir.

J'y ai vu défiler la Terre entière. C'était à la fois passionnant et accaparant. Quand j'étais à New York, j'y venais tous les jours (y compris le dimanche pendant les trois premières années...) ; quand je n'y étais pas, il me fallait trouver quelqu'un pour me remplacer. Un challenge et une contrainte. Toute cette expérience de la RE-Gallery à elle seule pourrait faire un roman...

En cinq ans, le quartier a énormément changé, après qu'il a été décidé d'étendre le concept « Time Square », en intégrant dans son périmètre le Garment District. Remplaçant les junkies et les *desoriented* par des touristes à claquettes en été et des *business traders*, l'environnement a changé d'identité, après la construction de grands hôtels en lieu et place de bâtiments vétustes mais aussi charmants : les échoppes d'artisans cordonniers, serruriers et autres retoucheurs disparurent au profit de grandes enseignes. De même que dans ce qui était jadis des entrepôts et lieux de stockage industriels j'ai vu s'implanter de nouveaux restaurants, clubs de gym ou galeries d'Art.

À la fin de mon bail, le propriétaire m'a proposé de le renouveler – avec le sourire, mais sur des bases financières tellement élevées que c'était tout simplement impossible. Doubler mon loyer ? Impensable. J'avais ramé pendant cinq ans pour rester à flot, je ne voyais pas comment mettre en péril mon existence juste pour lui payer un loyer qui ne le rendait même pas heureux vu l'étendue de sa fortune – il possédait non seulement mon lieu, mais tout l'immeuble, non seulement l'immeuble, mais tout le pâté de maisons... Si pour lui j'étais *peanuts*, pour moi, c'était toujours un challenge de finir le mois ; et quand je n'y arrivais pas, il fallait reporter ça au suivant… Je me suis donc résolu à abdiquer. Sans regret. C'était juste une page qui se tournait, la fin d'un chapitre.

J'ai rendu les clés à Angel, le superintendant qui gère les bâtiments bancroches du groupe propriétaire du block. « Voilà, c'est fini », comme disait Jean-Louis Aubert. Je n'irai plus au 362 West 36th Street, où j'ai vécu l'une des périodes les plus remarquables de ma vie. Croiser ces gens, ces centaines de gens venus de partout, les entendre me raconter des histoires, leurs histoires, vraies ou fausses, politiques ou personnelles, plus ou moins dans le détail (parfois intimes), inspirés/libérés par ce qu'ils voyaient aux murs, parce que l'Art est une fenêtre ouverte sur l'inconscient… Tous ces échanges ont fait de cette période une expérience de vie incroyable.

Même si j'étais souvent venu à NYC avant de m'y installer, et même si j'y avais déjà vécu sept ans avant de signer le bail pour ce local, ma vision de New York était encore abstraite, pour ne pas dire touristique.

Comme beaucoup d'étrangers travaillant ici peuvent y vivre en fréquentant quasi exclusivement les membres et acolytes de leur communauté professionnelle, j'avais vécu jusque-là coupé de la réalité de terrain. Je parlais de la vie à New York en comparant des principes, des préceptes et des mécaniques, mais sans avoir vraiment eu les pieds dans la boue.

Pendant cinq ans, aux aguets, j'ai épié du coin de l'oreille les bruits incongrus qui pénétraient mon espace quand je regardais le mur sur lequel était fixée ma toile. La porte vitrée ouverte sur la rue, je posais mon pinceau encore humide et me levais soudain pour accueillir tels Russes venus de l'Oural, tel coiffeur de stars, tel Charlie junky ex-batteur dont la femme avait été abattue par le tueur en série Joel Rifkin, un pêcheur de Rod Island, des snobs de l'Upper East Side, un Jacob photographe de Portland, deux skateurs blacks, un auteur de pièces de théâtre pour enfants qui en écrit une pour des animaux domestiques, des Belges ou des Français envoyés par « quelqu'un qui leur a dit que… », « alors maintenant vous vous êtes "mis" à la peinture ? », d'autres venus pour voir « celui qu'ils avaient aimé du temps de l'Avion sans aile », etc.

Pendant cinq ans, ma musique intérieure s'est mêlée à celle du dehors, aux klaxons, aux sirènes d'ambulances ou de pompiers, à celles des flics du commissariat à côté, aux marteaux-piqueurs faisant trembler le sol, aux infrabasses des *low speakers* diffusant le beat des musiques à fond depuis la vitre ouverte de quelque sourd au volant, aux ronrons des moteurs de bagnoles débouchant du New Jersey en passant par le tunnel du FDR…

En cinq ans, j'en ai bouffé de la poussière, lavant les vitrines une fois par semaine, passant l'aspirateur ou lessivant le sol sans cesse recouvert de ces particules grises qui ne cesseront qu'avec la fin des énergies fossiles.

Pendant cinq ans, à peine atterri à Newark, je me rendais là et je m'installais derrière mon bureau, m'imposant de me rendre à tout moment disponible, philosophe, aimable (autant que possible).

Comme celui qui se dit qu'il doit prier coûte que coûte s'il croit qu'un jour il pourra rencontrer l'Être inaccessible (Ultime Illumination), comme le pêcheur qui se plante au bord de l'eau et trempe sa ligne en rêvant de voir s'enfoncer son bouchon dans cette eau sombre qui ne laisse rien voir de ce qu'il y a là, nageant dans son courant.

Oh, bien sûr, je n'ai pas fait que cela ; mais j'étais *addict*. C'était ma routine journalière, comme une obsession. Une contrainte de travailleur : que je le veuille ou non, je *devais* m'y rendre.

Je n'ai presque plus voyagé, j'ai repoussé un certain nombre d'invitations à plus tard, dédié à cette seule occupation, je me suis mis à moitié à « l'écart du tiers ».

Clé d'*ut*, clé de *fa* ou clé du sol, j'ai rendu le trousseau.

Je suis vacant, en vacance (du latin *vacare*, « être vide »).

En ce même jour, l'intuitif Alain De Greef, le grand Eddy Louiss et le vieux trouble Charles Pasqua ont aussi rendu les clés.

Sauf que moi, je ne suis pas mort ; si je suis quelque chose aujourd'hui, je suis *more*, j'en veux encore !

Alors, cinq costauds portoricains sont venus cette fois pour mettre mes œuvres, matériel de peinture, livres et affaires perso dans des cartons, afin de les transporter dans un gros camion vers un *storage* en dehors de la ville où elles vont séjourner jusqu'à ce que j'intègre ce nouvel endroit dans le East Harlem, Upper East Side.

*

La 104th Street, c'est le début de Spanish Harlem, tout proche d'un quartier qu'on appelle Yorkville, en dessous du Bronx, un quartier populaire où les loyers restent à la limite de l'abordable pour une classe ouvrière plutôt démunie.

À chaque block on trouve des *liquors stores*, des *barbers*, des bimbeloteries « Tout à 99 cts » et des « restaurants » dépositaires des marques de nourriture industrielle. *Junk food*, en veux-tu ? Me voilà !

C'est le quotidien des gens dont on peut voir la peine, la souffrance existentielle. Je veux dire qu'ici les efforts pour « sur-vivre » ne sont pas dissimulés comme ils le sont dans les quartiers chic où l'on fait semblant de ne jamais se poser de questions. Ici, les masques des visages sont déformés par la fatigue, et non par le botox.

Je me suis posé au 3rd floor d'un building en instance de restauration, mais qui n'a pas encore reçu toutes les autorisations pour le faire. Un lieu plutôt inspirant, comme on peut le voir sur les photos postées sur Instagram. L'endroit est beau, j'ai de la place, mais il y a un hic : j'ai accumulé tant de choses sans m'en rendre compte que je ne sais plus où ranger quoi.

Par joie, par excitation, par boulimie, par abus de confiance en moi, par enthousiasme, j'ai beaucoup produit. Peut-être trop ? En tout cas, je n'ai pas trouvé le moyen de diffuser ma « superproduction ». J'ai aussi composé des centaines de chansons que personne ne connaîtra jamais, mais celles-ci sont « empilées » dans la mémoire de mon ordinateur, compressées, elles me sont accessibles en un clic. Comme ces textes que j'écris pour me souvenir.

Tous les artistes savent que l'Art visuel va de pair avec des lieux de stockage… L'envie de faire, d'agir, ça occupe plus d'espace que la méditation.

J'ai accumulé tant et tant de dessins, de peintures, de photos ! Je n'ai pas su écouler mon stock. Je n'ai pas trouvé preneur.

Cela fait trois jours que je tourne en rond. Aujourd'hui, je sais que je vais devoir faire le chemin en sens inverse. Ça prendra le temps qu'il faut, mais je vais devoir détruire ce mur qui m'empêche d'y voir clair.

Après la « *re*construction », la *dé*construction ?

32

CONCERT À CENTRAL PARK – SUMMERSTAGE

21 juin 2016
Fête de la Musique

À dix-huit heures, il y aura Yael Naim, General Elektriks et le groupe La Femme.

Pour ma part, je monterai sur scène autour de vingt heures quarante-cinq.

Je file à la répète à Smash Studio sur la 36th Street, une rue que je connais bien, celle de la RE-Gallery jusqu'en juin dernier.

Il s'en est passé des choses depuis un an…

Je serai accompagné par des musiciens présents sur l'album enregistré au Dockside Studio à Maurice/Lafayette, Louisiana.

J'interpréterai des morceaux de cet album et des gold/standards, dont « L'histoire du loup dans la bergerie », « Comme un avion sans aile »…

Les musiciens sont arrivés hier, un groupe spécial, formé pour l'occasion : venus de Louisiane, deux Cajuns, jeunes (à jeun), Roy C. Durand (*drums*) et Chris Stafford (*fiddle*, *cordion*, banjo) ; Karim Attoumane, mon lascar *guitar*, arrivé lui direct de Madagascar ; Ben Zwerin, *mister bassman from Brooklyn*, Riley Mulharker (trompette) et Tim Wong à la console.

Les répétitions sonnent d'enfer !

Encore quelques détails à régler, mais quoi qu'il en soit, là, ça devient sérieux ! Comme quelqu'un qu'on a espéré et qui n'est plus loin, quelque chose qu'on ne voit pas mais qu'on devine derrière la porte. Ça se rapproche… Ce qui est resté longtemps virtuel, une chimère, quand je voyais d'autres artistes invités traverser l'océan pour jouer leur musique sur cette scène d'été située sous les arbres, à quelques blocks de chez moi.

La possibilité de m'y produire me semblait inaccessible, sans que je comprenne pourquoi.

Collé à plat entre les feuilles de dossiers, le projet est resté dormant pendant des années. Il finissait par ressembler à une utopie, un hologramme, une fumée, pour ne pas dire un espoir lointain comme un horizon flou derrière des lunettes embuées. Et c'est tombé cette année en guise d'accompagnement du disque et du concert de Lafayette.

Ce qui n'était pas sera demain ! J'ai appris que certains fans feront le voyage, depuis la France. C'est sûr que, pour moi aussi, ce concert aura quelque chose d'exceptionnel : sur les mille huit cents spectacles que j'ai faits dans ma vie, ce n'est pas souvent que j'ai pu rentrer chez moi à pied…

Une vie est faite de repères. Le précédent concert qui m'est resté comme un moment inoubliable fut celui du Trianon, à Paris, en novembre 2014, souvenir dû aussi à la présence à mes côtés sur scène des invités : Benjamin Biolay, Tom Novembre et Yamée.

J'en ai fait beaucoup d'autres depuis, dont j'ai gardé un super-souvenir, mais des conditions extérieures, météorologiques ou de production, plus ou moins ceci ou cela, voire des humeurs personnelles ondulantes, pour une raison X ou Y, tous ces intrus ont parfois teinté la nature de mon souvenir.

Hier, dès les balances, il y avait une bonne ambiance *backstage* : croiser General Elektriks et Yael Naim et même Madj, un *soundman* français que je n'avais pas vu depuis des lustres.

Les conditions étaient idéales. Beau temps toute la journée, on était dans les starting-blocks. « Trois, quatre » et c'est parti sur les chapeaux de roue.

Une organisation super-rodée (ils organisent à cet endroit soixante-dix shows chaque été), des pros « à l'américaine », mes musiciens au top, des amis dans la foule (dont Cézanne Nails, du Dockside Studio, arrivée pour l'occasion de Louisiane), tout s'est passé à merveille devant les nombreux spectateurs venus assister à cette fête de la Musique organisée par le French Music Export devant l'aréna de la Summerstage à Central Park.

Ce concert fera partie des repères de ma carrière. L'intervention du formidable trompettiste Riley Mulherkar sur « Demain les anges » et celle du pianiste Gustavo Casenave sur une version inédite de « L'avion sans aile » ont ajouté à ce spectacle un je-ne-sais-quoi qui rendra ce premier concert à Central Park unique, dans ce décor de nature urbaine, tellement chargé d'Histoire.

Pour ceux qui n'ont pu y venir et qui voudraient s'en faire une idée, voici la *setlist* des morceaux qu'on a joués :

01 – « (On va) Déconner »
02 – « Encore »
03 – « Follow the line »

04 – « Annie »
05 – « I love you Baby Blue »
06 – « Debout dans la boue »
07 – « Pochette surprise »
08 – « Brooklyn Night Blues »
09 – « Un jour les anges »
10 – « Maison soleil levant »
11 – « Comme un avion sans aile »
12 – « L'histoire du loup dans la bergerie »
13 – « Ma Marseillaise »

Encore merci à ceux qui ont fait ce moment.

33

NYC BLUES/RETOUR À L'ATELIER

Août 2016

Après plusieurs semaines passées en France, j'ai retrouvé mon atelier sur East Harlem.

Je suis seul dans l'immeuble. Les artistes qui l'occupent habituellement sont absents.

Rien n'a bougé. Les œuvres sont là où je les ai laissées. Alors, comme un poison, une étrange tristesse m'envahit, un sentiment en demi-teinte. Peut-être est-ce le fait de me sentir loin des amis que j'ai laissés de l'autre côté de l'Atlantique…

New York est une convergence d'envies et de propositions excitantes quand la folle énergie qui anime cette ville-île compense les inconforts que partagent ceux qui y habitent : la cherté des loyers, la standardisation bas de gamme des produits d'alimentation chimico-industriels, la difficulté d'entretenir des amitiés durables. Quand la frénésie quotidienne asphyxie la raison, on peut faire fi de tous ces « détails », parce qu'on a un rêve, un objectif, une ambition. Et, comme dans le sport, il faut vraiment se concentrer pour avoir une chance d'atteindre son but, voire de gagner une médaille. Ici, on vit dans l'urgence du présent, on n'a pas le droit de perdre son temps. Mais, quand le rythme ralentit, quand la ville tombe dans la routine des autres villes, alors l'immensité de ses proportions vous saoule. Vertige…

Comme tous les immigrants hypnotisés par un idéal de Liberté, un jour on a fait le voyage. On s'est planté ici ou là, avec la ferme intention de devenir meunier, boulanger ou faire de la farine. On a accepté les contraintes, et on a pris racine. Les saisons ont passé, l'eau coule toujours dans l'Hudson, et un jour on s'aperçoit qu'on est resté à la même place, tel un épi oscillant parmi des millions d'autres épis. Hein ? Non, il n'y a pas de honte, on peut tous être des *happy* épis. On se dandine au gré du vent. On suit le rythme des vagues végétales au milieu de ce grand champ de blé, mais, si le chant du vent vient à se taire, alors on entend le moteur des énormes moissonneuses robotisées qui s'avancent, tel un bataillon en ligne, pour vous faucher en quelques secondes.

New York était une ville de commerce, elle est devenue une ville de banquiers pour qui l'argent n'existe pas. Oui, aujourd'hui l'argent n'est qu'un concept. Juste quelques bits dans un programme informatique. D'ailleurs, l'argent est tellement virtuel qu'on s'est habitué à ce que les choses elles-mêmes n'existent pas. (Pas plus que les hommes…) Pas plus la musique que l'information, le cinéma ou l'Art. Tout s'est dématérialisé en même temps que l'argent. Il ne faut pas se leurrer, si les galeries ferment, ce n'est pas directement à cause d'Internet, mais parce que les amateurs d'Art qui achètent au « coup de cœur » ne misent que de petites sommes pour satisfaire leur appétence. Quant au New York de l'Art contemporain spéculatif – celui qui, à coups de chiffres hallucinants, fait la joie des médias –, lui, il concerne seulement quelques dizaines de collectionneurs-investisseurs qui placent leurs fonds perdus en fonction des garanties que leur assurent des curateurs-experts comptables, eux-mêmes financés par d'autres intermédiaires… Ce sont des montages sophistiqués dans lesquels les notions de goût, de beauté, d'esthétique ou même celle de préférence personnelle n'interviennent que dans des proportions minuscules…

Le téléphone a sonné, Marianne et Manu étaient en bas de l'immeuble, venus me rendre visite. Ils sont artistes tous les deux. Lui est photographe, il cherche un studio pour bosser, elle est dessinatrice. Elle enseignait l'Art dans une école américaine, mais elle avait envie d'essayer autre chose. Alors, ils sont partis trois ans en Espagne. Ils ont aimé l'aventure, une certaine qualité de vie, la météo, la gentillesse et la disponibilité des gens. Mais l'Espagne aussi traverse une crise économique sans précédent : quand l'école l'a rappelée, elle a dit oui et ils viennent juste de se réinstaller. Et puis j'ai entendu de la musique. Bolleck, le sculpteur polonais, a mis Buena Vista Social Club à fond les gamelles. Quand, au bout d'une demi-heure, j'ai frappé à sa porte, il a sursauté, torse nu, en sueur : il était en train de dessiner. Lui aussi, il se croyait seul dans l'immeuble… Plus tard, il y a eu des bruits au-dessus de ma tête, quelqu'un traînait quelque chose. Bref, je n'étais plus isolé.

Il y a ce concert à venir en Nouvelle-Calédonie, et puis aussi pas mal d'expos sur lesquelles je dois travailler, donc j'ai de quoi occuper mon esprit. Mais il faut admettre que les remises en route sont souvent les plus difficiles. Plus difficiles que la tâche elle-même une fois qu'on a commencé à s'y atteler. C'est vrai dans tous les domaines : quand on se pose trop de questions, on ne trouve plus de réponses, parce qu'il y aura toujours une autre question après la dernière réponse.

N'est-ce pas ?

34

BLAGUE *FRIDAY*

2016

En ce « jour de folie » autrement appelé « Black Friday », inventé pour écouler les fins de stock au lendemain des repas pantagruéliques de Thanksgiving à base de dindes de dix *pounds* farcies de marrons, de pain de mie, de viande porcine et de *marshmallows*, en ce jour de grand libéralisme qui incite certains magasins à ouvrir leurs portes en verre dès trois heures du matin pour celles et ceux qui, pour être là et avoir plus de choix, auront fait la queue depuis la veille au soir avec chaises pliantes et sacs de couchage sur le trottoir, qu'il pleuve ou qu'il vente, tout ça pour être les premiers à se précipiter dans le magasin…

En ce jour qui, chaque année, fait un ou deux morts piétinés/étouffés par une foule en délire se ruant dès l'ouverture tel un rouleau compresseur, les yeux exorbités, les mains tremblantes comme celles de monstres hallucinés, zombies drogués de publicités, aveuglée par le besoin d'acheter n'importe quoi du moment que c'est moins cher, une foule qui ne peut réprimer ses pulsions de consommation sans sommation dans une sorte d'hystérie collective incompressible, une foule de morts vivants bien vivants qui vont s'injurier, se haïr, se battre pour finir par déchirer des lambeaux de soldes à cinquante, soixante ou quatre-vingts pour cent, telle une meute de hyènes sur une même carcasse, ou des bassets de chasse à courre en curée sur un cerf épuisé.

Oui, en ce jour de migration vers la fin du monde, le troupeau de bisons va passer sur un champ de coquelicots, et il ne restera en fin de soirée que quelques pétales rouge sang dans des boutiques dévastées, en vrac, où des vêtements fabriqués par des enfants-esclaves quelque part dans le monde avec des tissus bon marché se retrouveront froissés, boutons arrachés, fermetures Éclair brisées, jonchant le sol comme après un attentat à la décence…

Oui, ce jour, c'est aujourd'hui, une dramatique spécificité US, mais qui je le crains risque d'inspirer d'autres pays, obnubilés par ce sens du commerce qu'ont les Américains, alors qu'il existe tellement d'autres manières d'atteindre le bonheur…

Quand j'étais jeune, c'était un devoir de faire réparer les objets mécaniques ou électromécaniques qui tombaient en panne comme on tombe malade. Et l'on se réjouissait, *a fortiori*, de retrouver ceux qu'on utilisait souvent, ceux qu'on aimait bien, et qui par le fait s'altéraient. Aujourd'hui, point de fidélité à l'objet. On évite même de s'y attacher. La société veut que la nouveauté soit un idéal. Le progrès, les avancées technologiques permettent que le nouveau modèle soit plus performant que la précédente version. Soumis au truquage et à la manipulation machiavélique des ingénieurs de l'obsolescence programmée, on s'est laissé convaincre qu'acheter *neuf* était finalement plus « social » que de continuer à utiliser *ancien*.

« Ça donne du boulot, ça fait tourner les usines, ça fait vivre nos semblables » et autres fariboles de camelots du pouvoir.

Qu'il s'agisse de mécanique, de carrosserie ou d'électronique, on s'est aussi entendu répéter à l'envi que ça vous coûterait plus cher de faire réparer que d'acheter la nouvelle version.

« Celui-ci ne se fait plus, il est vieux… Il a au moins deux ans… » Genre, vous n'avez pas honte ?

Disparus les SAV, pour cause de manque de main-d'œuvre, de charges trop lourdes, de complications administratives et autre RSI écrasant les artisans et petits commerces au profit des grandes enseignes ; délogés les échoppes et autres lieux improbables où s'entassaient des tonnes d'objets disparates, et d'où émergeait un vieil homme courbé en blouse grise qui, soulevant ses lunettes d'un air ahuri, et parfois bougon, un fer à souder dans l'autre main, vous demandait :

« Oui, c'est pour quoi ? »

Et vous, gêné, présentiez un tourne-disque en bredouillant :

« J'comprends pas, il ne marche plus. »

Et lui, sans même regarder de quoi il s'agissait, vous disait de revenir la semaine prochaine ou dans quinze jours selon la pièce qui manquait…

Désormais, des vendeurs-agents technico-commerciaux en costard mal taillé vous assènent d'une voix de *soap comedy*, en prenant un air concerné :

« Mhhh… On va d'abord faire le diagnostic, ensuite on vous enverra un devis et, si vous l'acceptez, on le renverra à l'usine pour analyser les composants, vous avez la garantie ?

– Combien de temps ?

– Oh, ça prendra bien trois mois… Par contre, celui-ci est disponible tout de suite, j'en ai vingt en réserve… »

Même si je l'ai fait souvent à regret, comme tout le monde, j'ai pris l'habitude de jeter des choses, parce que la batterie de ma visseuse ne charge plus, parce que le tuyau de l'aspirateur est fendu, parce que le pommeau de la douche a rouillé, parce que le cordon est coupé… Pas plus tard que ce matin, j'ai balancé un *earphone*, certain que si je n'entendais plus rien à gauche, c'était parce qu'une malheureuse soudure avait lâché ; mais je n'ai pas le matériel ni le poste à soudure, dur… Il n'y avait qu'à refaire ce point de jonction minuscule, pourtant je l'ai jeté : qui, dans mon périmètre, aurait su le réparer ? Personne, d'autant que les coussinets étaient usés…

Alors, je vais aller chez B&H avant que ça ferme, avant le week-end, sans blague.

Tu me diras, c'est normal, allez, de préférer ce jour-là.

Frida, tu veux vendre, dis !

35

HELL-ÉLECTIONS
2016

1.
Donald Trompe

Jamais de la vie ! Jamais de la mort ! Jamais il ne sera élu. Quels que soient les sondages et les arguments de ceux qui commentent avec une certaine perversité maligne les inepties de cet imbécile, jamais, pas plus que Mickey ou Picsou, jamais Donald ne sera élu. Tout fauve qu'il soit, tout instinctif qu'il soit, ce type est un con. Un grand con opportuniste, méchant comme une teigne, fourbe et aussi borné qu'un dictateur.

Ceux qui disent qu'il est intelligent n'aiment pas l'Amérique ! Ceux qui font semblant d'analyser ses allégations provocatrices naïves n'aiment pas l'Amérique ! Non, non et non, Trump ne sera jamais élu ! Oh, Djizeus, non, pas lui ! Dans ses yeux vides, on voit bien qu'il ne comprend rien à ce qui se passe. Il vit au jour le jour et n'en revient toujours pas d'être arrivé là. Il s'est jeté dans cette campagne électorale pour sa propre gloire, comme un riche amateur balançant fanfaron des lieux communs. Tea-party le menton haut, lors de fêtes autofinancées pour redorer son blason. Ce n'est pas un homme politique, il le dit lui-même, il ne connaît rien à la politique, il ne connaît rien non plus à la diplomatie, et c'est malheureusement ce qu'apprécient ceux qui le soutiennent… Aussi vulgaire et trivial qu'un petit chef de province, ce pseudo-prédicateur démagogue brasse une pensée d'ivrogne. Imaginez qu'un type bourré dise à la fin d'un dîner arrosé ce que Trump éructe au micro depuis des semaines, tout le monde enverrait le soûlard cuver sa bêtise en cellule de dégrisement. Et pour être certain que les niais qui l'écoutent puissent le comprendre, non content de l'avoir dit une fois, il répète deux fois, deux fois toutes ses phrases, deux fois toutes ses phrases… (« *It's a disaaaaster, it's a disaaaaster* », assène-t-il en boucle, quand il n'a pas d'argument.) Mais c'est celui qui dit qui l'est. Laid. Non, jamais, jamais il ne sera élu.

2.

Il est temps qu'on en finisse, qu'on sorte de ce mauvais temps, qu'on s'échappe de cette campagne présidentielle boueuse. L'esprit crotté, se laver les bottes. Question choix, il n'y en a pas. Voter Clinton, résigné. Et dire qu'après ce *cross country* de la campagne américaine, on arrive dans le tout-terrain français… Et là, ce n'est pas beaucoup mieux. On en entend déjà de toutes les couleurs de l'automne…

3.

« *I am stoned.* » Estomaqué. Abasourdi. Dans une ville qui a voté à soixante-dix-sept pour cent démocrate, sœur Anne, ne vois-tu rien venir ? Eh bien, pas plus que les spécialistes, je n'ai vu venir cette déferlante rouge qui vient de recouvrir les cartes. Le Sénat, le Congrès, et la Justice, donc. Hillary bien qui Hillary le dernier.

Et lui, il ira où ?

La tête lourde et le cœur gros. Une boule dans la gorge. J'ai la nausée, comme dirait Sartre. Une envie de gerber par-dessus la rambarde d'un paquebot qui fonce tout droit vers le dernier iceberg. Puisqu'il n'y en aura bientôt plus, même si Trump et comparses font partie des tarés hypocrites qui continuent de nier le réchauffement climatique. De certains sommeils on sort mal, plus fatigué qu'en y entrant. Qu'est-ce donc que ce cauchemar ? J'erre dans un couloir où je crois ne côtoyer que des gens désobligeants, hostiles et indisposés qui se réjouissent comme des malades autour d'un médecin fou.

Des idées noires vont et viennent en moi, qui me rendent malheureux. Ce matin, une lumière grise enveloppe mon esprit sous un voile de chagrin. Brouillard de la mélancolie et désespoir, après huit années passées à se sentir fier d'habiter dans un pays qui semblait avoir fait la nique aux idées reçues associées à son passé esclavagiste. Je voudrais m'effacer, disparaître comme la glace qui fond. Ne jamais avoir vécu cette nuit. Qu'est-ce qui se passe ? Où suis-je ?

« *You want it darker* », dit le magnifique Leonard Cohen, aussi grave que sa voix chaude est posée, sage mais pleine d'angoisse. Un disque de plus, diront certains, oui, mais quoi ? C'est toujours un disque de plus. Celui-ci vient au terme d'une longue vie, et alors ? Doit-on cesser de vivre sous prétexte qu'on a déjà vécu ? Faire une œuvre de plus, c'est poser une pierre de plus sur l'édifice de son existence.

Ce mercredi aussi est une journée de plus. Une journée à vivre, envahi par la honte, quand on se sent un homme d'empathie, conscient des enjeux communs, mais qu'on se retrouve cerné par une meute de « loups pour l'homme », de démons agressifs et fanatiques, hantés par la jalousie et le protectionnisme. Doit-on être à jamais rassasié d'utopie et de joie de vivre ensemble ?

« *Great !* », « *Fantaaastic* »… Dire que ce baratin de camelot a suffi à convaincre des millions de gogos. Boniments et rodomontades d'un milliardaire hâbleur, au détriment de la Raison *has been* qu'incarnait façon directrice d'école raide Madame-Les-Dents-Longues, la protestante puritaine.

On sait que c'est un tricheur, un menteur, on sait qu'il a dit tout et n'importe quoi, mais chacun n'entend que ce qu'il veut entendre, ne voit que ce qu'il veut voir. On ne juge pas un homme (ou une femme) aux heures d'entraînement, l'Histoire ne retient que les quelques fois où il a réussi à franchir la ligne en tête. Dans un pays velléitaire, seul compte le résultat, peu importe comment il y est arrivé. Paradoxe de cet « homme d'affaire$ » sans foi ni loi qui s'est rangé du côté républicain, qui défend l'un et l'autre. Ce néo-tyran (je rappelle qu'en plus de la présidence, son parti a emporté le législatif, l'exécutif et donc même la justice – à vie), ce grand démagogue a eu plus de charisme qu'elle, qui n'a pas su séduire.

Obama fait ses valises, et le nouveau président des États-Unis fait péter le mousseux de Californie, en riant haut et fort, les yeux injectés d'ambition. Dire qu'il va poser ses fesses dans les fauteuils d'Air Force One… Il n'y croyait pas lui-même. Pourtant, il est là sur l'estrade, entouré de sa famille banban avec leurs sourires niais pour la photo officielle, et de toute sa clique d'ahuris en train de poser, dont Chris Christie « le Bigmalion du New Jersey », l'ex-maire Rudy Giuliani 9-11, l'ignorante à lunettes Sarah Palin ou le neurochirurgien crétin Ben Carson… Dire que c'est ça, aujourd'hui, qui nous représente… Pourtant, ce matin, il faut s'y résoudre.

Je n'ai plus de voix. La mienne, je l'ai donnée hier matin à la démocratie, mais ça n'a pas suffi. Au-dessus de Manhattan, ce matin, le ciel est chargé de nuages épais. On sait qu'il va pleuvoir, une douche froide sur un sol déjà trempé par les larmes citoyennes.

Le regard embué, je me sens las.

Bien sûr, ce qui se passe sous nos yeux n'a rien à voir avec qui nous sommes vraiment, mais c'est une journée terrible pour les humanistes du monde entier. Comme lui-même le disait dans ses discours construits autour de trois mots de vocabulaire : « *It's a disaaaster.* »

L'Internet est un confessionnal véhiculant un flux continu de pensées mélangées, qui vont s'épandre comme le lisier dans nos cervelles d'électeurs. Un jour, quelqu'un a dit que « donner son avis sur Internet, c'est comme vouloir construire un château de cartes dans un courant d'air ». Après le repli anglais du Brexit, ce vote américain vient à son tour de donner un terrible exemple aux autres nations. Qui seront les prochains ?

« *Good guys* » contre « *bad guys* », qui sont réellement les « bons » et qui sont les « méchants » ?

Chacun pour sa pomme, sur *Big Apple*, il ne reste que le trognon de nos espoirs démocrates désenchantés.

36

COURIR APRÈS LE SPECTRE (DE L'ARGENT)

2017

Qu'on en ait beaucoup, à la folie ou pas du tout, toute sa vie, on court après l'argent.

L'argent, cette chimère.

Ici, à New York, l'argent est partout, autant qu'il n'est nulle part.

On en parle, mais il est caché, il reste au milieu des milieux qui savent le mettre au centre de leurs préoccupations.

L'argent empeste l'âme, il asphyxie l'humanité, torture la charité et inspire la satire qui raille les philanthropes.

On court après un argent qui se sauve sans cesse, comme une licorne blessée poursuivie par des milliards de bactéries, une horde à l'appétit sauvage, un nuage de sauterelles prêtes à tout pour se goinfrer d'un champ de blé…

L'argent est une plaie biblique, un fléau. Qui cause des milliards d'embrouilles et de disputes. Pour ceux qui y croient, l'argent est une punition divine.

Toute sa vie, on court après l'argent.

C'est une obsession aussi prenante et perverse que les choses du sexe.

L'argent est un tourment, une frénésie.

On court vite ou on se traîne, on est champion ou lanterne rouge, on se sent lévrier poursuivant un lapin mécanique ou baudet tentant d'attraper la carotte, durant toute la vie, on court après l'argent.

Artisan ou industriel, inventeur ou architecte, pour acheter un local ou s'offrir un matelas, pour monter une entreprise ou construire un pont, pour payer le loyer ou mettre de l'essence dans le moteur du bateau, pour développer un projet ou pour faire que ce mariage reste un moment inoubliable, pour investir dans la biodynamie ou réparer un toit, pour régler un différend ou faire plaisir à un parent, pour payer l'école ou motiver un acteur, pour s'amuser ou pour survivre, pour régler une opération chirurgicale ou compléter une collection, pour financer une campagne ou défendre un innocent, toute sa vie, qui qu'on soit, on court après l'argent.

Parce que l'argent ne se donne pas.

Et si, par malheur, on se trouve dans l'obligation de devoir en demander, alors, en un clin d'œil, on voit les regards devenir fuyants et les amis disparaître.

Si l'on veut en acheter (on appelle ça « emprunter »), ceux dont c'est pourtant le métier de le vendre (on appelle ça « prêter »), ceux qui l'échangent en prenant leur commission au passage vous demandent bien plus que de vous mettre à poil : ils visitent vos familles, soulèvent les tapis, reniflent votre passé et analysent vos viscères pour y détecter la moindre trace d'insolvabilité.

Si par chance ceux qui en ont des tonnes acceptent généreusement d'en lâcher une miette, alors, en échange, ils exigent au minimum une génuflexion.

L'argent est souvent la lumière qui vous plonge dans l'ombre de la honte.

Quant aux radins débiles, égoïstes-délire, ils sont juste aussi niais que les écureuils compulsifs, qui ont tant peur de manquer qu'ils accumulent bien plus de noisettes qu'ils n'en auront jamais besoin (jusqu'à ce que l'État récupère l'héritage, ou que la date de péremption rende le produit impropre à la consommation).

L'argent est une maladie.

Aujourd'hui, on me dit que les marchés financiers remontent, comme pour justifier l'intronisation demain de celui que je n'arrive même plus à nommer tellement son nom est en lui-même le symbole vicié de ce qu'il est, autant que le déni des valeurs que l'on m'a enseignées.

Ce diable méchant, ce Vilain, incarne TOUT ce que je déteste.

Et puis quoi ? Jamais les marchés n'ont été pour moi des directeurs de conscience.

La Bourse de Wall Street est une maison d'aliénés enfermés entre les quatre murs de l'immoralité.

Ce n'est pas parce qu'ils possèdent plus qu'ils ont des leçons à donner – d'ailleurs, ces gens ne donnent rien.

Ce n'est pas nouveau, nous ne vivons pas sur la même planète, les gens d'argent et les gens de l'Art n'ont pas le même idéal.

Plus, plus, encore plus.
Combien de crimes ont été commis en son nom ?
L'argent est un horrible spectre.

37

TEMPÊTE QUI PÈTE (DE SOURIS)

Mars 2017

On nous avait prévenus : depuis samedi, on nous a dit qu'il allait neiger…

Dimanche soir, aux actus Channel 1 NYTV, des reportages montraient des familles venues faire en masse des provisions à Costco, qui remplissaient leurs coffres de toutes sortes de denrées alimentaires, comme si on allait devoir affronter quelque chose de terrible.

Hier, au 345 East 104th Street, où je travaille, c'était le premier sujet abordé quand quelqu'un entrait dans la pièce. Michael s'est moqué de moi parce que je restais sceptique, avec un petit sourire il a dit :

« Vous, les Français, vous refusez de croire ce qu'on vous dit ; au fond, vous ne voulez pas faire confiance aux autres. »

Comme pour me justifier, j'ai répondu :

« Écoute, je sais bien qu'il va neiger, mais on vit désormais dans un monde de menaces extrêmes, tout est prétexte à nous faire peur. »

Trump a été élu en insistant sur cet ultime argument de la menace, et cette tempête tombe à pic puisqu'il nie le réchauffement climatique… Tu connais l'expression qui dit « à force de crier au loup… », etc.

Bien sûr que ça allait arriver, mais dans quelles proportions ?

Norbert et la plupart des occupants sont partis d'assez bonne heure.

« Tu viens demain ?

– Je ne sais pas… »

En fin de journée, j'ai entendu au-dessus de ma tête les pas de Chi qui quittait l'endroit pour retourner dans le New Jersey. Et le building s'est petit à petit endormi.

Plus de lumière, plus de bruit, même dans la rue, même les voisins de l'immeuble en face, dont j'entends les chiens aboyer, les enfants piailler et le poste de télé s'allumer quand ils rentrent en fin de journée, même ces bruits-là semblaient étouffés, colmatés, calfeutrés.

Le calme avant la tempête a quelque chose de délicieux. Une sorte de préambule jouissif, électrique, magnétique, en suspension, comme une imminence indéfinie, extatique.

J'avais donc exceptionnellement laissé mon vélo à la maison, il faisait quand même trop froid.

Allant à pied vers le métro, j'ai vu les camions qui déversaient des tonnes de sel. Certains trottoirs aussi scintillaient de mille cristaux de ce même sel que les « *supervisors* » prévenants avaient choisi d'épandre par anticipation.

Moi, j'avais mal partout, mal aux hanches, aux genoux. Je me suis mis à trottiner pour arriver plus vite au métro. Dans la rame, les gens ne disaient rien non plus, comme s'ils se concentraient.

Il y a quelques années, je ne savais pas ce que c'était que d'avoir « mal », et je ne comprenais pas les gens qui parlaient de leurs douleurs, une souffrance présente en eux comme un être à part entière.

La peine vous accompagne partout, où que vous alliez, comme une connaissance, un méchant ami.

Maintenant, c'est mon tour. Il arrive que, pour un oui ou pour un non, quand la météo change, ou après un repas trop arrosé, ou même sans raison, sans prévenir, je me retrouve perclus de douleurs internes, indicibles mais bien réelles. J'entends le message, celui de l'âge qui vous oblige à prendre conscience des échéances. Heureusement, pour l'instant du moins, ça n'est que passager, et si j'arrive à dormir, au réveil, je ne me souviens même plus que j'avais mal la veille. Et la vie est belle.

Hier soir, donc, pas de vent, non, rien ne laissait présager le danger de cette « tempête effroyable et d'une amplitude jamais atteinte » dont parlaient les médias pour se faire mousser.

Vrai ou pas vrai, vu que les systèmes ne veulent pas prendre le risque d'être mis en cause par les avocats de ceux qui cherchent à tirer profit de n'importe quelle situation dramatique, les chargés de com' préfèrent mettre en garde leur audience de jocrisses, plutôt que de payer des dédommagements. Alors ils en font des kilos, que dis-je des tonnes, des mégaoctets, des gigabits : « Ça commencera vers deux heures du matin, et ça tombera sans cesse jusqu'à dix-neuf heures. »

On devrait s'attendre à soixante centimètres au moins, peut-être un mètre…

Ils brandissaient des épouvantails en affichant des tronches déconfites, enfilaient des masques vaudous en tenant leur micro, et : « […] les écoles seront fermées demain, et les services de bus seront considérablement diminués. Ne sortez pas de chez vous sans raison… » Eh, oh, relax, Max, calmos, tempête un coup t'es tout pâle, blanc comme neige…

Il est sept heures trente, je me lève.

Eh oui, c'est vrai, comme souvent en mars tombent des giboulées, une quinzaine de centimètres sur le balcon.

Et maintenant il pleut, ce qui laisse à penser que ça ne durera pas.

En résumé : aujourd'hui, il neige.

38

TO BI OR NOT TO BI-CYCLETTE

East Harlem, 2017

Or donc il pleuvait des cordes à nœuds ce jour-là. Un tel déluge que même les livreurs chinois, mexicains ou porto-ricains ne voulaient plus sortir, malgré leurs capelines en plastique et sacs-poubelle scotchés enveloppant leurs bas-de-chausses. Mais j'avais dit que j'irais visiter la Frieze Art Fair sur Randall's Island, alors, têtu comme un adolescent, j'ai décidé d'affronter l'orage et, contre la raison du plus fort, j'ai enfourché mon vélo. Quelles que soient les blagues sur les Français, je ne suis pas une grenouille et, avant le bout de la rue, j'étais aussi trempé que des fougères sous une cascade tropicale, mais il ne faisait pas froid et une sorte d'euphorie m'a envahi. En fait, cet inconfort m'amusait. Pédaler, tenir le coup. Je me disais : « L'humain s'est lancé des défis autrement plus difficiles que celui d'atteindre la 102nd Street un jour de pluie, imagine… Cow-boy sur un cheval au milieu d'une grande plaine au XIXe siècle, rien que ça. Je n'allais pas vite, mais chaque *yard* parcouru était une victoire sur la routine. En fait, je n'étais pas vraiment « tout seul » sur mon deux-roues… En effet, après m'être interrogé sur l'usage et la nécessité, j'ai finalement opté pour la facilité, et je profite désormais de l'assistance d'un moteur électrique. Depuis deux semaines, j'ai un nouveau e-bike Arrow, doté d'une batterie puissante. Immédiatement customisé pour qu'il n'ait pas l'air trop neuf et n'attire pas la convoitise. Je suis surtout bien quand je suis dessus. Après quatorze ans à pédaler dur, j'accepte qu'on ironise sur cette monture de paresseux ; pourtant, ceux qui ont un problème de hanche peuvent comprendre ce que cette aide mobile peut accorder de Liberté. Depuis cette acquisition, je me paye de nouvelles balades, pour le fun, dans le secteur Nord par exemple, visitant des quartiers qui m'étaient jusqu'alors inconnus.

Ce jour-là, aveuglé par la pluie, j'avais confiance dans mon vélo qui, tel un compagnon, savait m'emmener où je devais aller. Sur les pistes cyclables, je me sentais bien ; au moins, je n'avais pas aujourd'hui à craindre les dangers que représentent les distraits au téléphone qui traversent sans regarder (considérant avec une indiscutable suffisance que le monde doit s'arrêter pour eux), ou ceux qui ouvrent soudain les portières en se ruant hors des taxis, ou des taxis eux-mêmes qui tournent en vous coupant la route, ou les autres vélos qui ne vous ont pas entendu venir, ou enfin cette poutrelle de plusieurs mètres qui un soir, alors que j'étais à pleine vitesse, m'est apparue sous le nez telle une lance surgissant entre deux voitures, avant que je n'aie pu voir les deux ouvriers qui la portaient sur leurs épaules… Non, rien de tout ça ! Les sourcils froncés, j'avançais lentement parmi les voitures aux pare-brise couverts d'un épais voile d'eau. Sur l'île de Randall, qui accueille d'habitude les promeneurs poètes et les amoureux en quête d'intimité, il n'y avait pas un chat en ce début d'après-midi. Les seules âmes étaient emplumées : mouettes, oies et canards s'en donnaient à cœur joie, pataugeant dans huit *inches* d'eau que la terre n'arrivait pas à absorber. Finalement, j'ai atteint le pavillon de l'expo et attaché ma bicyclette à un poteau.

Nonobstant les conditions climatiques épouvantables, de longues files d'amateurs d'Art patientaient pour entrer. Arrivés par l'autre côté de l'île, en taxi, en bus, en Uber ou je ne sais comment, tentés par l'envie de se réjouir les yeux, ils avaient eux aussi bravé les éléments. Quand on connaît le niveau de précaution des marchands vis-à-vis des œuvres, la sophistication des emballages et les maniaqueries d'artistes que la moindre tache peut rendre fous, c'était surréaliste de se retrouver là, sous la tente de cette construction précaire, tandis que des trombes d'eau frappaient la toile en faisant un bruit assourdissant. Ça faisait peut-être *splock splock* dans mes chaussures, mais, comme tous les autres visiteurs, je m'efforçais de garder la tête haute et l'apparence digne de ceux qui sont au-dessus des contingences matérielles – fussent-elles liquides. Pendant une heure, bien que les pieds mouillés, je me suis régalé. Les œuvres présentées étaient d'un bon niveau, et même si je me disais avec envie que mes « *shower curtains* » et nombre de mes œuvres auraient pu avoir leur place en cet endroit, je n'en étais pas moins ravi d'être là et de me délecter du travail de mes pairs.

Mais le répit n'a duré qu'un temps. Au bout d'une heure, *back to the real world*, j'ai récupéré ma pèlerine au *coat-check* et je me suis re-jeté sous la pluie.

Celle-ci avait heureusement diminué d'intensité, et en quelques coups de pédale assistés j'ai rejoint mon atelier de l'autre côté de l'East River, où j'ai pu me changer.

Une fois terminé le rendez-vous que j'avais là, mon téléphone a vibré, me demandant d'aller faire quelques emplettes : une bonne quarantaine d'amis ayant confirmé leur venue, nous serions nombreux le lendemain soir à la maison. Je me devais d'acheter quelques trucs pour compléter le buffet… Bref, j'en ai profité pour acquérir une nouvelle sonnette, considérant que le danger premier de ces véhicules électriques rapides provenait de leur silence.

En ressortant, j'ai eu un échange de paroles amusées avec le gars de la sécurité à propos de mon casque de vélo, dont j'acceptais qu'il fût ridicule dans la mesure où il était aussi indispensable. Et je suis ressorti…

Je n'avais pas trouvé tout ce que je cherchais dans ce magasin, et je m'apprêtais à traverser la 3rd Avenue quand j'ai jeté un regard machinal vers ma bicyclette.

C'est alors que…

… J'ai eu un pressentiment… Ma bicyclette… Ma bicyclette toute neuve, ça fait à peine quinze jours que je l'ai achetée… Elle n'est plus là. Les jambes sciées, je me suis approché. Envolé, mon vélo ! Comme E.T., vélo vole. Vélo volé. J'ai dit « Non, nooon, nooooon, c'est pas possible ! Non, oh, noooooon ! » en levant les yeux au ciel, vers Celui qui sait tout mais qui détournait son regard de moi, faisant semblant de ne pas entendre ma supplique.

« Oh, Toi qu'on dit être au courant de tout… Explique-moi ! Qu'ai-je fait ? Pourquoi me fais-Tu subir cela ? J'en ai besoin, de mon vélo ! Ça va tout chambouler mon emploi du temps ! Tu ne te rends pas compte ! Donne-moi un coup de pouce, alleeez ! Sois sympa, pour une fois ! »

Mais vu qu'Il refusait obstinément de me répondre dans un langage que je pouvais comprendre, je me suis fait humble et terrestre parmi d'autres comme moi, bipèdes vaquant à leurs occupations en ce vendredi soir sur la 3rd Avenue/Harlem East.

La grosse chaîne était toujours là, attachée au poteau, mais plus de vélo. Putain, mon vélo ! Mon beau vélo électrique ! Mais comment il a fait ? Ou peut-être « ils » ont fait ? En pleine rue… ? Le cadenas est toujours fermé. Je sais bien que je l'ai fermé… Enfin, je crois. Comment en être certain ? Juste que ça fait huit ans que je transporte partout cette mégachaîne en acier qui pèse douze *pounds*, avec un cadenas considéré comme inviolable… Et je me retrouve comme un con, là, au milieu de ceux qui passent légers. Dire que son cul est posé sur *ma* selle… En moi, un sentiment de blessure indicible

Il est dix-huit heures quinze. Je suis désemparé. Faire quelques pas, sans conviction, dans la rue adjacente quand, soudain, je repère un livreur qui arrive avec le même vélo ! Enfin, c'est « presque » le même, mais ce n'est pas le même… Je m'en veux de croire que je vais le retrouver. Non, il faut se faire une raison, c'est foutu ! Un peu par acquit de conscience, je vais faire un tour sur la 2nd Avenue, dans le magasin qui m'a vendu l'animal à deux roues. Je dois être blême en entrant car, à peine suis-je dans la boutique que le Portoricain qui répare les pneus à la vitesse des magiciens me demande ce qui ne va pas. Je dis que je viens de me faire voler ma bicyclette, et que donc, si par hasard… on ne sait jamais, s'il la voit…

« Oui, bien sûr, Charlie. Bien sûr. C'est arrivé quand ?

– Là, il y a vingt minutes.

– Il faut aller au commissariat… Faire une déclaration. »

Une déclaration ? Mais je ne suis pas assuré contre le vol, ça coûte une blinde. Une déclaration ? Mais pour quoi faire ? J'avoue que je n'y avais même pas pensé. Je suis tellement écœuré, et puis je suis persuadé qu'ils vont m'envoyer péter. Je me souviens trop de l'humiliation qu'il m'a été donné d'endurer en France en octobre 2015, quand je suis allé déclarer le vol de mon scooter.

« Non, non, Charlie… Faut porter plainte, me dit le type aux mains de cambouis. Le poste de police est juste là, sur 102th Street et 3rd Avenue. »

Je m'y rends alors, en traînant les pieds.

Déjà, à l'entrée, le flic de faction me fait un sourire et m'ouvre la porte sans me demander de quoi il s'agit. Première surprise.

Une fois dans la fourmilière, le décor, la lumière, les costumes, je me crois dans un feuilleton TV. Tous les yeux se sont tournés vers moi, comme des antivirus voyant un microbe pénétrer leur sphère d'intervention, aux aguets, ils sont prêts, prêts à bondir, intervenir, armés. Une fille jeune, en uniforme, est assise derrière le comptoir de l'entrée.

« Oui, c'est pour quoi ? »

J'explique brièvement que je viens de me faire voler ma bicyclette.

« Oh, mince, dit-elle, pleine d'empathie, ne perdez pas de temps, retournez sur place, là où cela s'est passé, et appelez le 911. Des collègues viendront dès que possible.

– Mais, attendez… ça s'est passé il y a au moins une demi-heure, trente-cinq minutes.

– Oui, et alors ?

– J'aurais peut-être dû le faire à ce moment-là, mais maintenant… »

Elle répond qu'elle a bien compris mais répète avec fermeté que je dois retourner sur place et appeler le 911, *nine one one*. Son propos est si déterminé que je me sentirais coupable de ne pas obéir, alors j'obtempère. Une fois devant le plot auquel j'avais attaché mon vélo, j'appelle donc le numéro d'urgence. Sans me faire attendre un instant, une voix décroche et me demande d'expliquer de quoi il s'agit, ce qui s'est passé exactement, mon nom, et de confirmer précisément où je me trouve, afin qu'elle envoie quelqu'un tout de suite. Ne pas bouger. À peine sept à huit minutes plus tard, une bagnole de police ralentit et s'immobilise à quelques mètres de moi. Je m'approche du véhicule d'où sortent deux flics, un grand Afro-am' costaud qui doit être le chef, et un plus jeune maigre, avec une sale tronche, cheveux courts, un nom italien écrit sur la broche épinglée à sa chemisette.

« Vous nous avez appelés… Que s'est-il passé ? »

Je raconte. Ils écoutent, ne parlent pas beaucoup, s'étonnent de ce que la chaîne soit entière et le cadenas toujours fermé. Pourtant, ils n'insistent pas et entrent dans le commerce le plus proche, demandant s'il y a une caméra dirigée vers la rue. Ils n'en ont pas. Les flics sont perplexes, quand sort le type de la sécurité du magasin où j'ai fait quelques achats. Il confirme au flic qu'on a discuté ensemble. « Oui, oui, je me souviens bien de lui… »

Le grand Black me demande de le suivre. Et me fait monter dans la voiture de police, sans un mot de commentaire. Il se met en route… Le partenaire ne dit rien non plus. Il joue sur son portable. Clique des *like* sur Instagram. Regarde par la fenêtre.

On sillonne le quartier pendant dix/douze minutes. Je leur dis :

« Si j'avais su, je vous aurais appelés tout de suite… Pourquoi n'ai-je pas eu ce réflexe ?

– Gardez les yeux ouverts, monsieur… Regardez si vous voyez votre vélo ! »

On roule à travers les cités. Moi, je pense que c'est perdu d'avance. Je ne peux pas y croire.

« On ne sait jamais », dit le flic…

Finalement, après une vadrouille d'un petit quart d'heure, on s'est retrouvés au point de départ. La bicyclette n'était pas réapparue. Avec l'expérience, on finit par devoir admettre, à regret, que les miracles n'ont lieu que sous la plume des auteurs de livres…

Je descends. Les deux flics ne parlent toujours pas. Pourtant, ils ne lâchent pas le morceau et traversent l'avenue en direction du trottoir opposé ; l'un d'eux pointe du doigt une caméra suspendue à l'extérieur du magasin d'alimentation Fine Fare Supermarket.

Mon sac à la main, j'hésite à les accompagner quand ils pénètrent dans ledit magasin. Le grand me fait signe. Les gens s'écartent devant eux, ils doivent y être habitués, moi, je me sens comme les mecs qui suivent un gyrophare. Avec un certain empressement de connivence, le directeur les autorise à visionner l'enregistrement des vidéosurveillances. Je reste à distance, en dehors du bureau où ça se passe, mais je peux néanmoins les voir derrière une vitre. Ils matent avec application les différents enregistrements des caméras. Soudain, je les vois de dos se mettre en mouvement, apparemment ils ont repéré quelque chose. *Rewind*/marche avant, ralenti *forward*/retour. Ils sont concentrés sur une caméra en particulier. Ils demandent d'agrandir l'image et là, soudain, à « 6 h 07 PM » précises, on peut voir (même pixellisé-digitalisé) ce qui s'est passé : un type marche, ralentit en voyant ma bécane, il regarde autour de lui, tourne autour, se penche sur l'engin et, après une manipulation de quinze secondes à peine (il doit avoir un passe), il défait la chaîne et part en pédalant. Incroyable ! Donc, voilà, j'ai assisté au crime. Le flic filme l'écran avec son téléphone portable et remercie le patron. Les deux policiers me rejoignent sans un mot, mais avec un indéniable petit sourire de satisfaction. De leur point de vue, ils sont « bons », ils ont fait leur part du boulot, ils ont résolu l'énigme. Du mien, sans le dire, c'est une sorte de confirmation du genre : « Vous voyez, je ne suis pas un menteur. » Ils ont vraiment envie de m'aider. Alors, on remonte dans la voiture et allez, roulez, pour un deuxième tour de manège. Le soleil s'est couché, la nuit s'avance – sous-entendu, on ne voit plus loin –, pourtant à nouveau on sillonne trois cités. En vain (même sur la 119th). Ils me ramènent au commissariat.

Entre eux, ils se font des blagounettes de keufs, expliquant en quelques mots qu'ils ont déjà « résolu » l'affaire, ils vont prendre ma déposition, demain ce sera le boulot des inspecteurs d'aller plus loin, éventuellement, s'ils ont une piste. Je suis invité à m'installer dans une des pièces, au fond d'un couloir, bordélique. Il y a un évier derrière moi, des affiches/infos locales, des statistiques sur les murs et des trucs et des machins dans des cartons empilés par terre. Bref, tout sauf un endroit *clean*, aseptisé.

J'attends. Ils sont allés exposer mon « cas » aux inspecteurs. En fonction de leur réponse, ce sera l'un ou l'autre qui prendra ma déposition. Le plus jeune revient le premier. Il s'assoit devant moi, me regarde. Il m'observe. Je lui dis que je suis gêné de leur causer ce tracas.

« Quand même, ça m'embête, après tout, il ne s'agit que d'un vélo… Vous devez voir des choses beaucoup plus graves… Vous dites que le voleur est allé vite, maintenant vous avez semé le doute en moi, peut-être que je l'ai mal attaché ?

– Mais monsieur, me dit l'Italien, quand bien même vous ne l'auriez pas attaché du tout, personne n'est supposé s'approprier le bien d'autrui sans son autorisation ! Vous avez dit que votre vélo valait combien ?

– Je l'ai payé 1 500 $, j'ai la facture à la maison.

– Au-delà de 1 000 $, c'est de la *grand fellony*, passible de dix ans de prison !

– Dix ans de tôle pour un vélo ?

– Monsieur, ceux qui font ça peuvent faire n'importe quoi d'autre… »

Je sais bien qu'il dit ça pour se faire mousser, mais disons qu'il refuse de minimiser le délit, ce qui reviendrait à réduire leur engagement/responsabilité. Ici, tout a la même importance. Les mêmes auraient pu arrêter un prince arabe mal garé, Bernard Madoff ou DSK sans le moindre remords. Question de principe.

« Y a beaucoup de problèmes dans le quartier ? Jusque-là, je n'en avais jamais eu. Ça fait deux ans que je viens… »

Alors, il m'expose un point de vue de « gardien de la paix », ceux qui en voient de toutes les couleurs…

« Écoutez, au-delà de la 96th, tout peut arriver. Bien sûr, c'est moins dangereux que ça ne l'était, mais ça reste aléatoire. Il suffit d'une fois ! Y a pas mal de criminels, j'veux dire des types qui sortent de prison qui vivent dans ces cités, ils sont désespérés (*desperados)*, ils n'ont rien à perdre, ceux-là sont prêts à tout. Vous avez vu, ça va vite. Il faut éviter de passer à travers les *housings* (les cités). Quand vous n'êtes pas d'ici, ils le remarquent tout de suite. D'ailleurs, qu'est-ce que vous faites dans ce quartier ? Pourquoi vous venez faire vos courses si haut ?

– Je suis artiste, j'ai un atelier sur la 104th Street…

– Ah, je comprends. Sachez que ces gens vous observent. Vos habits, votre manière de marcher, vous êtes une proie facile. Ils se pointent et… »

Le flic se lève et mime quelqu'un qui se poste en face de moi, cachant une arme sous un magazine et me demandant mon portefeuille.

Je lui dis que c'est la raison pour laquelle je suis plutôt à vélo.

« Oui, bien sûr, à vélo vous ne risquez rien. Et même les crimes avec armes sont devenus beaucoup plus rares, et c'est en général la nuit… mais il faut rester prudent. »

Le grand costaud est revenu. Il me fait préciser ma déposition, la couleur des *plastic rubbers* que j'ai scotchés, tout ce que je peux donner comme info. Il ne veut rien promettre, une fois que c'est dans les cités… ils ne peuvent plus faire grand-chose. Le vélo a peut-être même été démonté. Il doit s'agir de professionnels. De toute façon, c'est plus leur boulot, ils sont flics de terrain, ils ont transmis le dossier. Le lendemain, un inspecteur m'appellera pour me donner le numéro de plainte. Et voilà !

« Comment vous allez rentrer chez vous ?

– Ben, je ne sais pas, par le métro…

– Vous avez une carte ?

– Oui, enfin, je crois…

– Ne bougez pas. Restez là ! »

J'ai hâte de partir. Mon téléphone est à court de batterie depuis une demi-heure, celle qui m'attend doit se faire du mouron, je ne l'ai pas recontactée depuis que j'ai constaté le vol de mon vélo. C'était il y a trois heures.

Les deux reviennent et m'invitent à les suivre jusqu'au parking.

CRP. « *Courtesy, Respect and Professionalism* » est écrit sur la portière.

Le pilote a mis les sirènes, il roule vite, slalome, prend des risques inutiles, va-t'en savoir pourquoi ? Tout ça pour me déposer à une station de métro sur Lexington.

C'est tout juste s'il ne finit pas sur un dérapage…

Je lui serre la main en disant : « Au moins, vous avez essayé… Pour moi, le fait d'avoir pu voir ce qui s'est passé a transformé le cauchemar que représente l'ignorance, c'est juste devenu une réalité, si amère qu'elle puisse être. »

Il me répond par un petit sourire ; au fond, il s'en fout de ce que je lui dis.

De son côté, le jeune flic est descendu en premier dans la station.

Quand j'arrive, il discute avec un employé à qui il a demandé d'ouvrir la porte pour que je passe gratos.

On peut considérer que ce genre d'intention est futile ; pourtant, il s'agit de bienveillance, et j'ai ressenti cette humanité tout le temps que j'ai passé avec ces deux types en fonction.

Je m'approche de lui :

« Avec la pluie qui tombait au début de l'après-midi, on m'avait bien dit que ce n'était pas un jour à faire du vélo…

– Ça, c'est vrai qu'il tombait des cordes en début de journée… Un vrai déluge !

– Et moi non plus, je n'ai pas su entendre le conseil qui m'était donné… »

Il m'a juste répondu, poliment :

« Bonsoir, monsieur, faites attention à vous. »

Et je me suis engouffré dans la rame parmi des gens, des gens qui me semblaient aussi fatigués, des gens comme moi qui, un jour, ont peut-être vu leur vélo s'envoler.

Et pis
l'épi-
logue.

Neuf heures trente, je venais de fermer au secret de l'isoloir l'enveloppe contenant l'une des 20 753 704 voix exprimées en faveur du candidat, quand j'ai reçu le coup de fil de l'inspecteur McCoy. Il m'a fait répéter pour la énième fois les circonstances du vol de ma bicyclette, au terme de quoi il ne m'a laissé que peu d'espoir de la retrouver, même s'il a tenu à préciser que, parmi les voleurs, il y a de tout : des types intelligents mais aussi d'autres beaucoup plus, comment dire… « naïfs ». Bon, ils vont lancer une « *trace* » et me tiendront au courant si le numéro de série vient à réapparaître lors d'une transaction. Le mec me donne mon numéro de plainte. Si, de mon côté, j'ai du nouveau, pareil, je dois les informer… En résumé : soit je pleure, je me cogne la tête contre les murs, je m'ouvre les veines et je me pends après avoir maudit le monde, soit j'inscris ce « larcin » dans la putain de colonne « pertes et profits » (déjà bien remplie cette année).

Il faisait super-beau, ciel bleu, lumière new-yorkaise comme on l'aime. Je suis monté jusqu'à la 125th Street chercher chez Fino Menswear les costumes que je porterai bientôt sur scène.

Je me voulais tranquille, à pied, profitant de la journée, pourtant j'étais stressé, tournant la tête en panoramique de gauche à droite façon R2-D2. Mais pourquoi donc m'ont-ils dit que j'étais potentiellement une proie facile ?

Allez ! Oublier. Remonter au plus vite sur une selle. Qui n'avance pas recule. De même en politique : il faut tourner la page. Accepter de s'adapter. Le roseau plie mais ne rompt point, etc.

De retour à la maison, j'ai regardé les propositions d'e-bikes sur eBay et Craigslist.

Page 18, pour moitié de sa valeur, je repère un vélo quasi semblable au mien dans le Queens. Ce n'est pas le mien, bien sûr, mais ça peut le faire. J'appelle l'auteur de l'annonce, qui semble dans les choux. Hein ? De quoi s'agit-il ? Ah ! Ça y est, ça lui revient… La bicyclette… Dans une espèce de sabir international avec un accent indien à couper au khukuri, il me dit qu'il l'a payée 1 300, mais qu'il la vend 850 $… Non, il n'a pas la facture… Il l'a achetée *downtown*. Oui, enfin il me dit ce qu'il veut, tout le monde sait qu'il n'y a pas plus menteur qu'un vendeur. Il baisse le prix de 100 $ si je viens le chercher… Au jugé, comme ça, le gars a l'air correct, je me laisse la nuit pour réfléchir, on se fixe un rendez-vous pour le lendemain.

En début d'aprèm, je prends le « A » sur Columbus, mais je me trompe de sens et me voilà parti plein nord. Pourtant, perdu dans mes pensées, je ne m'aperçois de mon erreur qu'une fois arrivé en bout de ligne. Mince ! L'Indien est aussi en bout de ligne, mais de l'autre côté… Je l'informe illico de ma bévue et repars dans l'autre sens. Ça va me prendre au bas mot une heure et demie de trajet, et pareil au retour… Alors, je réfléchis en regardant la carte : et si, par hasard, ça ne va pas ? Il m'a demandé de venir avec le cash, donc il sait que j'aurai ça sur moi… Qu'est-ce que je fais une fois là-bas ? Je ne pourrai même pas revenir avec le vélo, c'est beaucoup trop loin. De plus, mon téléphone se décharge à vitesse grand V. Le temps que j'arrive là-bas, la batterie sera à sec et je n'aurai aucun moyen d'appeler le type. Je décide donc de rebrousser chemin. Demi-tour, je rentre chez moi.

« C'est peut-être qu'il n'est pas pour toi, ce vélo ? » me dit la voix de ma conscience. Pourtant, mon ami à l'autre bout ne lâche pas le morceau, il promet de me le livrer dans une heure, juste le temps d'arriver… Mais au fond je n'en veux plus, et je lui écris un énième SMS pour lui dire que j'ai trouvé une autre solution.

Cette solution, je suis allé la chercher à quelques rues de chez moi, dans Manhattan. Un beau vélo, bien fini, certes moins rapide mais bien plus maniable que le lourd précédent. J'ai « fait une affaire » en achetant à bon prix un vélo de valeur, que je n'ai pu essayer que quelques mètres avant de l'acquérir. C'est donc seulement le lendemain que je me suis rendu compte qu'en fait la batterie ne tient plus la charge !

Une batterie comme ça coûte 650 $, soit le prix que l'ingénieur chilien m'a vendu son beau deux-roues…

Je fais partie de ceux qui apprécient les *happy ends*, mais à cette heure, et bien qu'étant moi-même retourné sillonner le quartier de long en large, comme prévu, je n'ai pas eu de nouvelle de mon Arrow. Même si je veux continuer d'espérer en me disant, comme tous les archers, que rien n'est « impocible », pour « ma flèche », ce coup-là, je crois bien que c'est planté.

39

JE RENTRE

Juin 2017

C'est décidé, je rentre en France.

Après quinze années passées à New York, je vais rentrer en France.

Parti pour chercher quelque chose à l'intérieur de moi, j'ai le sentiment de l'avoir trouvé.

Je n'aurais pas pu le trouver ailleurs.

Comme un hamster dans une cage certes bien entretenue, mais trop étroite, je devais quitter un train-train qui tournait à l'ennui comme un manège sur les rails d'avis préconçus et de jugements à l'emporte-pièce. Porté par l'idée que la Liberté d'agir américaine me permettrait de me défaire d'une gangue de principes qui m'empêchait d'aller loin, je voulais me défaire d'un costard en carton que d'autres avaient dessiné pour moi.

Tous les artistes que j'admirais, tous ceux qui me motivaient avaient un jour ou l'autre habité à New York. Je suis parti pour essayer autre chose, pour me déconstruire afin de mieux me reconstruire dans cette ville qui me faisait rêver.

New York ! Oh, New York ! Tant de choses s'y passent à la jonction des impossibles.

New York, où se croisent tous les paradoxes, les envies forcenées des princes de l'extrême, les diamantaires de la 47th Street, les musiciens célestes des clubs de jazz, les monstres de l'investissement sur Wall Street, les sages de l'anarchie de Harlem ou du Lower East Side, les bonzes en méditation ou les juges mormons, à Chinatown ou à Crown Heights, les danseuses du pôle Nord, hercules et amazones, les rois du *crossfit* ou de la boxe thaïe, les écrivains suicidaires, les touristes suants sur la 42nd, les diables gourmands et les angelots bedonnants, les Méduses furieuses et Gorgones à paillettes, les *rustlers, butlers, hustlers* ou autres *footpads* et *pimps* en couleurs aux néons de Time Square, les figures de proue des bateaux d'une renommée fantôme à Tribeca…

New York ! Oh, New York, qui me faisait tant rêver !

J'y ai trouvé la réponse à quasiment toutes mes interrogations sur l'Art et la beauté, sur le sexe, la famille, la drogue, la religion ou la solitude, sur l'argent et le pouvoir, et même sur le sens de la poésie.

Oui, j'ai trouvé des réponses à tout cela en me confrontant aux dieux et aux démons qui, tels les fantômes de *Ghostbusters*, hantent les millions de globules circulant dans les artères de la « géantissime » New York.

Une ville, c'est comme un engin de chantier, un engin de construction. Quand on s'imagine pilote, envahi du plaisir mégalomane animant ceux qui aspirent à se colleter aux grands défis, plus la ville est grande, plus on a le sentiment de conduire un gros engin. Mais, s'il advient que le moteur de cette machine se grippe, alors on ne se sent plus capable de rien en face d'un diplo-bulldozzer de plusieurs mégatonnes immobile.

Je rentre.

L'élection de ce Président pourri, dont l'immeuble se dresse à quelques blocks de l'appartement où j'ai emménagé il y a quinze ans, a contribué à me faire voir les choses américaines autrement. Un sentiment de malaise, un rejet immédiat chaque fois que je l'entends proférer des ignominies.

Mais, au fond, n'est-il pas que l'incarnation de la métamorphose d'une ville qui, depuis 2001, est devenue celle des gens d'argent, celle des investisseurs, des banquiers et traders, des start-up numériques et autres *virtual winners* ?

New York n'est plus celle des « démerde-toi-et-le-ciel-t'aidera », des « le-talent-suffit », des « n'importe-quoi-vaut-mieux-que-rien », des MacGyver de la culture ou des rebelles inventifs qui trouvaient toujours un moyen de se faufiler dans les interstices de la pensée au sein de cette ville in-finie. New York est devenue celle des multimilliardaires internationaux et des programmes informatiques contrôlant nos moindres comportements, surveillant nos pensées les plus secrètes. Quoi que l'on fasse, on ne fait qu'obéir aux algorithmes conçus par des cyber-démiurges. Bien sûr, les artistes en tout genre, ces « *Best of the beast* », les ambitieux talentueux venus du monde entier, les génies « toujours-plus-fous-que-vous », les insatisfaits en quête de réalisation, ceux qui donnaient de l'entrain à la ville, les démerdards qui la rendaient exceptionnelle sont toujours présents quelque part, mais ils sont éparpillés aux quatre coins des cinq *boroughs* : Manhattan, Queens, Bronx, Brooklyn et Staten Island.

Depuis les origines de ce comptoir hollandais, les immigrants ont toujours bataillé pour s'en sortir au jour le jour, mais le coût de la vie est devenu si élevé qu'on ne peut plus espérer une quelconque réussite à moyen terme.

Le combat au quotidien pour la survie dans l'urgence n'a plus rien de commun avec l'espoir légitime de voir un jour fleurir les graines de la création. Comme si la mise minimale était si élevée qu'elle empêchait l'accès à la table de poker : même les bons joueurs ne peuvent plus jouer…

Bien sûr, on peut toujours dire que c'est une histoire d'initiatives personnelles et que les gouvernants n'y sont pour rien. C'est exact. N'empêche que, si la harpie qui dirige le Front national avait été élue, je ne verrais pas les choses de la même manière… Au-delà du personnage que je ne connais pas, l'élection du jeune président français représente un changement indiscutable (et nécessaire) dans l'approche de la chose politique française.

La constitution de son « jeune » gouvernement, avec en troisième poste Nicolas Hulot, que les électeurs verts attendaient depuis des années investi d'une fonction proportionnelle aux prises de conscience qu'il avait suscitées, de même que le choix de confier à des personnes d'expérience la responsabilité de ministères en adéquation avec leur sensibilité, tout cela me semble avoir le mérite de bouleverser une routine conventionnelle, et je trouve cet environnement intellectuel plus stimulant que le climat délétère de haine et de bêtise obscène qu'impose un président/tyran ignare qui nie le changement climatique, détruit les terres des Indiens autochtones, se moque honteusement des opprimés et ne prend de décisions que dans une optique de profit à court terme, sans respect pour la dignité humaine.

Je me suis réveillé un jour en ayant fait un mauvais rêve : Roméo amoureux éploré, j'avais joué de la guitare acoustique sous le balcon de Juliette, mais Juliette, habitant au vingt-cinquième étage d'un grand immeuble, n'a même jamais entendu ma sérénade. Elle ne m'a pas éconduit, non, elle regardait la télé, et quand elle se maquillait, elle écoutait du rap sur son téléphone avec un casque Bluetooth.

Moi, je n'avais pas les moyens de faire venir un système son avec des gros amplis pour lui jouer du *hardcore* à son échelle…

Alors, voilà quinze ans que je m'égosille, l'aimant d'un amour d'exilé, et elle s'en contrefiche.

Elle fait sa princesse là-haut, et moi, je m'épuise.

Même quand j'ai fait cette belle et grande exposition rétrospective à Nancy, *NCY-NYC*, ça n'a été relayé nulle part. Même quand le maire de Blasio a reçu mes livres de photos sur sa ville, rien, pas un remerciement, il a autre chose à faire que de répondre… Alors, c'est vrai, j'ai des projets ailleurs. Envie de transmettre ce que j'ai appris.

J'ai la double nationalité, je suis un membre participant même si pour cette ville, ce pays, ce que je suis n'a aucun sens. Quand des New-Yorkais me demandent : « Nous avons entendu dire que vous êtes un grand artiste, je ne connais pas votre œuvre, où peut-on la voir ? », je suis obligé de répondre : « Sur Instagram, ou venez me visiter à l'atelier… »

Ils voudraient me faire énumérer les musées, les collections qui m'abritent, mais même si la peinture m'a fait vivre pendant quinze ans, même si j'ai vendu des centaines d'œuvres, je ne sais quoi répondre, car il s'agit de clients particuliers et non d'institutions.

Et quand ils me demandent où ils peuvent m'entendre, je dois répondre : « À New York ? Je joue en solo dans les clubs… »

À ces mêmes questions, mes réponses sont très différentes en France.

Écrit en anglais, j'avais conçu, composé, produit le disque *Be Yourself*. Enregistré à New York avec des musiciens américains, destiné au « marché » anglophone, mais la maison de disque US qui semblait intéressée a suggéré de le sortir en s'appuyant sur ma « *fan base* ». Je me suis senti obligé de les prévenir qu'elle était en France…

« Qu'à cela ne tienne, on va le sortir en France ! »

Mais j'ai répondu :

« Que nenni, ces chansons en anglais s'adressent aux anglophones.

– Mais le marché du disque ne peut plus se permettre des lancements hasardeux, ça ne se passe plus comme ça, dorénavant. Il faut que le public existe déjà, soit pour les concerts, soit sur Internet. »

Du coup, le disque n'est jamais sorti autrement que sur la plateforme de téléchargement de notre site : charlelie.com.

Mes filles sont grandes, elles ont aussi choisi leur destinée. Yamée est comédienne, elle est rentrée en France après ses études au Canada ; quant à Shaan, elle va là où l'entraînent les réalisations de ses films.

Je garderai encore quelque temps un bureau-atelier à New York, une sorte de pied-à-terre où je pourrai recevoir… Mais c'est décidé, je vais inverser les proportions : au lieu d'être basé à New York à plein temps et de rentrer en France quand j'ai des choses à faire, ce sera l'inverse.

J'ai encore beaucoup de choses à faire, peut-être autrement désormais, alors c'est décidé, je rentre en France.

40

PRESSE AMÉRICAINE

Article paru dans Indie Rock-Oregon-News

Avril 2012

CharlElie Couture est un chanteur français, probablement la plus grande énigme du rock'n'roll vivant aux États-Unis. En effet, il n'habite même plus vraiment en France, mais il vit à New York. S'il est important dans le monde francophone, ironiquement, bien qu'habitant parmi nous, personne ne le connaît vraiment ici.

CharlElie est une sorte de miracle musical, qui n'a pas seulement survécu artistiquement depuis ses débuts dans les années 1980, mais qui a su devenir encore plus inventif et innovant avec l'âge. Alors que la plupart des rock stars sexagénaires vivent dans les souvenirs de leurs précédentes décennies, monsieur CharlElie, lui, continue d'innover. Dans les vingt dernières années, il a joué avec le hip-hop surréaliste, avec un RnBlues dense, avec une sorte de country music influencée par l'Australie, et toutes sortes de musiques fusion échappant à toutes les définitions.

Il est une sorte de Neil Young français, même si cela pourrait sembler une description limitée. Car un jour il peut être foisonnant et romantique à la manière de Bryan Ferry, le lendemain décalé, jazzy et écorché façon Frank Zappa ou Tom Waits, voire quelque part entre Randy Newman et Dire Straits.

Sa palette n'est pas seulement énorme, ses chansons sont terriblement bonnes.

Un plus pour l'Oregon : il est même venu à Portland il y a quelques années pour mixer son album Fort Rêveur *aux Rock'n'Roll Studios BnB de Sean Flora.*

*

CharlElie Couture. A French singer who is probably rock'n'roll's greatest secret, and certainly the greatest musical secret living in the U.S. That's right. He doesn't even live in France anymore. He lives in New York. He's huge in the French-speaking world, but ironically, though he lives among us, we don't know him.

Charlelie is really a kind of musical miracle, having not just artistically survived since his debut in the 80's but become more innovative with age. While most rock stars in their 60's are living off fumes from their previous decades, Mr. C. continues to break new ground. In the past 20 years he's toyed around with surreal hip hop, grinding blues/RnB, a kind of Australian-influenced country music and hordes of genres and musical fusions that defy definition.

He's like a kind of French Neil Young, but even that is a limited description. One minute he can be lush and romantic like Bryan Ferry, the next a quirky, jagged jazziness like Frank Zappa or Tom Waits, or often somewhere between Randy Newman and Dire Straits.

His palette is not just enormous but his songs are frighteningly good. A plus for Oregon : he did come out to Portland a few years ago to mix his Fort Rêveur *album at Sean Flora's Rock 'n Roll BnB Studios.*

By Andre Hagestedt

41

THE STAR-SPANGLED BANNER

Paroles de Francis Scott Key, 1814
Traduction (libre) de CharlElie

Oh, say can you see by the dawn's early light
What so proudly we hailed at the twilight's last gleaming ?
Whose broad stripes and bright stars thru the perilous fight,
O'er the ramparts we watched were so gallantly streaming ?
And the rocket's red glare, the bombs bursting in air,
Gave proof through the night that our flag was still there.
Oh, say does that star-spangled banner yet wave
O'er the land of the free and the home of the brave ?

Oh ! Regarde… Tu vois ce que je vois dans la lumière du petit matin…

Ce même drapeau qu'on avait hissé aux dernières lueurs du crépuscule,

Celui dont les épaisses rayures et les étoiles scintillaient pendant la bataille qu'on a livrée hier, oui, celle dont l'issue était pour le moins incertaine,

Cet étendard que l'on voyait flotter au-dessus des remparts à travers la traînée rouge des obus et les bombes explosives,

Oui, depuis, la nuit est passée, notre drapeau a tenu, il est toujours là !

Dis-moi, oh !, crois-tu que cette bannière étoilée ondulera encore longtemps sur cette terre de Liberté, berceau des hommes courageux ?

42

ÉPILOGUE

Novembre 2020

Les cartons empilés, les meubles emballés, les déménageurs viendront emporter ce qu'il reste à la fin de cette semaine. Quelques amis y ont logé épisodiquement, mais cela fait huit mois que personne d'entre nous n'a plus séjourné dans cet appartement du Hells Kitchen que nous avons gardé pendant deux ans en guise de pied-à-terre.

Au mois de février dernier, j'étais venu pour préparer le concert que j'ai fait à Houston. Le coronavirus était dans l'air, mais jamais on n'aurait imaginé qu'ils fermeraient les frontières dans les jours qui ont suivi. Chose impensable, même New York s'est immobilisée. La ville est devenue un décor vide.

Et puis petit à petit la vie a repris, mais elle ne ressemble plus vraiment à ce que j'y ai vécu.

Comme j'étais retenu par des obligations en France, ce sont mes deux filles qui ont fait le voyage pour se charger des formalités. Quand je repense aux deux jeunes adolescentes qui avaient débarqué là en août 2004… Cette fois, ce sont elles qui ont pris les choses en main et se sont occupées des démarches administratives. Je sais qu'elles étaient curieuses de voir à quoi ressemble la ville aujourd'hui, impatientes même d'y retourner afin d'être présentes au moment du « grand changement » partagé dans la ferveur démocrate lors de l'élection du 46e Président, Joe Biden.

Quelque chose s'est passé en elles, qui lie cette ville à leur propre construction. Franco-Américaines, elles n'excluent pas la possibilité d'y retourner, d'autant qu'elles y ont gardé beaucoup d'attaches.

Mais pour moi, cette fois l'aventure est vraiment terminée. Je n'aurai même plus d'adresse à New York, pourtant les souvenirs parmi ceux que je raconte dans ce livre me resteront à jamais.

New York fait partie de ma vie.

CharlElie Couture

MIXTE
Papier issu de sources responsables
FSC® C003309

L'éditeur de cet ouvrage s'engage dans une démarche de certification FSC® qui contribue à la préservation des forêts pour les générations futures.

Pour en savoir plus :
www.editis.com/engagement-rse/

Achevé d'imprimer en décembre 2020
par Normandie Roto Impression s.a.s.
N° d'impression : 2004651
Imprimé en France